モーリヤックの祈り
有無をいわせず私たちを神に導く

梶谷 二郎

南窓社

序　文

　モーリヤックの『小説論』には不思議な表現が存在している。「聖者ならば小説を書きはしない。聖徳は沈黙である」、と書いているが、「聖徳は沈黙である」のなら、なぜ彼は「聖徳」に反して小説を書くのか。なぜモーリヤックは「沈黙」を選ばず、小説という手段を使って、彼の考えを世間に示すのか。その疑問に対する答えは、一つしかない。第1次世界大戦後の疲弊したフランスで、カトリック信仰が急速に衰えるのを目の当たりにしたからである。モーリヤックは、小説という媒体を介して人びとの心をキリスト教に連れ戻すこと、これが小説家の使命だと考える。彼が「沈黙」を選ばない理由である。

　小説を書くことは、「聖徳」に反する行為だということは、彼は常に意識していた。パスカルの著作にモーリヤックは親近感を抱いている。しかしパスカルに彼は依存しない。パスカルは『パンセ』で「聖徳」の大切さを人に説いている。しかしパスカルは「聖徳」に付随する「沈黙」を守らないからである。（これについては、第1部第1章で詳述する。）カトリック信者であるモーリヤックは、文学を介して「聖徳」の大切さを人にどのようにして知らせるかを常に考えていた。「聖徳は沈黙である」と「小説を書くこと」の間には大きな壁がある。この壁をモーリヤックはどのように乗り越えたのだろうか。

　壁を越える方法として、モーリヤックは、フランス的ではないキリスト教の教義を選ぶ。（このキリスト教の教義については、第1部第2章で詳述する。）このキリスト教の教義をモーリヤックは小説の中に書きこむことで、「聖徳」を描いて見せた。しかし、小説という媒体を用いることで、必然的に「沈黙」というカトリックの徳を失うことになる。その不都合を解消する方法としてモーリヤックは、主たる筋の裏側にもう一つのいわば副筋と呼ばれるような筋を展開することを選んだ。一般的に人の目は、一目瞭然でよく目立つ主筋の方に引きつけられる。しかし、モーリヤックの書いた

1

いことは表面の主筋にはない。「沈黙」をモーリヤックは裏側の副筋で書く。「沈黙」なので副筋は全く目立たない。裏側の副筋が理解できる人にしか見えないのがモーリヤックの小説の特徴である。その副筋として、モーリヤックは、「へりくだること」と他者のために「自分を捨てて十字架をになう」ことを書いている。この二つのキリスト教の教えを巧みに小説の副筋として配置しているのである。

裏側の副筋に「沈黙」とその意味を配するという点で、モーリヤックの小説は、バロック音楽の構造に似ている。聴衆の耳に印象として残る主旋律に対して、左手で演奏される「通奏低音」がモーリヤックの副筋である深層部分に相当する。音楽が美しく聞こえるのは、通奏低音が音楽の下部を支えているからである。「通奏低音」は、主旋律とは離れて演奏されるので、「沈黙」を守る。しかし、「通奏低音」は聞こえる人にだけ聞こえ、「沈黙」と「聖徳」は同時に満たされるのである。このような特徴をもつモーリヤックの深層部分がどのように実際の小説で使用されるのかについて、第2部で述べる。

モーリヤックの『小説論』にはもう一つ不思議な表現が存在する。それは、「この異端の女、この肉の女も、否応なく我われを神に導く」という文である。

無神論・無信仰のコレットとその小説『シェリ』の主人公がカトリック信仰を人びとの心に回復させる、とモーリヤックは書いている。

「この異端の女、この肉の女も、否応なく我われを神に導く」の一文を使って、モーリヤックは何を表現したかったのか。なぜ「手本」は『パンセ』ではなく『シェリ』なのか。この疑問を解明することを第1部では目指す。

第1部は、「モーリヤックの小説理論」について書く。ここでは、モーリヤックがどのように小説理論を組み立てていったのかについて検証する。カトリック作家であるモーリヤックの思考は独特なものがある。そのようなモーリヤック独自の小説理論は、どのような背景から生まれてきたのかをこの第1部で明らかにする。

第1部は三つの章に分かれる。第1章は、「モーリヤックから見たパスカル」とし、モーリヤックのパスカル論について考察する。第2章は、「モーリヤックとカルメル修道会」とし、モーリヤックがカルメル修道会の教

義をどのように解釈し、いかにして彼の小説にその教義を取り入れたのか
について述べる。第3章は、「モーリヤックとコレット」とし、モーリヤッ
クが無信仰であるコレットとその小説をなぜ彼の小説の「手本」であると
述べるに至ったのかを検証する。

　第2部は、「モーリヤックの小説の二重構造 ── 深層構造における祈り」
を題にした。モーリヤックの小説は、神がその中心の部分に書かれる。そ
の点で「神中心的」な小説である。しかし、「神中心的」である部分は、決
して小説の表面部分に書かれることはない。「神中心的」な主題は、深層部
分に描かれる。しかもその深層部分は、いくつもの小説で繰り返し使われ
る。

　第2部は三つの章に分かれる。第1章は、『愛の砂漠』について述べる。
モーリヤックが『愛の砂漠』の直前に書いた小説『火の河』をいかに巧み
に利用し、『愛の砂漠』の深層構造を形成させたのかについて考察する。第
2章は、『テレーズ・デスケルー』について述べ、テレーズ・デスケルーの
罪について、深層構造という視点で分析する。第3章は、『夜の終り』につ
いて述べる。「罪の人」であるテレーズ・デスケルーをモーリヤックがどの
ように深層構造の中心部に存在する「夜の終り」へと導くのかについて考
察する。

　以上のように、第1部ではモーリヤックの小説の理論的な根拠を検証す
ることを目指し、次に第2部では、上記の理論的な根拠に対して、モーリ
ヤックがいかにしてそれを彼の小説で敷衍しているのかを検証する。この
検証を通して、人びとに信仰を回復させるための文学とはどのようなもの
であればよいのかという問いに対して、モーリヤックが出した結論を明ら
かにしたい。

モーリヤックの祈り ── 有無をいわせず私たちを神に導く
目　次

序　文 ………………………………………………………………………… 1

第1部　モーリヤックの小説理論

第1章　モーリヤックから見たパスカル ………………………………… 11
第2章　モーリヤックとカルメル修道会 ………………………………… 51
第3章　モーリヤックとコレット ………………………………………… 83

第2部　モーリヤックの小説の二重構造
── 深層構造における祈り ──

第1章　『愛の砂漠』 ……………………………………………………… 111
第2章　『テレーズ・デスケルー』 ……………………………………… 149
第3章　『夜の終り』 ……………………………………………………… 199

あとがき …………………………………………………………………… 237

モーリヤックの祈り

—— 有無をいわせず私たちを神に導く ——

第 1 部

モーリヤックの小説理論

第1章　モーリヤックから見たパスカル

　モーリヤックは、パスカルと『パンセ *Pensées*』を中心にしたその著作に対し特別な関心を示している。しかし、パスカルに対するモーリヤックの評価は必ずしも肯定的なものではない。むしろパスカルならびに『パンセ』についての否定的な評価も見られるのである。その代表的なものが、モーリヤックの『小説論 *Le Roman*』（1928 年）である。この『小説論』においてモーリヤックは、『パンセ』について以下のように異なる二つの見解を併記している。

　　　〈1800 年来考え出されたあらゆる護教論のうち、パスカルの《パンセ》
　　　を依然その最高の表現とする護教論があるが、これでは人びとの心を
　　　基督に連れ戻すには足りまい。── それによって、人間の心と基督教
　　　の教義の驚くべき一致が明かにはされるが。〉

　まず「あらゆる護教論のうち、パスカルの《パンセ》を依然その最高の表現とする護教論」と持ち上げたその直後に、「これでは人びとの心を基督に連れ戻すには足りまい」とモーリヤックはその見解を変更し、『パンセ』のもつ護教論としての不十分さを指摘している。

　我われには「パスカルの《パンセ》を依然その最高の表現とする護教論」であり、「人びとの心を基督に連れ戻す」には十分に役に立つと考えられるのであるが、それに対してモーリヤックは、『パンセ』のような護教論は、「これでは人びとの心を基督に連れ戻すには足りまい」と指摘する。これは一見矛盾するようではあるが、そこにはモーリヤックの深い意図が隠されている。モーリヤックは彼独自の理論を『小説論』で展開し、それに基づいて後の小説群を書いたのである。

　本章では、常識的な人間の視点からすると矛盾であると見えるのに、最高峰のキリスト教護教論であるパスカルの『パンセ』を読むことだけでは「人びとの心を基督に連れ戻すには足りまい」と、なぜモーリヤックが書いたのか、その理由を明らかにしていきたい。

第1部　モーリヤックの小説理論

そこで、この章ではまずモーリヤックの著作におけるパスカルの位置についての考察から始める。パスカルに対するモーリヤックの関心はいつ頃から始まったのだろうか。その答えを、モーリヤックはエッセー『パスカルとの出会い』の中で述べている。

冒頭の『パンセ』についての記述は、以下のように始まる。

〈わたしは机の上、手の届くところに置いてある『パンセと小品集』を眺める。レオン・ブランシュヴィック氏の編集したアシェット社版の、序文と注釈と、それに『パンセ』自筆原稿の複製写真2枚がついた教科書本である。[2]〉

パスカルへのモーリヤックの関心は、彼の少年期から始まっていることが記述される。

〈中学生のときからいつも肌身を離さなかったこのボロボロの書物は、すりきれ、黄色くなり、感想がいっぱい書きこまれ、ところどころ爪で印しをつけたあとがあり、写真だの押し花だのがはさんであり、読んだ日付けなども記してある。（中略）

われわれが信心ぶかい少年時代の次に激情にみちた青年時代を迎え、巣からほうり出され、知識の世界と情念の世界の二つがあることを突如として発見した頃、パスカルがわれわれの人生行路に入りこんできた。[3]〉

モーリヤックの「人生行路に入りこんできた」パスカルとはどのようなことを指すのであろうか。それはキリスト教信仰についてパスカルから学ぶということだけではなく、生身の人間としてのパスカルへの親近感でもある。

〈しかし、肉の力にとらえられた荒々しい若者たちは、キリストをとりまく貧しい群衆について行けない。こうしたとき、ブレーズ・パスカルこそ、彼らを救うことができる。とりわけ、パスカルもまた決定的な回心をする以前には自分たちと同じであったことを彼らが理解したときに、そうである。むろん、天分と知識にかけてはパスカルには遠く及ばない。しかし、知的な傲慢と、情念にひかれた点では、パスカルといえども彼らの兄弟なのである。[4]〉

12

第1章　モーリヤックから見たパスカル

　この『パスカルとの出会い』が書かれたのは1923年のことである。この時のモーリヤックの論調は、パスカルに対して、やさしく、また肯定的である。ところが、モーリヤックが『小説論』を書いてからはその評価に変化が起こる。この『小説論』でモーリヤックは、パスカルとその『パンセ』に対し否定的な評価を与える。それが冒頭でも書いた『小説論』の次の表現である。「あらゆる護教論のうち、パスカルの《パンセ》を依然その最高の表現とする護教論があるが、これでは人びとの心を基督に連れ戻すには足りまい。」

　なぜパスカルの『パンセ』が「これでは人びとの心を基督に連れ戻すには足りない」のであろうかという疑問については、これを解明することが本章の主たる目的であると冒頭で書いた。我われは、護教論としての『パンセ』は彼の代表的な著作で、それがキリスト教文学の最高峰の一つであると認識してきた。そして、この認識はフランス文学においての半ば常識とされてきた。フランス文学史の記述もそのような認識で一致している。その一例を挙げると、『フランス文学史』（饗庭孝男他編）では、『パンセ』のキリスト教への深い信仰は以下のように表現されている。

　　〈信仰と実存　信仰者パスカルは、そのような「傷ついた葦」である人間を覆い包む神の呼びかけを親しく聞いてきた。『パンセ』第2部では、聖書の独自な解釈を通して、この人間の条件の惨めさを根本的に救う道が、ただひとつイエス・キリストへの信仰にしかないことを説いている。パスカルの神は、理性による認識ではなく、心情cœurによって感じられる神である。「理性の最後の歩みは、それを無限に超えるものがあることを認めることである」（『パンセ』L188、B267）。ここから、神に「賭け」、さらに「愛」へと赴くパスカルがあらわれる。〉[5]

　このような『フランス文学史』のパスカルと『パンセ』の評価を読むと、「人びとの心を基督に連れ戻すには足り」るものではないかと我われは思ってしまう。それに対して、この『フランス文学史』的見解をいとも簡単に否定するモーリヤックに、違和感を覚えるのである。このような事実から、パスカルの『パンセ』がなぜ「人びとの心を基督に連れ戻すには足り」ないのかその理由を解明することにはかなりの困難を伴うということも理解できる。

13

第1部　モーリヤックの小説理論

　上記の疑問を理解するためには、さらなる知識が必要である。その第一
は、モーリヤックはなぜ『小説論』を書いたのかである。そして、その第
二は、「護教論」という語はどのような概念を表し、それが『パンセ』とい
う著作の特性とどのように関連するのかという点である。

　まず、モーリヤックがなぜ『小説論』を書いたのかの第一の考察から始
める。『小説論』第1章でモーリヤックは、なぜ小説を書くのかという理由
として、「小説の危期」の存在を挙げる。すなわち、

　　　〈小説は生命を失っていないにしても、盲目ならざるかぎり、小説の危
　　　期が存在することを認めぬわけにはいくまい。[6]〉

　このように「小説の危期」が存在することを認めるが、モーリヤックは
その現象を楽観的に捉えていることが次から理解できる。

　　　〈しかし、若干の人びとがそこに小説の臨終の苦しみと真近い死との
　　　前駆症状を見出すに対し、我われはそこに、脱皮期の徴候、転換期の
　　　変動を見ようとするものである。[7]〉

　では「小説の危期」がなぜ起こるのかについて、モーリヤックは第2章
の冒頭部分において、さまざまな争闘の激しさの減少が「小説の危期」の
直接的な原因であると述べている。

　　　〈この危期は何に存するか？　小説家は、生きた男女を創造する。彼は
　　　それらの人物の争闘の様を我われに示す。宗教における神と人間との
　　　争闘、恋愛における男と女との争闘、人間の自分自身との争闘などが
　　　それである。ところで、小説家を例にとって戦後の時代を定義しなけ
　　　ればならぬとすれば、現代は、今日まで小説の命の糧であった争闘が、
　　　次第にその激しさを減じつつある時代であると言えよう。[8]〉

　さまざまな争闘の激しさが減少した結果、小説家はその小説の主題とす
べき素材を失いつつあることをここでモーリヤックは示唆しているのであ
る。特に、それまで生活の中心であったキリスト教が、彼の時代には急速
にその勢いを失い、その結果、神と人との争闘が色あせてしまったことが
「小説の危期」の主たる原因であることを、モーリヤックは F.N. ドミニク・
フロマンタンの小説（1863年）を例にして、以下のように解説している。

　　　〈我われの若き日の甘美な愛読書であり、昨年その100年祭を催した
　　　フロマンタンの《ドミニク》のごとき小説は、1927年の青年にとって

14

第1章　モーリヤックから見たパスカル

は、ほとんど理解されぬものとなっている。「贋の傑作！」とある時レオン・ドーデ氏は叫んだ。むろん贋の傑作ではない。しかし、現在の青年がこれを解く鍵を失った傑作である。[9]〉

　なぜこのように『ドミニク』は「解く鍵を失った傑作」となってしまったのであろうか。それについてもモーリヤックは明快な解答を示している。19世紀のフロマンタンの時代までの人びとの心の中には、キリスト教信仰があった。しかし、キリスト教信仰を失ったモーリヤックの世代の若者にとって、恋愛は男女の精神的な遊戯となってしまった。神の愛と人間の愛の相克が消滅し、キリスト教の宗教的抑制は20世紀の恋愛には働かなくなった。そのために、小説での大前提である人間への愛か神への愛かという二者択一の状況が消滅し、フロマンタンの小説での主人公の悩みは読者には無意味に見えるのである。その状況をモーリヤックは以下のように表現している。

　　〈今日、青年にして、自己の同意せぬ宗教と争闘を開始することをあえてせず、その宗教から発する道徳とも、その道徳から生れる世俗的名誉とも、あえて争おうとしない者をしばしば見かける。[10]〉

　争闘の激しさを人びとの心に取り戻すこと、それがモーリヤックの小説家としての使命なのではあるまいか。しかし小説の中に宗教との争闘の激しさを込めることの困難さについて、モーリヤックは繰り返し言っている。

　　〈しかしながら、神を持たぬ現代を駆って、恋愛を他の行動と変りない一つの行動と見做さしめるこの恐るべき論理こそ、小説にとって最も深刻なる脅威である。かつて恋愛と呼ばれたものは、今日の多くの青年にとって、ヴェルサイユの庭園が自然から遠い以上に現実から遠いものに見える。若い女性たちは、もはや魅惑的な規則を持ったこの古臭い遊戯に信を置いてはならぬことを、よく知っている。裏切りはもはや裏切りではない。心中立てという言葉はもう意味を失っている。なぜなら、恋愛においては、もはや恒久的なものは何一つ存在せぬからである。[11]〉

　では、争闘が減少した時代に生きる小説家は、そのような現状の中で諦めて何もしないで生きるのか。モーリヤックは、争闘が減少した時代であるがゆえに、小説家は人びとの精神（魂）に対して責務を負うと考える。

15

第1部　モーリヤックの小説理論

では争闘の減少した時代において小説家は何をすればよいのか。モーリヤックは小説家の役割を明確に示している。それは、人びとの心を再びキリスト教の側に引き戻すことである。小説が、人びとをキリスト教に回心させることをにない、キリストと共に生きる新たな人間存在として生活するための指針となることは可能であるとモーリヤックは考えるのである。モーリヤックの『小説論』の目的は、以下の引用からよく読みとれる。

〈一旦彼が改宗するようなことがあれば、彼の全生活は一変し、精神も肉体も、新しい信仰に従ってその方向を定めるであろう。しかし、それに無関心である間は、無関心は徹底的であり、何らの虚飾も施さない。彼の情熱は、何らの障壁にもぶつからず、何の堰堤も知らない。[12]〉

しかし、人びとをキリスト教に回心させることは容易ではない。モーリヤックが書いているように、宗教との争闘の減少は彼の同時代の趨勢である。その趨勢を押しとどめて、人をキリスト教に回心させることは可能なのだろうか。モーリヤックはそれが可能であると考えている。しかし、人びとの心をキリストに連れ戻すためには、この章の冒頭部分に戻るが、パスカルの護教論である『パンセ』では可能ではないとモーリヤックは書いている。では、どのような小説なら可能なのか。それが、序文で書いたコレットとその小説である。もう一度取り上げるが、モーリヤックはこのように書いている。

〈コレットは、年老いた娼婦たち、惨めな動物的な美青年を用いて、我われの心の奥底を動かし、青春の束の間の奇蹟を肌に粟を生ぜしめるまで見せつけ、恋愛 —— その対象である肉と同様に亡び且腐る恋愛 —— に一切を賭けるこれら憐れな生命の悲劇を痛感せしめずには措かない。かくしてこれらの作品は、かの大都会の下水を思わせる。汚れた下水の水は、河に注ぎ、河と合して海に達する。この異端の女、この肉の女も、否応なくわれわれを神に導く。[13]〉

パスカルの『パンセ』という護教論の最高峰によってすら「人びとの心を基督に連れ戻す」ことができないのに、なぜ無信仰のコレットとその小説に可能なのかについては、本章はパスカルの『パンセ』では「人びとの心を基督に連れ戻す」ことができない理由だけに止め、コレットとその小説については、第3章に譲ることにする。

第1章　モーリヤックから見たパスカル

　次に、第二点目である「護教論」という概念について検討する。本章冒頭で引用したモーリヤックの『小説論』には「1800年来考え出されたあらゆる護教論のうち、パスカルの《パンセ》を依然その最高の表現とする護教論がある」と書かれていたが、この「護教論」についてモーリヤックのフランス語原文では以下のように書かれている。

　　〈Entre toutes les apologies inventées depuis dix-huit siècles, il en est une, dont les *Pensées* de Pascal demeurent la plus haute expression,[14]〉

　引用1行目の apologie が「護教論」に相当する単語で、一般的な訳語としては、「弁明：肩をもつこと、よしとすること[15]」となっている。

　この apologie で表される単語には、モーリヤックの『パンセ』に対する認識が明確に示されている。つまり「弁明：肩をもつこと」という明らかな本質がそこにはあることをモーリヤックは主張している。それはモーリヤックが『パンセ』について我われが一般に理解しているより、かなり限定された意味で apologie を使っていることを意味する。apologie を「護教論」と訳すと、パスカルはキリスト教を守る意図をもって『パンセ』を著した哲学者であることを我われに印象づけてしまう。たとえそうした意図がなくても、「護教論」の語としての響きがパスカルの思想の方向性を印象づけてしまうのである。しかし、apologie の本来の意味である「弁明：肩をもつこと」に注目すると、その印象は一変する。apologie は、キリスト教を異教の神々を信じる宗教から擁護しようとすること示すのではない。apologie は、キリスト教の内部にいくつかの教義を異にする派があり、それぞれの派の主張を擁護するための「弁明：肩をもつこと」を指すのである。次に引用するフランス語辞典は、apologie をそのような意味で捉えている。

　　〈APOLOGIE. *n.f.* (XVᵉ ; lat. ecclés, *apologia*, mot gr.) Discours écrits visant à défendre, à justifier une personne, une doctrine.[16]〉

　「一人の人、一つの（宗教上の）教義を弁護する、あるいは無実を証明する、そのこと（弁護、証明）を主目的に書かれた言説」という訳になる。

　キリスト教の内部の複数の派の間に何らかの論争があり、その一方に加担して文を書いたという認識がモーリヤックにはあるということが、上の

17

第1部　モーリヤックの小説理論

辞書の語義から理解できる。モーリヤックがapologie という語つまり「弁明：肩をもつこと」によって表している内容は、キリスト教の内部に起こった派と派の間の論争しか指していない。その論争とは、当然、17世紀中葉に起こったジャンセニスト対イエズス会の論争である。パスカルはジャンセニストの代表者としてジャンセニスト側の教義が正しいということを主張する目的で、論争に加わった。その論争の記録として後世の人間に遺された資料が『プロヴァンシアル Les Provinciales』（1656年）である。

　パスカルの『プロヴァンシアル』の中で重要なのが、アウグスティヌス神学の流れを継いだジャンセニウスの教義である。このジャンセニスムについて、中村雄二郎は『パスカルとその時代』において、神の恩寵と人間の自由意志の関わりを論点として、以下のように簡潔に解説している。

　　〈恩寵論におけるアウグスティヌス＝ジャンセニウス説の要点をとり出すと、次のようなものとなる。すなわち、人間は神による「創造」後、「原罪」以前には純潔と調和の状態にあったが、アダムの犯したあやまちは神の権威をすてて、知恵の木の実をえらぶ結果となった。この堕落のため、人間の本性は腐敗変質し、それが遺伝と連帯責任によって後の世まで伝えられ、こうして、神を離れた人間の悲惨がはじまる。（中略）善をなしうるようになるためには、「恩寵」が関与し、人間の心を更新して、自己愛に代えるに神への愛を以てしなければならない。[17]〉

　パスカルの『プロヴァンシアル』論争の相手であるモリーナの教説についても、中村は詳しく述べている。それは、以下のようなものである。

　　〈このように、モリーナは、アウグスティヌス流の「有効なる恩寵」に代えるに「助力の（あるいは、十分なる）恩寵」を以てするとともに、また、アウグスティヌス流の「無償の（つまり、絶対的な）救霊予定」に対しては、「功績を見越しての救霊予定」説 prédestination en prévision des mérites を対立させる。すなわち、後者によれば、神はある人々を、前以て、かれらが自由に功績をなしとげるであろうこと、その功績が救済に値するであろうことを予見されている、ということになる。[18]〉

apologie の示す概念である「弁明：肩をもつこと」がパスカルが『パン

第1章　モーリヤックから見たパスカル

セ』を書いた理由であるとすると、問題が生じる。モーリヤックが『小説論』で「これでは人びとの心を基督に連れ戻すには足りまい」と書いたその真意は何か。それは、論争という手段では「人びとの心を基督に連れ戻す」ことはできないとモーリヤックは言いたかったことになる。この解釈でよいのか。それは『プロヴァンシアル』論争とジャンセニスムとして、この章の後半部分で詳しく述べる。その前にもう一つ重要なことも考えなければならない。それは、『プロヴァンシアル』論争でパスカルが果たした役割についてである。論争という手段は、神の恩寵を絶対視するジャンセニストが採用するにふさわしい手段であろうかという点である。モーリヤックも論争に積極的に関与するパスカルの態度に疑問をもっている。モーリヤックの以下の引用は、具体的にパスカルを名指しして、その論争に言及したものではないが、論争好きのパスカルとその著作に対する疑義の表明であるように見える。

　〈作家は堕落した人間を高みから描きはしない。それらの人間は、生きることにかけてはその創造者よりも強いに違いない。作家が彼らを導くのではなく、かえって彼らの方が作者を引きずって行く。もし対象と馴れ合わぬとすれば、批判があり干渉があることになり、作品は失敗するであろう。それは聖者でなければできぬ仕事である……しかし、聖者ならば小説を書きはしない。聖徳は沈黙である。[19]〉

　しかし、モーリヤックはパスカルとその著作について、「パスカルの《パンセ》を依然その最高の表現とする護教論があるが、これでは人びとの心を基督に連れ戻すには足りまい」とだけ書いたわけではない。モーリヤックは『パスカル』（1923年）と『パスカルとの出会い』（1923年）という二つのエッセーも書いている。その中でのモーリヤックのパスカルへの視線は優しい。例えば、モーリヤックはパスカルの「回心」について、それがモーリヤックにとっては精神的な糧となったことを認めている。パスカルの「第二の回心」の情景とその意味については、感動的な調子で『パスカル』の中で表現している。

　〈神が彼をとらえ給うたのでないとしたら、パスカルはどのようにして神をとらえたのであろうか？　待つこと、望むこと以外に、彼は何もすることができなかった。この望みでさえ、まだ彼のものではなかっ

19

第1部　モーリヤックの小説理論

た。神を望む心は、恩寵の無償の賜物であり、奇蹟的な神のえらびの
前兆だからである。しかし、とつぜん、あの夜、神があらわれ、目の
前におられた。それは生きた神であった。アブラハムやイサクやヤコ
ブの前にあらわれた神、やさしさとなぐさめの神であった。[20]〉

　このように、パスカルや『パンセ』についてのモーリヤックの評価には
二つの面がある。『小説論』での「人びとの心を基督に連れ戻すには足りま
い」という厳しい評価と、『パスカル』の中でのパスカルの「回心」への共
感という二面である。そのどちらがモーリヤックの本当のパスカル観か、
という二者択一の考えはモーリヤックにはない。その両者が彼においては
両立しているのである。

　そこで、ここからはモーリヤックのパスカル評価の二面性のうちで、後
者のパスカルの「回心」への共感に含まれる肯定的評価の部分を考察しよ
う。その方法として、キリスト教の中で最も重要な徳の一つである「謙
虚」、「へりくだる」がどのようにパスカルの『パンセ』や小品で、またモー
リヤックの小説でも使用されているのかについて明らかにしていく。

　この「謙虚」、「へりくだる」について、まずモーリヤックから検討する。
それは、モーリヤックが『テレーズ・デスケルー』の草稿として書いた『神
への本能、あるいは良心』の中に見られる。テレーズは、告解する相手の
司祭に自分の理想とする姿を描き述べる。それはモーリヤックが理想とし
て考える人間の姿であり、またパスカルにも求めた理想的人間像であると
思われる。それは以下のように書かれている。

　　〈神父さま、お若い頃から、御自分の苦しみも喜びも物事の外見に依存
　　させるがままにしないことがおできになったあなた。神ではないもの
　　すべてがそこでは消滅する、十字架の聖ヨハネの語るあの暗夜が、御
　　自分のなかで深まりゆくのを感じてらっしゃるあなた。[21]〉

　ここで高橋たか子が「消滅する」と訳している部分は、フランス語の原
語では、s'anéantir となっており、訳語としては、「（神の前で）おのれを空し
くする」の方が分かりやすいと思われる。つまり、「神の前でおのれを空
しくし、十字架の聖ヨハネの語るあの暗夜が、御自分のなかで深まりゆく
のを感じてらっしゃるあなた」[22]、これがモーリヤックが考える理想的なキ

第1章　モーリヤックから見たパスカル

リスト教信者なのであろうと思われる。

　一方、パスカルの著作では s'anéantir「神の前でおのれを空しくする」は
どのように表現されているのだろうか。それについては、『パンセ』の中の
幾何学的精神に対する繊細の精神が s'anéantir「神の前でおのれを空しくす
る」に近いのではないかとまず考えられる。繊細の精神については、ブラ
ンシュヴィック版『パンセ』の冒頭部分ではこのように始まっている。

　〈幾何学の精神と繊細の精神との違い。

　　前者においては、原理は手でさわれるように明らかであるが、しか
　し通常の使用からは離れている。(中略)

　　ところが繊細の精神においては、原理は通常使用されており、皆の
　目の前にある。あたまを向けるまでもないし、無理をする必要もな
　い。[23]〉

「幾何学の精神と繊細の精神との違い」について、前田陽一は以下のよう
に説明している。

　〈そこで述べられている「幾何学の精神と繊細の精神との違い」という
　のは、今日の日本語にすれば、要するに「理科的才能と文科的才能の
　違い」ということである。[24]〉

　また、田辺保も前田陽一の上の見解を支持していた。[25] しかし、田辺は、
後の著作『クレオパトラの鼻　パスカルの恋愛論』では、繊細の精神は、
単に人間の世界で終わるのではなく、それは神の領域にまで及ぶと、その
見解をかなり修正している。

　〈そこで、理性ではとらえきれない対象、すなわち「人間の世界」に対
　したとき、「もう一つの精神」の働きが必要であるということがおのず
　とわかってきたのである。「繊細の精神」、「感情」、のちにはかれが「心
　(心情)」という忘れがたい語でいいあらわすにいたった精神の働きこ
　そは、それに当たるものである。

　　「心には、心の秩序がある。」(L 298、B 283) とかれはいう。また「心
　には理性の知らない、独自の道理がある」(L 423、B 277) ともいう。
　いったいそれは、どういうことなのか。人間の心が何ものか (神でも
　よい、自分自身でもよい) を愛するにいたるのは、どれだけ心がそこに
　傾倒するかによるのである。[26]〉

21

第1部　モーリヤックの小説理論

　田辺は、この「繊細の精神」は、パスカル『幾何学の精神について』第2部と大きく関わっていることを、強調している。

　　〈「そういうわけだから、人間的な事柄について語る場合には、愛する
　　より先に知らねばならないといわれ、それが格言になっているのだが、
　　聖人たちは逆に、神的な事柄について語る場合には、知るより先に愛
　　さなければならない、人は愛によってのみ真理に入るのだといい、こ
　　のことをもっとも有益な格言の一つとしているのである」（『幾何学の
　　精神について』第2部「説得術について」）。[27]〉

　そして、田辺が上の引用の少し前の部分で、「繊細の精神」を説明する上できわめてふさわしい表現があるので、それを引用する。

　　〈神は神学的真理が心情から精神にはいることを望み、精神から心情
　　にはいることを望まれなかった。それは、意志の選択する事物の審判
　　者であろうとするこの推理の高慢な能力をへりくだらせ、その汚れた
　　執着によって全く腐敗したこの病める意志を癒すためであると、わた
　　しは思う。[28]〉

　この引用文の中の「へりくだらせ」が重要である。フランス語の原語は、この「へりくだらせ」に humilier「へり下らせる、謙虚にさせる[29]」という語が使われている。

　これを見ると、パスカルの言う「繊細の精神」とは、人間の理性の能力の限界を悟らせ、人間の側に神を前にして、「へり下らせる」意味をもつということがよく分かる。そこで、ここではまず『パンセ』の中でこの「へり下らせる」がどのように使用されているか、その代表的なものを取りあげる。

　　〈もしあなたがたがへりくだらせられるとしたら、それは悔悛による
　　ものであって、本性によるのではない。（断章430）[30]〉

　この断章430（ブランシュヴィック版）のフランス語の原文は以下のように書かれている。

　　〈Si on vous abaisse c'est par pénitence, non par nature. [31]〉

　abaisser は動詞で、『仏和大辞典』（伊吹武彦他編）の類語解説では、abaisser は「人の高慢さや誇りを比較的穏やかに抑える[32]」となっている。

　次の例は、「へりくだる」が他動詞ではなく、代名動詞で、しかも命令法

第1章　モーリヤックから見たパスカル

で使用されている点で注目に値する。

　　〈そうだとしたら、尊大な人間よ、君は君自身にとって何という逆説で
　　あるかを知れ。へりくだれ、無力な理性よ。だまれ、愚かな本性よ。
　　（断章434)[33]〉

この断章434のフランス語原文は以下である。

　　〈Connaissez donc, superbe, quel paradoxe vous êtres à vous-même.
　　Humiliez-vous, raison impuissante ![34]〉

　命令形の動詞 Humiliez-vous の原形である s'humilier は代名動詞として
用いられており、「へりくだる、謙遜する[35]」と訳されるものである。

　次の例は、人間に対して「へりくだる」を使っていない例で、注目に値
する。それは、十字架をになったキリストの姿に「へりくだる」姿勢を見
て、その十字架のキリストが示した「へりくだり」を人間も倣うように促
す断章である。

　　〈十字架にいたるまでへりくだった神。キリストは栄光にはいるため
　　苦難を受けねばならなかった。「自分の死によって死にうち勝たれた」
　　二つの来臨。（断章679)[36]〉

　この断章679のフランス語原文は以下である。

　　〈Un Dieu humilié jusqu'à la croix. Il a fallu que le Christ ait souffert pour
　　entrer en sa gloire, qu'il vaincrait la mort par sa mort — deux avènements.[37]〉

　ここで使用されている「へりくだる」は、humilié という形容詞である。
humilié の一般的な意味は「屈辱を受けた」となっている[38]。ゆえに断章679
は「屈辱を受けた神」という意味となる。元もとは、動詞 humilier の過去
分詞形で、意味としては「へり下らせる」、「謙虚にさせる」、「卑しめる」
である[39]。ここではそれぞれ受け身で使用し、それが形容詞に転化して、「へ
りくだらされた神」という形になり、由木康はそれを「へりくだる神」と
訳しているという特徴がある。

　さらに、パスカルはこの「へりくだらせる」を彼の他の著作でも述べて
いる。それは、彼の小品『罪びとの回心について』の中にある以下の表現
である。

　　〈この新たな省察によって、彼は自分の創造主の偉大さを見るように
　　なり、謙虚と深い崇敬とに進む。彼はその御前に自分をむなしくする。

23

第1部　モーリヤックの小説理論

　そして彼自身について十分に低い観念をいだくことができず、この至
　上善について十分に高い観念を認めることができないので、さらに新
　たな努力をもって無の深淵の底にまで自分を卑下しようとし、彼の拡
　大させていく無限のうちに神を見ようとする。〉[40]

　この引用の中の「その御前に自分をむなしくする」は、上の「へりくだ
らせる」とほぼ同義語で、フランス語の原語は以下のようになっている。
「その御前に自分をむなしくする」は、s'anéantir で、『現代フランス語辞典』
では、s'anéantir「（神の前で）おのれを空しくする」[41]となっている。（この訳
語は、『現代フランス語辞典』第1版には存在せず、第2版から書かれた訳語で、
注目に値する。）

　当然のことであるが、モーリヤックもまた、「繊細の精神」とこれらの
「へりくだらせる」や「（神の前で）おのれを空しくする」の関連性につい
ては、注目していたと思われる。

　モーリヤックは、パスカルの本質について、まず、幾何学的精神（esprit
géométrique）がその中心であったことを述べている。

　〈パスカルはどのようにして、彼自身で神を見いだしたのか？　「幾何
　学をこえるものは人間をこえる」と、幾何学者パスカルは思っていた。
　しかし、科学においてさえ、どのような真理も直接的には把握されな
　い。「人間は自然的には虚偽しか知ることができない。それで、彼は
　その反対が虚偽と思われるものを、真であると考える他はない」。〉[42]

　しかし、モーリヤックはそれと同時に、幾何学的精神と比較してより大
切なものは、「へりくだらせる」や「（神の前で）おのれを空しくする」にあ
るということを気づいたのであろうと思われる。そして、モーリヤックは
パスカル研究の結果として、これら「へりくだらせる」や「（神の前で）お
のれを空しくする」のまだ先にあるもの、それが「神を待ち望む」という
姿勢であると結論づけたと思われる。「へりくだらせる」や「（神の前で）お
のれを空しくする」の先にあるものとしての「神を待ち望む」姿勢につい
て以下のように書いている。

　〈神が彼をとらえ給うたのでないとしたら、パスカルはどのようにし
　て神をとらえたのであろうか？　待つこと、望むこと以外に、彼は何も
　することができなかった。この望みでさえ、まだ彼のものではなかっ

24

た。神を望む心は、恩寵の無償の賜物であり、奇蹟的な神のえらびの前兆だからである。しかし、とつぜん、あの夜、神があらわれ、目の前におられた。それは生きた神であった。アブラハムやイサクやヤコブの前にあらわれた神、やさしさとなぐさめの神であった。[43]〉

この中でモーリヤックは、「へりくだり」の心をもち「神を待ち望む」についてのパスカルの原典は『パンセ』のどこにあるとかいう形で示していない。

次に、「へりくだり」の心をもち「神を待ち望む」については、パスカルの小品『病の善用を神に求める祈り』の中に点在している。その一例が、次の文である。

〈あなたは至上の主であられます。どうか、御心のままになさってください。わたしに与え、わたしから取り上げてください。ただわたしの意志を御心にかなわせてください。そして、へりくだった安全な服従と聖なる信頼とのうちに、わたしがあなたの永遠の摂理の秩序を受けいれる備えをし、あなたから出るすべてのものを等しくあがめることができますように。[44]〉

この文を読むと、「へりくだり」の心をもつパスカルは、「神を待ち望む」ように見える。

先述した『罪びとの回心について』でパスカルが書いているように、「へりくだり」の心をもち、「回心」し、また「神を待ち望む」者のところに神は降りてきて下さると読むことが可能である。そしてそれらの最後のものとして、チョッキの中に縫いこまれた羊皮紙に書かれた『覚え書』と訳される書物の中で書かれた、パスカル第二の「回心」と呼ばれるものがある。その最後の部分で、パスカルはこのように書いている。

〈願わくはわれ決して彼より離れざらんことを。

彼は福音に示されたる道によりてのみ保持せらる。

全くこころよき自己放棄。

イエス・キリストおよびわが指導者への全き服従。

地上の試練の一日に対して歓喜は永遠に。

〈われは汝の御言葉を忘るることなからん〉アーメン。[45]〉

この『覚え書』には、キリスト教徒が「へりくだり」の心をもち、「回

第1部　モーリヤックの小説理論

心」し、また「神を待ち望めば」、その者のところに神は降りてきて下さ
ることが書かれている。これらの小品を読むと、『パンセ』には書かれて
いない「神を待ち望む」キリスト者の姿がパスカルにはあるということを
確信することができる。このように見ていくとパスカルは、「幾何学的精
神」と「繊細な精神」を併せ持つ作家であるように見える。しかし、「幾
何学的精神」と「繊細な精神」という二点だけでパスカルのキリスト教思
想を表現するのは、多少の無理があるように感じられる。なぜなら、「幾
何学的精神」の方は理解しやすいが、しかし、「繊細な精神」については、
この表現とキリスト教の関わりを証明するものは、上の田辺の引用以外に
あまりないので、異論もあると思われるからである。そこで、もっと一般
的な表現は存在しないのかと様々な文献を参照してみた。その結果、「幾
何学的精神」と「繊細な精神」を置き換えるにふさわしい用語を使用して
いる文献を見つけた。それが、エルヴェ・ルソーの『キリスト教思想』で
ある。その中でルソーは、「神中心的」と「人間中心的」という区別を書
き、それによって二つの概念を以下のように区別している。

　　〈神学者カール・ラーナー（1904 年–。カトリック神学者）は、本質的
　　には哲学者ではないが、同じような問題に直面した。神学とは本質的
　　に《神中心的》なものであり、近代哲学とは本質的に《人間中心的》
　　なものである。いかにして両者を結び合わせるか？　神学的人間学を
　　つくりあげることは可能か？[46]〉

　フランス語原文で、「神中心的」は théocentrique となっており、また「人
間中心的」は anthropocentrique となっている。anthropocentrique の語の方
は、辞書に存在し、以下のように書かれている。

　　〈anthropocentrique (anthropo- + centre) *adj*, 人間中心の（人間を世界の中
　　心と考え人間の幸福を究極の目的とすることを言う）[47]〉

　一方、théocentrique の方は、辞書上には存在しない語で théo- + centre の
造語であると思われる。théo- は、「〈神〉の意を表す[48]」と書かれており、訳
語としては、「神中心的」が相応しいと思われる。（この「神中心的」と「人
間中心的」という表現が、「繊細な精神」と「幾何学的精神」より理解しやすいの
で、今後はこの用語を使用することにする。）「神中心的」と「人間中心的」は、
先ほどエルヴェ・ルソーの『キリスト教思想』の引用中にあるように、互

26

いに均衡し合いながら、キリスト教思想の中で発展してきたのであろう。そのどちらかに極端に偏ると、例えばカルヴァンのように、それが宗教戦争の火種になることは歴史が証明している。パスカルの著作とその思想は、『パンセ』や小品に限ると、上で見てきたように、「神中心的」と「人間中心的」なものが非常によく均衡を保っていると言える。

　ここから、モーリヤックがパスカルの『パンセ』とその小品を見る姿勢の内で前半の厳しい評価の側面の検証に移る。『小説論』の視点である「これでは人びとの心を基督に連れ戻すには足りまい」という評価は、モーリヤックがパスカルをどのように評価していたかを示す資料であるが、非常に分かり難いので慎重に取り扱わねばならない要点である。
　ここまでの部分では、モーリヤックが優しい目で見ているパスカルに対する評価について書いた。しかしその優しい目は長く続かない。「よく均衡を保っている」、それは『パンセ』や小品に限られている。それ以外の重要なパスカルの著作では、「神中心的」と「人間中心的」なものの均衡が大きく破られる。それは、特にパスカルの論争の記録である『プロヴァンシアル』においてである。この論争の記録には種々の問題がある。一番大きい問題は、『パンセ』というキリスト教信仰文書が書かれた時期と『プロヴァンシアル』という論争文書が書かれた時期の間に存在する矛盾である。一般的には、「回心」した信仰者は、信仰にのみ生きるのであるから、論争は避ける。しかし、パスカルは「二回目の回心」後に『プロヴァンシアル』で論争に加わるのである。書かれた文書の時期を順に書くと以下のようになる。
　　『病の善用を神に求める祈り』1648 年頃と 1659 年の 2 説あり
　　『罪びとの回心について』1653 年の終わり頃
　　『覚え書』1654 年 11 月 23 日
　　『プロヴァンシアル』1656 年 1 月 23 日から 1657 年 5 月
　この上に示した 1654 年の『覚え書』が、パスカルの「二回目の回心」と呼ばれるもので、その同じパスカルが、1656 年に『プロヴァンシアル』でイエズス会を相手に恩寵論争しているのである。論争という事実と、「神中心的」なものである「回心」「神を待ち望む」の間には、心境的なものに

第1部　モーリヤックの小説理論

関して大きな隔たりがある。その隔たりの存在を一番気にして、批判しているのがモーリヤックである。モーリヤックは、1959年に書いた『内面の記録』の中で、『プロヴァンシアル』について言及し、イエズス会と恩寵論争を繰り広げるパスカルに対して、厳しく批判を加えている。『内面の記録』の第11章は、その冒頭からモーリヤックの批判の調子の強さに驚かされる。

　　〈神の前で慄えおののいたこのジャンセニストが、『プロヴァンシアル』の作者であることには慄えおののかなかったということに、驚いてはならない。死のほんの少し前、彼はそれを後悔するどころか、むしろ誇りとさえしていた。「もし現在そうしなければならぬとあれば、私はさらにいっそう激しく書くことだろう」。[49]〉

　モーリヤックが『プロヴァンシアル』の中で、特に問題視している手紙は、第16の手紙、第17の手紙、第18の手紙という最後の三つの手紙である。それ以前の手紙との違いについてモーリヤックはこのように書いている。

　　〈すぐ前に先行する第16の手紙において、パスカルは愚弄の調子を一挙に捨て去って、勝ち誇った憎悪の念をむきだしに示していたのである。それは神が彼に、ブレーズ・パスカルに語りかけ給うたからであり、また聖荊の奇蹟によって、「無限の存在」がポール=ロワイヤルとその騎士のことをどう考えておられるかについて、彼にはもはやいささかの疑念も残らぬようになったからである。[50]〉

　パスカルが変化した理由は、この聖荊の奇蹟に関係する。パスカルの姪マルグリットの眼病についてのいわゆる「聖荊の奇蹟」が起こり、その奇蹟はジャンセニストの教義が正しいとする神の意志であるとパスカルは解釈したのである。この聖荊の奇蹟を受け、パスカルはさらに語調を強め、第17の手紙では、イエズス会を攻撃する勇猛な戦士の風格を帯びているように見えるとモーリヤックは表現している。

　　〈第17の『プロヴァンシアル』において彼を鼓舞する精神は、それと異ったものなのである。ここで我々は、この世おいて自らと神とを隔てるようなものから、いっさい超越してしまった聖者の諦念と係わり合っているのではなく、妨げとなり重荷となるようなものを振り捨て

28

第1章　モーリヤックから見たパスカル

て、重たげに武装した敵に襲いかかる一人の戦士を相手にしているのである。[51]〉

モーリヤックは『プロヴァンシアル』の第17の手紙について、上のように静かな調子で評価を加えている。しかし、この手紙の中でパスカルは、第18の手紙につながる、カトリック教会にとってタブーとされていることを書いている。それは、口に出すことでさえ憚られ、まして文章にするなどということは、カトリック教会全体の秩序を揺るがしかねない内容である。それは、カトリックの位階制の頂点に座するローマ教皇に対する批判で、以下のように書かれている。

〈「正規の、万国公会議は、信仰上の諸教義を決めるときには誤ることがないが、事実問題においては誤ることもある。」また、別のところには、「教皇は、教皇としても、また、万国公会議の主催者としても、個々の事実をめぐる論議においては誤ることもある。そうした論議は、主として人々の情報や証言にもとづいて行なわれるからである。[52]」〉

『プロヴァンシアル』の最後の第18の手紙に至っては、パスカルのジャンセニスムに対する「弁明：肩をもつこと」は頂点に達する。第18の手紙では、その批判の矛先がローマ教皇の無謬性にまで及ぶことになる。

〈第18の手紙は、ある部分では、ローマ法王の無謬性が効力をもつのはきわめて狭い範囲においてであることが、議論の中心をなしている。[53]〉

この第18の手紙に見られるパスカルの高慢さは、カトリック信者の発言の限界を超えるもので、モーリヤックならずとも、読むに堪えない。そこには以下のような高慢な論調で、ローマ教皇に対する批判の文章が書かれている。第18の手紙の一部を引用する。

〈しかし、教皇に対して、子がその父に、肢体がそのかしらに寄せる従順をこめてなお、次のように言上するとしても、敬意を欠くことにはならないのだと知っていただきたいのです。すなわち教皇であろうと、事実問題ではだまされることもあっただろうし、聖座につかれてから現教皇が事実問題を吟味させられたことはなく、前教皇インノケンチウス10世もただ、命題が異端かどうかを検討させられただけで、それらがジャンセニウスのものかどうかまでは審議させられなかった

29

第1部　モーリヤックの小説理論

のだと。[54]〉

　この引用では、教皇が「だまされることもあった」という表現で書かれている。その教皇が「だまされる」という表現がさらに続き、パスカルはローマ教皇に対して説教するような口調で誤りを諭すのである。

　　〈さて、神父さま、これこそ教皇がたにぜひとも知っていただかねばならぬ正しい意見です。なぜなら、どの神学者も一致していっていますように、教皇がたとてもだまされることはあり、いかに最高の座にあるといっても、だまされないという保証は少なく、むしろ逆に、多数の事柄に心を向けねばならないため、いっそうその危険が大きいのだからです。[55]〉

　モーリヤックは『プロヴァンシアル』の第18の手紙の中のパスカルの姿にカトリックと相対立し、またカトリックを激しく攻撃したヴォルテールの姿を重ね合わせている。

　　〈すでにそこには、この最後の『プロヴァンシアル』の中には、ヴォルテール的な矢毒がある。[56]〉

　以上のような、モーリヤックによるパスカルの『プロヴァンシアル』についての評価と全く同じ見解を示す文学者がいる。それがランソン、テュフロである。ランソン、テュフロのパスカルに対する評価は、キリスト教の深い理解に根差した著作である『パンセ』というよりは、無神論の先駆者に近い印象を我々に与える。ランソン、テュフロはパスカルの『プロヴァンシアル』についてこのような見解を示している。

　　〈神學上の論爭を俗人の仲裁に委ねることによって、パスカルは事實、ヴォルテールへの道を切り開いた。同様にかつては、宗教改革者等は、民衆を聖書の檢討に招致することによって、われ知らず無宗教のために盡力したのであった。[57]〉

　以上のようにパスカルは『プロヴァンシアル』の第18の手紙の中で「ローマ教皇の無謬性が効力をもつのはきわめて狭い範囲においてであること（前出）」を主張しているが、ローマ教皇とはカトリック教徒にとってどのような存在なのであろうか。フランス語辞書とその邦語訳を併記する。

ローマ教皇

　　〈PAPE n.m. — 1050 ; lat. *papa*, titre d'honneur donné d'abord aux évêques, puis réservé à l'évêque de Rome.

Chef suprême de l'Église, devenu après le schisme oriental et la Réforme, le chef de l'Église catholique romaine. *Le pape, successeur de saint Pierre, vicaire de Jésus-Christ, chef visible de l'Église, de la catholicité, évêque de Rome.*[58]〉

〈教皇、ラテン語では papa で、最初は司教に対して付与されていた敬称で、後に、ローマの司教専用の敬称となる。カトリック教会の最高指導者で、東方教会の分離と宗教改革の後で、ローマ・カトリックの最高指導者となった。聖ペトロの後継者である教皇は、イエス・キリストの代理人であり、カトリック教会のそしてカトリック信徒の可視の可能な元首で、ローマの司教である。〉

ローマ法王の無謬性

〈INFAILLIBILITÉ n.f. — 1558. *infaillibilité de l'Église.*（1558）. Spécialt. *Infaillibilité de l'Église. Infaillibilité du Pape. infaillibilité pontificale*, dogme proclamé en 1870, selon lequel le Souverain Pontife est infaillible lorsqu'il parle ex cathedra pour définir la doctrine de l'Église universelle. *Privilège de l'infaillibilité.*[59]〉

〈無謬性、1558 年、カトリック教会の無謬性、（1558 年）特記、カトリック教会の無謬性、ローマ教皇の無謬性、1870 年に公に宣言された教義。その教義によると、（ローマの大司教である）教皇は世界のカトリック教会の教義を定義するために威厳をもってお話し下さる時には無謬である（誤りを犯さない）。〉

また ex cathedra は、以下のように辞書で示されている。

司教座の高み

〈EX CATHEDRA, « Du haut de la chaire », avec autorité, solennité. *Parler* ex cathedra. — Spécialt. *Le pape parlant* ex cathedra, *du haut de la chaire de Pierre.*[60]〉

〈《（教会内の）司教座の高みから》、教皇が《（教会内の）司教座の高みから》権威と威厳をこめて話しかける。〉

今まで見てきたように、ローマ教皇の権威を象徴するものが、この教皇無謬（infaillibilité）である。1558 年の決定まで教皇無謬（infaillibilité）の教義

第1部　モーリヤックの小説理論

について異論も存在したのは事実である。しかし 1558 年に教皇無謬
（infaillibilité）の教義はローマ教皇とローマ・カトリック教会の名で決定さ
れたのである。決定された教義に対してカトリック教徒は服従の義務があ
る。それを無視して、『プロヴァンシアル』でパスカルはその教義を批判す
るのである。そこには、パスカルのポール・ロワイヤルでのジャンセニス
ムの師であるピエール・ニコル（1625-1695）や F.N.アントワーヌ・アルノ
ー（1612-1694）の影響がみられることを田辺は『プロヴァンシアル』の訳
注で示唆している。[61]

　このようなパスカルによる教皇無謬（infaillibilité）の教義の批判は、カト
リック教徒というより、むしろカルヴァンによるローマ教会やローマ教皇
批判に近い、と田辺も認めている。そのことについて田辺は以下のように
書いている。

　　〈ジャンセニスムと宗教改革者たちの精神の類縁性、共通性は、はやく
　　から指摘されてきた。『偉大な世紀の道徳 Morales du Grand Siècle』
　　(1948) の著者 P. ベニシューは、このどちらもが、神と人間との関係を
　　さらに直接化することを求めたという。[62]〉

　カルヴァンの教義と近い論理展開をパスカルは『プロヴァンシアル』の
中で行っているのである。そのことにより、これらの『プロヴァンシアル』
最後の手紙が、ローマ・カトリック教会を怒らせ、ポール・ロワイヤル修
道院の破壊を早めたのである。この一連の出来事に対して、パスカルの『プ
ロヴァンシアル』に大きな責任があるとモーリヤックは見るのである。

　　〈 ―― （中略）パスカルは匿名であること、傷つけられぬ立場にあるこ
　　とを勝ち誇っている。ただし、自分もそこに与してともに戦っている
　　筈の人々、そういう人々が無防備で敵の手に委ねられていることを忘
　　れているけれども。パスカルがジェズイットたちに打撃を加えるたび
　　に、パスカルの友人たちは、自らの名誉でもって彼に報いるであろう
　　 ―― というのは、彼等は結局信仰宣誓の署名をするであろうから。[63]〉

　イエズス会との恩寵論争の中でのパスカルの発したカトリック教会内で
の問題点の指摘は、正しいのかもしれない。そして、数をたのむイエズス
会の攻勢に対してジャンセニスムを守ろうとするパスカルの姿勢は、その
カトリック信仰の深さを示す証しであるのかもしれない。しかし、恩寵論

32

第1章　モーリヤックから見たパスカル

争の中で自論の優越性を誇り、最後にはローマ教皇批判までするパスカル
の態度は、「神中心的」な「神を待ち望む」姿勢からほど遠く、「人間中心
的」な理性を用いて論理を構築し強化した論争好きの哲学者としか見えな
い。「神中心的」な敬虔さを忘れ、「人間中心的」な理性を用いて恩寵論争
をジャンセニストの側にとって優位に導こうとするこのようなパスカル像
に関して、田辺保は以下のように述べている。

　　〈どうかすると、『パンセ』のパスカルと、『プロヴァンシアル』のパス
　　カルとの間には断絶があるというふうな俗説をうのみにしかねな
　　い。[64]〉

『フランス文学史』（饗庭孝男他編）では、「信仰者パスカルは、そのような
『傷ついた葦』である人間を覆い包む神の呼びかけを親しく聞いてきた」[65]
ように述べられていたが、深い信仰に基づいて書かれた『パンセ』という
ふうに解釈をするのは無理があるような気がする。いかにそれがイエズス
会との恩寵論争が目的であったとしても、カルヴァン派の神学者によるロー
マ教皇に対する弾劾の文書のように見える『プロヴァンシアル』は、「人
間の条件の惨めさを根本的に救う道が、ただひとつイエス・キリストへの
信仰しかないことを説いている」[66] ようには決して見えないのである。『パ
ンセ』と『プロヴァンシアル』の間に田辺は断絶が存在しないと見ている。
そしてその断絶を説明するのに「第三の回心」という解釈をする人たちも
いるということを紹介している。

　　〈姉ジルベルトの伝記に記録された、聖者の面影をもただよわせる晩
　　年のパスカルの姿に「第三の回心」を見る一部の批評家の見解にあざ
　　むかれて、パスカルは「外側で活躍しすぎた」ことを悔い改め、『プロ
　　ヴァンシアル』時代の華々しい、ジャーナリスチックな活動からはま
　　ったく足を洗ったのだと思いこんでしまっている。[67]〉

　ただ、以上までの資料を通して分かることは、『プロヴァンシアル』の時
代のパスカルには「神中心的」な「回心」や「神を待ち望む」姿勢が欠け
ていることである。このようなパスカルのキリスト教信仰に関する恩寵論
争を好む「人間中心的」な姿勢について、ランソン、テュフロはその『フ
ランス文學史』の中で次のように指摘している。

　　〈更にジャンセニスムの別の一面がある。ジャンセニストが神の前で

33

第1部　モーリヤックの小説理論

　　抛棄したその人間理性を、彼等は教理論争のためには忽ち再發見する。
　　この點にかけては彼等は手ごわい論證家であり執拗な論爭者、巧妙な
　　演繹抽出者である。この意味で彼等はデカルトを繼續し、〉[68]

　ランソン、テュフロにとっては、ジャンセニストは、深い信仰に生きる
宗教人たちという印象ではなく、むしろ理性中心で論理を構築するデカル
ト主義者に見えるのである。ランソン、テュフロが述べるパスカル像は、
上で見た饗庭孝男他編『フランス文学史』で述べられているような、「人間
の条件の惨めさを根本的に救う道が、ただひとつイエス・キリストへの信
仰しかないことを説いている」信仰者としての姿ではなく、俗世に生きる
哲学者（数学者）のそれである。イエズス会との恩寵論争を前にしたパス
カルの姿勢の中に見られる俗人性は、ランソン、テュフロの以下の文を読
めばよく理解できる。

　　〈パスカルはポール＝ロワイアルに、科學と哲學の方法によって涵養さ
　　れ、神學にはかなり無知な、全く俗人的精神を與える。彼の『ド・サ
　　シ氏との對話』から結論されることは、誤謬や無信仰に對して彼が嚴
　　しい論陣を企てたときにも、この信仰の擁護者が、教父の著書を讀ん
　　でいないということである。その後もこういうことについてはただ表
　　面的な知識しか持たないであろう。しかもそのため却って、俗人社會
　　に對するその強い影響力が生じた。思想・方法・文體等、彼のうちの
　　すべてが科學者と模範的紳士とを物語るのみであって、神學者を表わ
　　すものは何もない。〉[69]

　パスカルのこのような姿勢については、「パスカルの社交時代」の特別な
現象であり、その「社交時代」が過ぎると、パスカルは本来の敬虔なキリ
スト教徒に戻るのであるという考え方が上述した「第三の回心」という見
方の基礎となっていると思われる。しかし、現実は「第三の回心」を主張
する人びとの思いに反して、『プロヴァンシアル』でのパスカルの舌鋒の鋭
さは『パンセ』でも衰えを知らず、いぜんイエズス会との恩寵論争は繰り
広げられる。

　　〈それは恩恵の最後のはたらきである。
　　奇跡が一つでもジェズイットの側で起こっていたら。（断章851）〉[70]

　この断章851で書かれている「奇跡」とは、先にも少し触れたが、パス

カルの姉であるジルベルトの娘マルグリットに起こった奇跡のことで、「聖荊の奇跡」（1656 年）と呼ばれるものである。「聖荊の奇跡」については、塩川徹也の『パスカル 奇蹟と表徴』では、その経緯が詳細に述べられている。

　〈奇蹟は、このような緊迫した雰囲気の中で起った。3 月 24 日、パリのポール=ロワヤル修道院で、一人の寄宿生が、キリストの荊冠の一片のいばらを内蔵した聖遺物を押しあてられて、宿痾の眼病から突如解放されたのである。奇蹟は、マルグリット・ペリエという少女に生じた。彼女はブレーズ・パスカルの姪であり、しかも洗礼の名付子であった。そしてパスカルは、『プロヴァンシアル』の第 5 書簡を書き終えたところであった。[71]〉

　パスカルは、「聖荊の奇跡」が起こったのはポール・ロワイヤルの修道院においてであり、それがジャンセニスムの正統性の証明の証拠であるということを示したくて、この断章を書いたと思われる。同じ趣旨で、上で引用した『パンセ』の断章 851 の直後の断章でイエズス会批判をしている。

　〈それゆえに、ジェズイットの頑迷（がんめい）はユダヤ人の頑迷以上である。というのは、ユダヤ人がイエス・キリストの無罪を信じることを拒んだのは、彼の奇跡が神から出たかどうかを疑ったからにすぎない。それに反して、ジェズイットはポール・ロワイヤルの奇跡が神から出たことを疑いえないにもかかわらず、なおもこの家の無罪を疑うことをやめないのだ。（断章 854）[72]〉

　パスカルの『パンセ』のイエズス会批判は、その鉾先をローマ教皇にまで拡大する。その点で『プロヴァンシアル』の第 17 の手紙や第 18 の手紙とよく似ている。

　〈ジェズイットは、教皇を抱き込むたびごとに、全キリスト教徒を誓約にそむかせている。

　　——

　　教皇は、職掌がらとジェズイットに対する信頼とから、わけなく抱き込まれるし、ジェズイットは、中傷を手段として、彼を抱き込むのがはなはだ得手（えて）である。（断章 882）[73]〉

　以上で見てきたように、『パンセ』においてパスカルの論調が変化したわけではない。『プロヴァンシアル』のパスカルの攻撃的姿勢は、『パンセ』

第1部　モーリヤックの小説理論

においても健在である。断章882のローマ教皇批判の文、「教皇は、職掌がらとジェズイットに対する信頼とから、わけなく抱き込まれる」での表現は、『プロヴァンシアル』の第18の手紙と見間違うほど似ている。

　そして、パスカルの「回心」についても、「第二の回心」だけでは足りず、研究者を悩ませ、さらに「神中心的」な心情にまで至る「第三の回心」まで考え出さざるを得ないようにさせしめる論争好きのパスカルを、モーリヤックは肯定できないのである。それはまさに、パスカルの中の「人間中心的」ないわゆる「幾何学的精神」の一面である。計算機を発明し、また真空実験のような実証科学の証明で自らの能力を世に示したように、修辞学や論理学の手法を駆使し、「幾何学的精神」を極めて論争相手（モリニスト）を論破する魅力にとり付かれたパスカルの姿がそこにある。自己の高い能力に酔いしれるパスカルの様子は、計算機の献呈についてのスウェーデン女王クリスティーナへの手紙（1652年6月）にもよく表れている。

　　〈私の考えに誤りがなければ、権力においてと同様、学識においても頂
　　点を究めた方々は、王者と見なしうるのであります。天分のあいだに
　　も、身分のあいだと同じ位階が存在いたします。臣下に対する王の権
　　威は、精神が自分より下位の精神に対してもつ権威の象徴にすぎない
　　と私には思われます。すなわち上位の精神が下位の精神に対して行使
　　する説得の権利は、政治的統治における命令の権利に相当するものな
　　のです。この第二の支配権は、精神が肉体よりも上位の秩序に属する
　　ものであるがゆえに、それだけいっそう高い秩序にあるとさえ私には
　　思われます。[74]〉

　自己の学識を女王の権威と同等かそれ以上であると自慢するパスカルの姿勢は、スウェーデン女王に対する敬意を欠いている。そこには、キリスト教信者として「へりくだる」という姿勢が一切見られないという特徴があり、その意味で、評論でよく取り上げられるものである。そのように思い上がったパスカルの姿勢の中に「世俗的な驕り」の感情があると研究者も認め、その驕りについて長瀬春男は以下のように解説している。

　　〈メナールは精神的卓越性を王者の支配権に比す個所にふれて、パス
　　カルを科学的探究へと駆り立てていたものが、単に真理への情熱だけ
　　ではなく、反駁不可能な論証の力によって他の精神を説得し支配した

第1章　モーリヤックから見たパスカル

いという欲求でもあったと指摘する。この手紙は、科学的探究心と結
びついた世俗的な驕りの感情を伝えることで、「社交時代」のさなかに
あるパスカルの精神のありようを照らしだす貴重な資料となっている
というのである。[75]

　このようなパスカルの「人間中心的」な「幾何学的精神」の側面は、中
世のキリスト教思想から連綿と引き継がれた部分であり、驚くに値しない。
それは、中世のスコラ学が、神の存在証明のために、ギリシア哲学を利用
し、「人間中心的」に理性で論証を積み上げ、神の存在まで到達することを
目指したのを見れば明らかである。それについて、前出のエルヴェ・ルソ
ーは以下のように書いている。

　〈神の存在に関しては聖トマスはアウグスティヌスに反対し、直接的
　内的明証性は存在しないことを認めている。なぜなら自然を起点とす
　るあらゆる認識は、抽象化により感知可能な影像から普遍的なるもの
　へと高まるのであるから。神は結論として推断されるというものでし
　かない。聖トマスは五つの《道》を提案する。最初の二つ（第一原因の
　証明と第一動力因の証明）はアリストテレスから想を得ている。（中略）
　彼にとって、存在のさまざまな種類を識別することを可能にさせるの
　は、彼がアヴェロエスの注釈をとおしてアリストテレスから借用した
　「類比」の理論である。（中略）
　　　以上はトマス・アクィナスによるアリストテレス哲学利用のほんの
　数例にすぎない。のちに認められるようになるが、この綜合作業は非
　の打ちどころない正統性をそなえていた。聖トマスはアラビアのアリ
　ストテレス学によって隆盛を見た哲学の山のなかから、キリスト教と
　矛盾しないものを完全に選りわける能力を示したのである。[76]

　パスカルもまた、ジャンセニスムの正統性の主張のために、ギリシア的
理性の学問である論理学を利用し、弁論術を駆使して、論陣を張ったので
ある。そのような事情について、エルヴェ・ルソー『キリスト教思想』の
訳者である中島公子は、その「訳者あとがき」で一般論としてではあるが、
パスカルの置かれた環境を思わせる表現をしている。

　〈宗教上の真理が信仰にとって絶対の所与であるとしても、人間理性
　はつねにそこに信ずるに足る「理由」―― 理解の可能性 ―― を求めず

37

第1部　モーリヤックの小説理論

にはいられなかったのであり、キリスト教神学の歩みはこの「理解を求める信仰」の形成と発展の歩みにほかならなかった。とすれば、理性によって信仰の本質にせまろうとする営みを通して、思想としてのキリスト教にいささかでも接近することはけっして不可能ではない。[77]〉

パスカルもまたエルヴェ・ルソーが『キリスト教思想』で書いているように、聖トマスの弟子のひとりなのである。その点で、パスカルは彼がデカルトを否定し、毛嫌いしているほどにはデカルトと遠くない。上で引用したランソン、テュフロも『フランス文學史』の中で、このパスカルとデカルトの近接性について以下のように指摘している。

〈更にジャンセニスムの別の一面がある。ジャンセニストが神の前で抛棄したその人間理性を、彼等は教理論争のためには忽ち再發見する。この點にかけては彼等は手ごわい論證家であり執拗な論争者、巧妙な演繹抽出者である。この意味で彼等はデカルトを繼續し、後日〔18世紀に〕デカルトの方法を用いて攻撃されるに至った宗教そのものを平然と防護するためにこれを用いることによって、彼等はこの方法を一時、中性化したのであった。[78]〉

ここでランソン、テュフロによって書かれているように、イエズス会との恩寵論争に勝利するという目的のために、パスカルはデカルトの方法論を利用するのである。しかし、論争の方法論としては借用したデカルトとその哲学を、『パンセ』の中ではパスカルは全面的に否定し、有名な断章77で、以下のようにデカルトの哲学の中にあたかも無神論があるかのように書いている。

〈私はデカルトを許せない。彼はその全哲学のなかで、できることなら神なしですませたいものだと、きっと思っただろう。しかし、彼は、世界を動きださせるために、神に一つ爪弾<ruby>弾<rt>つまはじ</rt></ruby>きをさせないわけにいかなかった。それからさきは、もう神に用がないのだ。(断章77)[79]〉

この断章77を読むと、デカルトとその哲学が無神論で出来上っているように錯覚する。しかし、デカルトの同時代の伝記作家であるアドリアン・バイエ(1649-1706)が『デカルト伝』で書いているように、デカルトはキリスト教の信仰について持論を展開することを避けていただけなので

38

第1章　モーリヤックから見たパスカル

ある。その点で、ジャンセニスムの恩寵論争に「弁明：肩をもつ」パスカルの宗教的態度と比して、デカルトのそれは対蹠にあるといえる。アドリアン・バイエは、デカルトの宗教的な姿勢の表明についての慎重さを以下のように表現している。

　　〈神学には決して立ち入るまいと用心してはいたものの、それでも彼は、神の認識において、さらには天上からわれわれに啓示によってのみ伝えられた認識において、人間の理性の分担しうる役割を、捨て去るまでには至らなかった。宗教上の格率を定めるために理性が有用であることを彼はよく承知していた。そして哲学も善用すれば、明敏な精神の持主において、信仰を支え、信仰の正しいことを明らかにするのに、大きな助けとなることを確信していた。[80]〉

　さらにアドリアン・バイエは、カトリック教会に対するデカルトの態度についても、以下のような表現で彼とその哲学の正統性を述べている。

　　〈彼は自分の説と、信仰の真理について教会がわれわれに教えているところとが、完全に一致すると確信していた。[81]〉

　そして、アドリアン・バイエはローマ教皇とその権威に対してのデカルトの完全な服従についても、何の疑う余地もないことを読者に示している。

　　〈自分の属する教会全体に対して彼の抱いていた愛着は、その権威への、誠実かつ全面的な服従によって支えられていた。彼は、法王庁の刻印がついておれば、あるいは単に名前だけでもついておれば、どんなものにでも敬意を払っていた。またソルボンヌ、すなわちパリの神学部全体を尊重していた。権能の鍵が法王や司教たちの手中にあることを承知していた彼は、ソルボンヌをば学問の鍵の受託者と見なしていたのであった。[82]〉

　アドリアン・バイエの『デカルト伝』を読む限りでは、デカルトは教皇庁とローマ教皇に対して全く忠実な哲学者であったことが分かる。上で見たパスカルのローマ教皇に対する態度、つまり「だまされている教皇」という表現と比較すると、デカルトとパスカルの隔たりの大きさを感じる。そのようなデカルトをパスカルは断章 77 でなぜあれほどまでに酷評したのであろうか。それは、スウェーデン女王クリスティーナへの手紙に見られたようなパスカルの学問的な驕りに起因するものと思われる。「へりく

39

第1部　モーリヤックの小説理論

だる」という気持ちは、そこには微塵もみられない。こうしてみると、パスカルとデカルトのどちらの方がキリスト教の信仰について深い考察をしていたのかについて、判断し難くなる気がする。もちろん、デカルトは「人間中心的」な理性を用いて彼の哲学を構築した哲学者と評価されるが、パスカルのこのような論争を主導する「人間中心的」な姿勢を見ると、二人の生き方については、外見的には区別がつきにくくなる気がする。キリスト教徒としてのあるべき姿である、「へりくだる」ことや「回心」を『パンセ』の中などで書いているので、パスカルは「神中心的」な精神の人であると誤解してしまう。しかし、パスカルは、上で見てきたように、根本的には「人間中心的」な魂の持ち主なのである。そのことをよく理解していたモーリヤックは、「へりくだる」ということしか『パンセ』に書かないパスカルに対して異を唱えるのである。

　「神中心的」な「へりくだる」こと、「回心」、「神を待ち望む」、そういう人物として、第2章で詳しく言及するが、アビラの聖テレジアがいる。アビラの聖テレジアについても、パスカルは『パンセ』で言及はしている。しかし、パスカルのアビラの聖テレジアに対する関心は薄く、しかも否定的な表現の方が目立つ。

　　〈外的行為。

　　　神と人とに喜ばれるほど、危険なことはない。なぜなら、神と人とに喜ばれる状態は、神に喜ばれることと人に喜ばれることとの、別々のものから成っているからだ。聖テレサの偉大さなどは、それである。神に喜ばれたのは、彼女が霊示を受けたときの深い謙虚であり、人に喜ばれたのは、彼女の知恵である。そこで、人は彼女の状態にならうつもりで、彼女のことばをまねるのに懸命であるが、それほど神の愛されるものを愛し、神の愛される状態に身をおこうとはしない。（断章 499）[83] 〉

　次の断章 917 で書かれているパスカルの聖テレジア像は、表現の中に聖女に対する尊敬の念は薄い。

　　〈蓋然論。

　　　まことしやかなものが確かであったら、真理を求めた聖徒たちの熱意は無益であったろう。

40

最も確かなものを絶えず求めた聖徒たちの恐れ。

聖テレサは常にその聴罪師に従った。（断章917）[84]〉

この断章917のフランス語の原文は以下のようになっている。

〈Probabilité.

L'ardeur des saints à chercher le vrai était inutile si le probable est sûr.

La peur des saints qui avaient toujours suivi le plus sûr.

Sainte Thérèse ayant toujours suivi son confesseur.[85]〉

この蓋然性probabilitéという単語は、かなり理解し難い単語である。「真実らしさ」や「確からしさ」と訳されている。哲学用語として、「蓋然性」という訳語があてられ、白水社の『仏和大辞典』には以下のような注釈が付けられている。

〈probabilité（哲）蓋然性：*doctrine de la*～（神）蓋然説（蓋然的に正しいと考えられる行為は、それを実行して差支えないとする倫理神学上の説）。[86]〉

この蓋然性という単語がよく理解できないので、別の翻訳を参考にすると、田辺はこの蓋然性について以下のように訳している。

〈蓋然論──「ありそう」なものが確実だったら、真実をもとめるのに、あんなに熱心であった聖徒たちは、むだなことをしたことになる。もっとも確実なものを、つねに求めつづけた聖徒たちのおそれ（いつもその聴罪司祭に従った聖テレサ）。（断章917）[87]〉

この断章917の直後の断章918は、イエズス会の唱える教義の疑わしさにあてられているので、蓋然性の断章は、あまりいい意味で書かれた断章ではないということが理解できる。田辺は次の断章918については以下のように訳している。

〈蓋然論のないジェジュイット、またジェジュイットなしの蓋然論なんて、どういうものになるだろうか。（断章918）[88]〉

正しいかどうかわからないものを正しいとしているのがイエズス会の教説の特徴で、そのイエズス会の説に対してパスカルは「蓋然性」という名詞をあてている。そして、断章917と断章918の間のその隣接性ゆえに、聖テレジアが迷った時にその意見に従った聴罪司祭の信仰の確かさに対する疑念が生じる構造になっている。その疑念とは、聖テレジアの聴罪司祭

第 1 部　モーリヤックの小説理論

は、イエズス会の司祭であったとすれば、その聴罪司祭が蓋然性に基づいた教義についての解釈をし、その解釈を聖テレジアに伝えていた可能性があるということがこの断章で述べられているのかもしれないと思わせる点である。すると、聖女と呼ばれている人の聖性もまた、イエズス会に対してなされた「蓋然性（不確かさ）」という評価と同様の価値に貶められる可能性が生じるのである。このように、パスカルの『パンセ』で登場する聖テレジアの評価はあまり芳しいものではない。なぜそのようにパスカルは聖テレジアの聖性に対し『パンセ』で疑義をはさむのか。それはローマ教皇の無謬性を『プロヴァンシアル』で否定するまでに驕り高ぶったパスカルが、聖人の聖性を否定することに何の躊躇いもなかったからだと思われる。

　聖人の聖性をこのように蓋然性の疑義の対象にするパスカルにとっては、『パンセ』の中にローマ教皇の権威を傷つける断章を挿入することについても何の躊躇もない。

　　〈教皇。神は、その教会に対する普通の指導のなかでは奇跡を行なわれない。もし一個人のうちに無謬性があったら、それは一種の奇妙な奇跡であろう。しかし、無謬性は多数のなかにあるというのが、きわめて自然であると思われる。（断章876)[89]〉

　　〈人は確かさを好む。教皇が信仰において無謬であり、いかめしい神学者たちが道徳において無謬であることを好む。自分が確信を得たいために。（断章880)[90]〉

　これらの断章は、ジャンセニスムとその「五か条命題」がソルボンヌにおいて異端として断罪された反発として書かれている。

　　〈有罪となった五箇条命題。奇跡はそうではない。なぜなら、真理は攻撃されなかったから。だが、ソルボンヌは……だが、勅書は……（断章850)[91]〉

　この断章850について、田辺はその『パンセ』の翻訳に付した訳注で以下のようにその経過を詳述している。

　　〈五か条命題は、1653年6月に教皇インノケンチウス10世の回勅によって罪を宣せられたが、アルノーの相次いでの弁駁にもかかわらず、1656年1月29日には、かれ自身がソルボンヌで有罪と定められ、さ

らに10月16日、新教皇アレクサンデル7世の勅書は、五か条命題を
はっきりジャンセニウスが理解した意味において、異端であると宣告
を下した。[92]〉

ジャンセニウスの「五か条命題」がソルボンヌによって有罪とされ、ロー
マ教皇の名で異端とされたという事情があり、パスカルはローマ教皇に
反論する意図で『パンセ』の上記の諸断章を書くのである。そして断章の
中でモーリヤックにとって最も不愉快なローマ教皇に対する批判の文をパ
スカルが書いているのが断章920である。

〈沈黙は最大の迫害である。聖徒たちは決して沈黙しなかった。神の
召命が必要であることは事実であるが、人が果たして召されているか
どうかを知らせてくれるのは、会議の裁定ではなく、語らずにはいら
れないことである。ところでローマ（教皇）がすでに言明し、彼が真理
を有罪に決したことがわかり、（中略）そのうちに一人の教皇が現われ
て、双方の主張を聴き、故事に徴して正当な判定を下すであろう。（断
章920）[93]〉

以上の断章群を見る限り、ローマ教皇に対する批判は、教皇の無謬性を
も含め、その論調は『プロヴァンシアル』のそれと比較して、変化してい
るようには思えない。田辺が上で述べているような『プロヴァンシアル』
から『パンセ』に至る間に存在するかもしれない「第三の回心」は、根拠
が薄いように思われる。

一方、モーリヤックは、第2章で述べるように、聖テレジアに対して深
い思い入れがある。このような見方をするモーリヤックが、聖テレジアの
聖性を疑うようなパスカルの表現法を好んだとは思われない。モーリヤッ
クにとって聖人とは、論争を好む哲学者ではなく、聖テレジアのような人
である。それをモーリヤックは以下のような表現で表している。

〈しかし、聖者ならば小説を書きはしない。聖徳は沈黙である。[94]〉

『パンセ』の断章920の「沈黙は最大の迫害である。聖徒たちは決して沈
黙しなかった」とモーリヤックの「聖徳は沈黙である」の間にどれほど遠
い隔たりがあるのか想像もできないほどである。

このようなモーリヤックの考え方と全く同じ見方をする作家がいる（た
だし著作時期は異なり、モーリヤックよりもその作品は現代に近いが）。それが

43

第1部　モーリヤックの小説理論

シモーヌ・ヴェイユである。ヴェイユの著作として有名なものに、『神を待ちのぞむ』がある。この書名である『神を待ちのぞむ』は、ヴェイユ自身が付けたものではない。その間の事情は、ペラン神父によって本の序文に記されている。

　〈私がこの本を「神を待ちのぞむ」と題したのはそのためであって、この表題は福音書の "en upomèné"（耐え忍んで）という言葉を翻訳したものである。〔ルカ福音書8・15、21・19〕。これはシモーヌが一番好きだった言葉の一つで、それはおそらく彼女がそこにストア風の味わいをみとめたからであるが、もっと確実なことは、それが神に身を捧げ、すべてを神にゆだねる彼女のやり方だったからである。それは待ち望んで、完全に神に動かされうる状態にあることであった。[95]〉

　ペラン神父が書いたシモーヌ・ヴェイユ『神を待ちのぞむ』の序文のこの部分は、上記のモーリヤックの『小説論』の「しかし、聖者ならば小説を書きはしない。聖徳は沈黙である」と非常によく似ている。ヴェイユにとっては、神は人間の側の意志や努力と全く無関係なもので、「神を待ちのぞむ」以外に我々の側になすべきことは存在しないのである。そのような「神を待ちのぞむ」精神は、祈りの気持に反映するとヴェイユは考えている。その祈りの姿勢という点で、パスカルの著作は、ヴェイユに満足を与えない。

　〈このような霊的な進歩のあいだを通して、祈ったことはありませんでした。祈りに暗示の力があることがこわかったのです。パスカルはそういう力のために祈りをすすめています。パスカルの方法は信仰に達するために一番悪い方法の一つであると、わたくしには思われます。[96]〉

　『神を待ちのぞむ』でパスカルの祈りによる信仰への方法を批判したヴェイユは、さらに、彼女の著作『根をもつこと』の中で、「人間中心的」で「幾何学的精神」を重んじるパスカルの姿勢をも批判している。

　〈すでにパスカルは、神の探求において誠実さを欠くという罪をおかした。科学に親しむことを通じて知的形成をおこなった彼は、その知性を自由に働かせることによって、キリスト教のドグマのなかに確信を見出すことが期待できなかった。さらにまた、キリスト教なしです

第1章　モーリヤックから見たパスカル

ますという危険をおかすこともできなかった。知的探求をおこなうにあたっては、彼はまえもって、その探求がおのれをどこに導くかを決定した。それ以外のところに到達することを避けるために、彼は意識的に選んだ示唆に従うことにした。そして、そのあとで証明を求めた。確率や手掛りの分野では、いくつかのきわめて重要なことがらを発見した。だが、純然たる証明ということになると、賭の理論、預言、奇蹟など、つまらぬことがらしか主張しなかった。彼にとってさらに由々しきこととすべきは、けっして確信に到達できなかったということである。彼はけっして信仰を得なかった。手に入れようと努力したからこそそれが得られなかったのである。〉[97]

　以上で見てきたように、モーリヤックのパスカル解釈は、シモーヌ・ヴェイユのそれと非常に近いものであると言える。このようにパスカルとその著作を解釈しているからこそ、モーリヤックは、その『小説論』で、パスカルが人々の心をキリスト教に向かわせるのには足りない、「1800年来考え出されたあらゆる護教論のうち、パスカルの《パンセ》を依然その最高の表現とする護教論があるが、これでは人びとの心を基督に連れ戻すには足りまい」と述べるのである。「神中心的」な繊細の精神を限りなく追求しながら、しかし、慣れ親しんだ「人間中心的」な幾何学的精神の発想から抜け出せない作家であるパスカルをモーリヤックは批判しつつも、シモーヌ・ヴェイユより温かい目で見守るのである。モーリヤックがパスカルの『パンセ』と小品で読み取りたかったものは、「神中心的」な繊細の精神の本質である、神の前でおのれをむなしくすること、回心することと、そして神を待ち望むことであった。それ故に、パスカルの回心の不徹底さを許し、さらにその著作『パスカル』の中では、彼に神を待ち望む姿勢をもって欲しいと希望するのである。モーリヤックは少年時代から読み親しんだ『パンセ』等の著作において「神中心的」と「人間中心的」を両立させるパスカル像を理想としてみていたのである。しかし一方では、「人間中心的」な恩寵論争をイエズス会に挑む『プロヴァンシアル』でのパスカルを許すことができなかったのである。その点で、『根をもつこと』で繊細の精神を持つパスカルを全面否定するシモーヌ・ヴェイユの論調とモーリヤックのそれはかなり異なっている。

45

第1部 モーリヤックの小説理論

　以上の考察から、冒頭でみた、モーリヤックが『小説論』で書いた「パスカルの《パンセ》を依然その最高の表現とする護教論があるが、これでは人びとの心を基督に連れ戻すには足りまい」の表現の意味が理解できたと思う。イエズス会とジャンセニストの間で展開された恩寵論争は、恩寵と人間の自由意志という神学上重要な教義について、それぞれのキリスト教の派と派の間の論争である。しかし、それは所詮、人間の理性を用いて行った「人間中心的」な恩寵に関する議論にしかすぎない。パスカルはその「人間中心的」な議論にあまりに集中しすぎて「神中心的」な謙虚な祈りの姿勢を忘れている。その著作も「人間中心的」な理論で書かれている。「人びとの心を基督に連れ戻す」ということがモーリヤックの小説の目的である。議論という方法を用いては「人びとの心を基督に連れ戻す」ことはできないとモーリヤックは確信しているのである。それ故に、議論・論争を中心に書かれた『パンセ』は、「人びとの心を基督に連れ戻す」ことに適格性を欠くのである。

　　註
　1）　モーリヤック『小説論』、『小説家と作中人物』川口篤訳、ダヴィッド社、昭和51年、43頁。
　2）　モーリヤック『パスカルとの出会い』安井源治訳、『モーリヤック著作集』第1巻、春秋社、1982年、355頁。
　3）　同上、355頁。
　4）　同上、356頁。
　5）　『フランス文学史』饗庭孝男他編、白水社、1979年、88頁。
　6）　モーリヤック『小説論』、前掲、8頁。
　7）　同上、8頁。
　8）　同上、9頁。
　9）　同上、10頁。
　10）　同上、10頁。
　11）　同上、12頁。
　12）　同上、10頁。
　13）　同上、18頁。
　14）　Mauriac, *Le Roman, Œuvres romanesques et théâtrales complètes*, tomeII, Gallimard, bibliothèque de la pléiade, 1979, p.770.

第 1 章　モーリヤックから見たパスカル

15)　『仏和大辞典』伊吹武彦他編、白水社、1981 年、124 頁。

16)　*Le Petit Robert* 1, Le Robert, 1983, p.82.

17)　中村雄二郎『パスカルとその時代』、東京大学出版会、1976 年、181 頁。

18)　同上、180 頁。

19)　モーリヤック『小説論』、前掲、46-47 頁。

20)　モーリヤック『パスカル』安井源治訳、『モーリヤック著作集』第 1 巻、前掲、368 頁。

21)　モーリヤック『神への本能、あるいは良心』高橋たか子訳、『モーリヤック著作集』第 2 巻、春秋社、1983 年、13 頁。

22)　『現代フランス語辞典』第 2 版、中條屋進他編、白水社、1999 年、62 頁。

23)　パスカル『パンセ』前田陽一訳、『世界の名著パスカル』、中央公論社、昭和 41 年、65 頁。

24)　前田陽一「パスカルの人と思想」、パスカル『パンセ』前田陽一訳、同上、37 頁。

25)　パスカル『パンセ』田辺保訳、角川書店、昭和 52 年、585 頁、訳注 1。

26)　田辺保『クレオパトラの鼻　パスカルの恋愛論』、白水社、1980 年、270-271 頁。

27)　同上、269 頁。

28)　パスカル『幾何学の精神について』由木康訳、『世界の名著パスカル』、前掲、516 頁。

29)　『仏和大辞典』伊吹武彦他編、前掲、1272 頁。

30)　パスカル『パンセ』前田陽一訳、前掲、231 頁。

31)　Pascal, *Pensées, Œuvres complètes*, Seuil, 1963, p.521.

32)　『仏和大辞典』伊吹武彦他編、前掲、3 頁。

33)　パスカル『パンセ』前田陽一訳、前掲、238 頁。

34)　Pascal, *Pensées, op. cit.*, p.515.

35)　『仏和大辞典』伊吹武彦他編、前掲、1272 頁。

36)　パスカル『パンセ』由木康訳、『世界の名著パスカル』、前掲、336 頁。

37)　Pascal, *Pensées, op. cit.*, p.532.

38)　『現代フランス語辞典』第 2 版、中條屋進他編、前掲、1789 頁。

39)　『仏和大辞典』伊吹武彦他編、前掲、1272 頁。

40)　パスカル『罪びとの回心について』由木康訳、『世界の名著パスカル』、前掲、473 頁。

41)　『現代フランス語辞典』第 2 版、中條屋進他編、前掲、62 頁。

42)　モーリヤック『パスカル』安井源治訳、前掲、368 頁。

43)　同上、368 頁。

47

第1部　モーリヤックの小説理論

44)　パスカル『病の善用を神に求める祈り』由木康訳、『世界の名著パスカル』、前掲、535-536頁。

45)　パスカル『覚え書』由木康訳、『世界の名著パスカル』、前掲、476頁。

46)　エルヴェ・ルソー『キリスト教思想』中島公子訳、白水社、1982年、142頁。

47)　『仏和大辞典』伊吹武彦他編、前掲、113頁。

48)　同上、2419頁。

49)　モーリヤック『内面の記録』菅野昭正訳、紀伊國屋書店、1969年、205頁。

50)　同上、212頁。

51)　同上、215頁。

52)　パスカル『プロヴァンシアル』田辺保訳、『パスカル著作集』IV、教文館、1980年、190頁。

53)　モーリヤック『内面の記録』菅野昭正訳、前掲、217頁。

54)　パスカル『プロヴァンシアル』田辺保訳、前掲、226-227頁。

55)　同上、228頁。

56)　モーリヤック『内面の記録』菅野昭正訳、前掲、216頁。

57)　ランソン、テュフロ『フランス文學史』I、有永弘人他訳、中央公論社、昭和51年、280頁。

58)　*Le Grand Robert* 7, Le Robert, 1985, p.55.

59)　*Le Grand Robert* 5, Le Robert, 1985, p.560.

60)　*Le Grand Robert* 4, Le Robert, 1985, p.258.

61)　それについては、パスカル『プロヴァンシアル』田辺保訳、前掲、245頁、訳注81参照。

62)　パスカル『プロヴァンシアル』田辺保訳、同上、256頁。

63)　モーリヤック『内面の記録』菅野昭正訳、前掲、215頁。

64)　田辺保「あとがき」、『パスカル著作集』IV、前掲、253頁。

65)　『フランス文学史』饗庭孝男他編、白水社、1979年、88頁。

66)　同上、88頁。

67)　田辺保「あとがき」、『パスカル著作集』IV、前掲、253頁。

68)　ランソン、テュフロ『フランス文學史』I、有永弘人他訳、前掲、268頁。

69)　同上、274頁。

70)　パスカル『パンセ』由木康訳、『世界の名著パスカル』、前掲、424頁。

71)　塩川徹也『パスカル 奇蹟と表徴』、岩波書店、1985年、92頁。

72)　パスカル『パンセ』由木康訳、前掲、426頁。

73)　同上、434頁。

第 1 章　モーリヤックから見たパスカル

74）　パスカル『パスカルからスウェーデン女王クリスティーナへの手紙』長
　　　瀬春男訳、『メナール版パスカル全集』第 1 巻、白水社、1993 年、217 頁。
75）　長瀬春男「解説」、『パスカルからスウェーデン女王クリスティーナへの
　　　手紙』、同上、220 頁。
76）　エルヴェ・ルソー『キリスト教思想』中島公子訳、前掲、62-63 頁。
77）　中島公子「訳者あとがき」、エルヴェ・ルソー『キリスト教思想』中島公
　　　子訳、同上、159 頁。
78）　ランソン、テュフロ『フランス文學史』I、有永弘人他訳、前掲、268-269
　　　頁。
79）　パスカル『パンセ』前田陽一訳、前掲、99 頁。
80）　アドリアン・バイエ『デカルト伝』井沢義雄他訳、講談社、昭和 54 年、
　　　280 頁。
81）　同上、282 頁。
82）　同上、285 頁。
83）　パスカル『パンセ』由木康訳、前掲、261 頁。
84）　同上、442 頁。
85）　Pascal, *Pensées, op. cit.*, p.593.
86）　『仏和大辞典』伊吹武彦他編、前掲、1959 頁。
87）　パスカル『パンセ』田辺保訳、前掲、508 頁。
88）　同上、508 頁。
89）　パスカル『パンセ』由木康訳、前掲、433 頁。
90）　同上、434 頁。
91）　同上、422 頁。
92）　パスカル『パンセ』田辺保訳、前掲、650 頁。
93）　パスカル『パンセ』由木康訳、前掲、444 頁。
94）　モーリヤック『小説論』、前掲、47 頁。
95）　J. M. ペラン「序文」、シモーヌ・ヴェーユ『神を待ちのぞむ』渡辺秀訳、
　　　春秋社、2015 年、237 頁。
96）　同上、46 頁。
97）　シモーヌ・ヴェーユ『根をもつこと』山崎庸一郎訳、『シモーヌ・ヴェー
　　　ユ著作集』V、春秋社、1990 年、271 頁。

第2章　モーリヤックとカルメル修道会

　第1章では、モーリヤックはパスカルの著作をどのように評価してきたのかについて見てきた。『パンセ』はモーリヤックの子供時代からの愛読書であり、パスカルに変わらぬ敬愛の念をもっていた。しかし、その敬愛の念はパスカル個人へのもので、彼が客人となっていたポール・ロワイヤル修道院には及んでいない。特に、理性的で「人間中心的」な論争を挑むジャンセニストにモーリヤックは嫌悪感を抱いていたことについては第1章で述べた。

　彼の代表作『テレーズ・デスケルー』が書かれた時期に、モーリヤックは「信仰上の危機」に陥っていた。しかし、カトリックの信仰を守り抜いたことは知られている。だが、その危機をモーリヤックはどのように解消したのかについては、明らかにされていない。カトリック内のどの宗派 secte にモーリヤックはその信仰的な基盤を求めたのであろうか。

　モーリヤックが好んだ宗派として考えられるものは、第1章で述べたように「人間中心的」なそれではなく、「神中心的」な宗派であると考えられる。ではその「神中心的」な宗派とは何か。「神中心的」な宗派の教義とはどのようなものなのかを中心にして、その宗派とモーリヤックがどのように関わったのかについてこの章では考察する。

　モーリヤックは、自らの「信仰上の危機」と呼べる状況が1928年頃にあったと、彼の著作『神とマンモン』、『キリスト教徒の苦悩と幸福』で述べている。その間の事情を『キリスト教徒の苦悩と幸福』の「解題」で藤井史郎は以下のように纏めている。

　　〈「もし私がキリスト教信仰を否認しなければならないとしたら、その
　　時節は到来していた」（『神と黄金神』再刊の序文。1958年）と自ら回顧
　　しているが、その危機がもっとも高まった1928年、このエッセーの第

51

第1部　モーリヤックの小説理論

一章にあたる「罪人の苦悩」が書かれる。[1]

深刻な信仰の危機に陥っていたが、しかしモーリヤックは、棄教や改宗に至ることはなかった。彼はその生涯でカトリック信仰の枠の外に出ることはなかったのである。

では、カトリック信仰の枠内にいかなる理由でモーリヤックは踏み止まりえたのか。この問いに対して、モーリヤックは直接我われには答えない。

彼は、答えをストレートに我われに示すことを好まない小説家である。興味をもち、その理由を知りたいなら、我われ自身で答えを探すように彼は促す。ただし、正解に導くための道筋だけは忘れずに示しておく。これがモーリヤックの小説のスタイルである。モーリヤックは、表面に見える部分に彼の思考の秘密を書くことはない。その秘密は、必ず深層部分に書かれている。この彼の癖について『神とマンモン』の中で語っている。

〈今そのページを読み返してみると、私はハンケチ隠しのゲームのように自分に対して「鬼さんこちら！」と言いたいような気持にかられるのだ。[2]〉

この「鬼さんこちら！」という表現は、理解し難いのでフランス語の原文を参考にすると以下のように書かれている。

〈A les relire, j'ai envie de me dire à moi-même, comme au jeu de cache-mouchoir : « Tu brûles ! »[3]〉

「鬼さんこちら！」と翻訳された部分は Tu brûles ! に相当する。Tu brûles !は、仏和辞書では以下のようになっている。

〈(人がクイズなどで) 正解に近い：Tu brûles ! 惜しい、もうちょっとだ。[4]〉

〈(謎かけ遊びなどで) 答に近い所まで来ている：Vous n'y êtes pas encore, mais vous brûlez. まだぴったりではないが、いい所まで来ている。[5]〉

では、我われの疑問である「なぜカトリック信仰に踏み止まったのか」と、「それを支えた宗派とは何か」に関して、「Tu brûles ! 惜しい、もうちょっとだ」とモーリヤックをして言わせる答えは何か。それをパスカルとポール・ロワヤルの教義に求めるのは無理である。パスカルの『パンセ』の欠点については第1章で述べたが、「人間中心的」議論を好むパスカルの思考方法に倣ったのでは、人の魂をキリスト教に戻すことはできな

い。そのことを明言しているのが『小説論』の次の一節である。

　〈1800年来考え出されたあらゆる護教論のうち、パスカルの《パンセ》
　を依然その最高の表現とする護教論があるが、これでは人びとの心を
　基督に連れ戻すには足りまい。[6]〉

「人びとの心を基督に連れ戻す」とは、モーリヤックの同時代のキリス
ト教信者のことだけではなく、モーリヤック自身の気持ちを表す言葉であ
る。信仰上で揺らいでいたこの時期のモーリヤックは、彼自身をも満足さ
せてくれるキリスト教信仰を求めていた。フランス人は、理性的なデカル
ト主義を元来好む。一方、信仰というものは論理や理性と馴染まない。
「人間中心的」な信仰に堕する可能性のあるキリスト教信仰では、彼を含
めてフランスの同時代のキリスト教信者をキリスト教の信仰に戻すことは
できないとモーリヤックは確信する。「人間中心的」なキリスト教ではな
い、「神中心的」なキリスト教をモーリヤックは希求していた。モーリヤ
ックは、『小説論』でこのように書いている。

　〈我われは、ジャン・バルドが、小説に関する見事な報告の末尾で、至
　当にもカトリック作家に指摘してくれたあるロシアの小説家の次の重
　大な言葉を、我われの信条とする。「私は人生を、想像力が描く夢の中
　ではなく、その現実の中に追求した。かくして私は生の源泉である御
　方に到達した。[7]」〉

「かくして私は生の源泉である御方に到達した」は、フランス語原文は、
«et je suis arrivé ainsi à Celui qui est la source de la Vie.[8]»となっている。

「御方」はCeluiで表現されるもので、これは明らかに神を指す。*Grand
Robert*ではCeluiは項目の終りで、特別な意味として、以下のように記述
されている。

　〈CELUI ; Spécialt. Désigne la divinité (tour emphatique) Celui qui règne
　dans les cieux[9]〉

　〈特別な意味で、神性を指す（誇張的な言回し）天国で君臨する御方〉

　モーリヤックは、「御方」Celuiという表現を好んで使っているが、『小説
家と作中人物』の最後の部分でも同じように使用される。

　〈彼は、より強い力を対抗させ、自己の統一を建て直し、彼の様々な矛
　盾を不動の岩の周囲に秩序立てなければならない。彼の存在の相反す

第1部 モーリヤックの小説理論

る力が、変らざる御方の周囲に結晶されねばならない。自我の分裂に悩み、それによって身を滅ぼす宿命を負わされた小説家は、統一のうちにおいてのみ救われる。神を再び見出す時、はじめて自己を再び見出す。[10]〉

この『小説家と作中人物』の「御方」は『小説論』のそれより高い精神性を示している。モーリヤックのキリスト教信仰の迷いと、その後の信仰の確信がここに凝縮されているようである。この引用のフランス語原文は、以下のようである。

〈il faut qu'il oppose une force plus puissante, il faut qu'il reconstruise son unité, qu'il ordonne ses multiples contradictions autour d'un roc immuable ; il faut que les puissances opposées de son être cristallisent autour de Celui qui ne change pas. Divisé contre lui-même, et par là condamné à périr, le romancier ne se sauve que dans l'Unité, il ne se retrouve que quand il retrouve Dieu.[11]〉

この中で、「彼の存在の相反する力が、変らざる御方の周囲に結晶されねばならない」は、示唆に富む表現である。「変らざる御方の周囲」は autour de Celui qui ne change pas で表現され、前の行の「不動の岩の周囲」autour d'un roc immuable と呼応している。モーリヤックが信じるキリスト教の神は、不動の岩のような存在でなければならないのである。それが、彼の同時代には揺らいでいて、人びとの心はキリスト教信仰から離れつつある。それを不動なものにする責務を小説家はになっているのである。「不動の岩」や「御方」の直前の「彼の存在の相反する力」の部分は、モーリヤックのキリスト教信仰上の揺らぎと深く関わっている。

〈彼はあらゆる人物を演じ、悪魔にも天使にも化ける。想像の中で、聖徳の高きに上り、破廉恥の底に下る。しかし、様々な矛盾した人物を肉づけした後、何が彼に残るであろう？ 思うがままに形を変えるプロテ神は、何者にでもなりうるから実は何者でもない。それゆえにこそ、他の何人にもまして、小説家にはある確信が必要である。[12]〉

あらゆる人物を描く小説家は、「想像の中で、聖徳の高きに上り、破廉恥の底に下る」のである。では変幻自在に変化できる小説家にとっては何が大事か。「不動の岩」をもつことが小説家には大事である。この「不動

54

第2章　モーリヤックとカルメル修道会

の岩」という歯止めがない限り、小説家の彷徨は止まることを知らなくなる。そして、行き着く先は棄教した無神論の小説家という姿である。一般のキリスト教信者には、そうした危機は起こらない。小説を書くということを生業とする小説家ゆえに起こる宗教的危機である。「それゆえにこそ、他の何人にもまして、小説家にはある確信が必要である」とモーリヤックは書いている。

〈Et c'est pourquoi, plus qu'à aucun autre homme, une certitude est nécessaire au romancier.[13]〉

「ある確信」une certitude こそがモーリヤックの『小説家と作中人物』が書かれた意味を知るキーワードである。この語は、キリスト教の信仰上では特別の意味をもってはいない。しかし、モーリヤックがこの語に重要な意味をもたせているのは確かである。モーリヤックが『小説論』の冒頭で小説家というものを定義している以下の引用からは、小説家の責務の大きさが理解できる。

〈小説家は、あらゆる人間のうちで、もっとも神に似ている。彼は神の模倣者である。彼は生きた人間を創造し、運命を工夫し、それらに事件や災厄を配し、それらを交錯させ、終局へと導く。[14]〉

小説家は、神のようにあらゆることを書くことが可能なのである。それゆえに強力な歯止めが必要である。しかし、モーリヤックが『小説論』を書いた時期には、歯止めになるべきキリスト教の信仰が衰退していた。「ある確信 une certitude」が欲しくてモーリヤックは悩んでいたと思われる。それがモーリヤックのキリスト教の信仰上の危機とされているものの内容であろう。「ある確信」が得られれば、つまり、「神を再び見出す時、はじめて自己を再び見出す」のであり、「信仰の危機」を脱するのである。

「ある確信」を得るために、モーリヤックは努力をしたと想像される。「カトリックから離れる」、ということもモーリヤックは考えたのか。それはありえない。モーリヤックは、カトリックの内部で、新たに「ある確信」を得ることができる何かを探していた。では、その新たに得た「ある確信」とは何を指すのかについて、モーリヤックは書いているだろうか。曖昧な表現のその下に正解は秘められている。以下の引用が「ある確信」が彼には存在するという証拠である。

第 1 部　モーリヤックの小説理論

〈このように、このエッセーは、モーリヤックにとって非常に重要な位
置を占めるものであると言える。モーリヤック自身、その宗教的エッ
セーを集めたファイヤール版全集第 7 巻の序文において、次のように
証言している。「この巻に集められたいくつかの著作から一つの教義
が浮かびあがっているとは私には思えない。それらは、生涯の様々な
時期におけるキリスト教的魂の昂揚と沈滞を表示しているにすぎな
い。しかしながら、それらの大部分は、1925 年から 1930 年にかけて
私が蒙った危機に関係しており、『キリスト教徒の苦悩と幸福』がその
危機の頂点を指し示しているのである」[15]。〉

このモーリヤック自身の証言を見る限り、彼の信仰上の危機を救った一
つの特定の教義は存在しないことになる。しかし、「一つの教義」と表現さ
れる教義の存在を特定しない限り、モーリヤックの「宗教的な危機」はど
こまでも続くことになる。それでは事実に反する。モーリヤックの「信仰
上の危機」は実際、終わっているのである。上記の引用もまた「Tu brûles !
惜しい、もうちょっとだ」の一つで、むしろ 1925 年から 1930 年にかけて
の時期には「一つの教義」と表現される教義にモーリヤックは至った、と
考えるべきであろう。

それでは、「不動の岩」や「御方」（『小説家と作中人物』）と呼ばれる「一
つの教義」とは、具体的にはどのような教義なのだろうか。（その時、忘れ
てはならないのは、モーリヤックには、カトリックから離れる気持ちはなかった
ことである。）「不動の岩」や「御方」を見てまず思い出すことは、モーリ
ヤックが『小説論』の中で、「御方」（神）に到達する手段について、コレット
の小説の登場人物のように無信仰の者もまた神に導くと語っている次の箇
所である。

〈汚れた下水の水は、河に注ぎ、河と合して海に達する。この異端の
女、この肉の女も、否応なくわれわれを神に導く[16]。〉

「不動の岩」や「御方」へと人を導くのは、無神論者の小説家であるコレ
ットでも可能である。（この主題については、次の第 3 章で取り上げる。）しか
し、モーリヤックが「一つの教義」と表現しているものは、キリスト教の
教義であり、無神論は指さない。

では、「御方」や「不動の岩」へとモーリヤックを導いてくれるものは何

第2章　モーリヤックとカルメル修道会

か。その力を有するものとして、モーリヤックは聖人を挙げている。

　〈私は自分に天国の喜びのヴィジョンを与えてくれそうな相手からは、ひそかな本能によって目をそらしていたのだ。ひそかな本能……むしろ私の堕落した意志というべきだろう。なぜなら、不純な精神とその刻印を受けた魂にとって、聖人との出会いほど恐るべきものはないからである。[17]〉

　この「聖人との出会いほど恐るべきものはない」という表現は意味が深い。「聖人との出会い」は「恐るべきもの」なのである。モーリヤックの小説を理解するためには、彼と「聖人」の関わりをより深く理解する必要があるということを指す。モーリヤックが探求している「何か」の内容を知ろうと思えば、我われは『神とマンモン』という信仰上の自伝の中で書かれている「聖人との出会い」にふさわしい聖人を見つけ出すことが必要である。そのような実在の聖人として、モーリヤックは『神とマンモン』の中で、聖フランシスコと聖テレジアの名を挙げている。

　〈キリストは、自らの義のために無謀な人間や征服者たちを必要としているのだ。聖人たちは支配者であった。一体聖フランシスコのような人、聖テレジアのような人、そして、時間に打ち勝って来たこの神秘的な世界での勝利に比べれば、アレクサンドル大王やナポレオン・ボナパルトの運命、つまり、彼らの束の間の征服が何に価いするだろう？「命をかけて生きること」というキリスト教の公式は、超自然の次元でその文句の最も深い意味を担っているのである。[18]〉

　この表現からモーリヤックは、「不動の岩」や「御方」へと導いてくれる「何か」として聖人を発見したのではないかと考えられる。カトリックの信仰においては、聖人は聖書と並んで意味深い存在である。「聖人たちは支配者であった」とされるのはそのためである。そのような「支配者」である聖人とは実在の聖人なのか、あるいは小説上の聖人なのかという疑問に対して、モーリヤックは関心を示している。ジョルジュ・ベルナノスの小説『悪魔の陽のもとに』のドニサン神父のような聖人がいる。しかし彼がその信仰上のエッセーで述べたかったものは、小説上の聖人ではなく、実在の聖人である。例えば、『神とマンモン』の中でモーリヤックが注目している聖人は、以下のような聖人である。

第１部　モーリヤックの小説理論

　　　〈──その現実とは、現実に生きた聖人たちという意味である。アッ
　　　シジの聖フランシスコ、シエナの聖女カタリナ、大、小の二人の聖テ
　　　レジア、その他あらゆる偉大な神秘思想家たちは自ら、はるかに小説
　　　家の能力を超えた現実や経験を証言しているのだ。[19]〉

　これらの聖人は、「小説家の能力を超えた」存在なのである。そして、
これらの聖人に共通するのは、「偉大な神秘思想家」であるということで
ある。「偉大な神秘思想家」の聖人であるから、「小説家の能力を超えた」
聖人なのである。「神秘思想」という信仰上の要素はそれらの聖人を見つ
けるためのキーワードである。

　では、これらの「アッシジの聖フランシスコ、シエナの聖女カタリナ、
大、小の二人の聖テレジア」と名指された聖人のうちで、モーリヤックが
「不動の岩」や「御方」に至るために求めた聖人は誰なのか。それは、大、
小の二人の聖テレジアの可能性が高い。その理由は、モーリヤックがカル
メル修道会の十字架の聖ヨハネの名を挙げ以下のように述べているからで
ある。

　　　〈十字架の聖ヨハネは最後には各人が愛によって救霊の裁きを受ける
　　　であろうと言ったが、こういう信念の結果聖人たちの到達した地点は
　　　人も知るとおりである。[20]〉

　聖テレジアと十字架の聖ヨハネの二人の聖人は、ともにカルメル修道会
の創設に関わった聖人である。「不動の岩」や「御方」に人を導く「何か」
とは、聖テレジアと十字架の聖ヨハネが属するカルメル修道会ではないか。
そう予測して論を進めると、次のような疑問が出てくる。カルメル修道会
への関与を示す資料は、モーリヤックの小説の中に存在するのかという疑
問である。その疑問を解く鍵は、彼の小説『火の河』の中に存在する。
『火の河』は、その初稿と第２稿の間の大きな違いという点で、他の小説
と異なっている。それぞれの稿の間の差異についてプレイヤード版『モー
リヤック全集』の編者ジャック・プティは、その「解題」の中で、このよ
うに解説している。

　　　〈On ne s'étonne pas qu'un des éléments essentiels ajoutés lors de la seconde
　　　rédaction, soit cette seconde jeune fille, Marie Ransinangue, une amie
　　　d'*enfance* de Daniel, entrée au Carmel à cause de lui et dont le souvenir

58

semble le protéger ; mais il ne la retrouve qu'à travers Gisèle.[21]〉

〈第 2 稿になって書き加えられた主要な構成部分の一つが、ダニエル
の幼友達で脇役の若い娘のマリ・ランシナングであるということには
人は驚かされない。彼女は彼のことが原因でカルメル修道会に入り、
彼女のことを覚えていることが彼を守っているように見える。しか
し、彼はジゼールを通してでしか彼女のことを思い出すことはないの
である。〉

　初稿の『火の河』では存在せず、「第 2 稿になって書き加えられた主要
な構成部分」の中心が、マリ・ランシナングという主人公ダニエル・トラ
ジスの幼友達である。マリ・ランシナングを第 2 稿でモーリヤックが意識
的に加えたということは注目に値する。なぜなら、マリ・ランシナングが
加わっても、小説の筋という視点から見ると大した変化はない。小説家は
一般には、無駄な表現をできる限り小説から削り落とす。それなのに後に
なって第 2 稿で加えるには、それなりに意図があったと思われるからであ
る。では、その意図とは何であろうか。マリ・ランシナングという登場人
物によって、カトリックの信仰を揺るぎないものにしたいという意識がモー
リヤックにあったからだと思われる。マリ・ランシナングの人物像を見
る上で重要と思われる表現をいくつか挙げてみる。

〈「マリ・ランシナングのことだが、我が家に忠義立てしたいようでな。
お前がもし無事で元気に帰って来たら、あのあばずれは修道院に入る
と約束したというんだがな」[22]〉

　マリ・ランシナングは、ダニエルが戦地に赴くに際して、彼の戦地での
無事を祈って、カルメル修道会に入ることを考えていることがここで述べ
られている。次の引用は、彼女の修道院入りが決定し、実際に彼の視線内
から彼女の存在が消えた情景の描写である。

〈二度と会うまいと決心していて、彼が戦死しようが、生きて帰ろうが、
生きながら屍衣を着て埋もれるつもりになっていたのだった。こうし
てこの若い娘は 1918 年の暮に姿を消してしまった。トゥールーズの
カルメル会の修道院に入ったということだった。[23]〉

　次の引用では、マリ・ランシナングのカルメル会修道院での生活ぶりと、
帰天の様子が語られる。

59

第1部　モーリヤックの小説理論

　〈カルメル会のマリ・ランシナングが何カ月も患った後、死んだという
　のだ。とても苦しんで、とりわけ精神的に悩んでいたと知らせていた。
　マリは神に見棄てられたと信じこんでいて、信仰の上でも試練にかか
　っていて、光を見出したのは臨終のほんの数日前であった。しかしそ
　の時の微笑は、死んだあとも眠っているようなその顔を明かるくさせ
　ていた。遺骸は腐敗する前に埋葬されたという。[24]〉

　先述したように、マリ・ランシナングは主人公ダニエル・トラジスの回
想という形でモーリヤックが加えた人物であるので、『火の河』の筋の中で
有意味な役割をになっていない。しかし、マリ・ランシナングについての
引用を見ると、そこには必ずカルメル修道会についての記述が付随してい
る。カルメル修道会とその教義について述べるために、第2稿でマリ・ラ
ンシナングの思い出をモーリヤックは書き加えたと考えるのが自然であろ
う。

　では、カルメル修道会とモーリヤックはどのように関わっているのだろ
うか。モーリヤックにとっては、実体験 (expérience vécue) として、カル
メル修道会の思い出は、幼児体験の中にある。彼は、『ある人生の始まり』
（1932年）で、その体験について次のように語っている。

　〈私たちの寝間着は、足がかゆくても掻くことができぬほど長かった。
　〈無限なる神〉が子供たちに対して両手を胸の上に十字に組んで眠る
　ようにと、きつくお求めになるのを私たちは知っていた。私たちは腕
　を折り曲げ、釘づけにされたように掌をからだにしっかりとくっつけ、
　入浴する時も肌身離さず身につけていなければならぬ祝別されたメダ
　イユとカルメル本山のスカプラリオを抱きしめながら、眠りに入るの
　だった。[25]〉

　これは、モーリヤック家とカルメル修道会との関わりを示す資料である。
その中で「両手を胸の上に十字に組んで眠る」という表現が目立つ。モー
リヤック家では、なぜ「十字に組んで眠る」ことを子供たちは強いられる
のか。それは、「無限なる神」がそれを命じているからである。しかも、モ
ーリヤックが「私たちは知っていた」と表現しているように、その命令に
完全に服しているのである。『神とマンモン』の最後の部分において、十字
架とそれへの服従についてモーリヤックは彼の見解を述べている。

60

〈霊的生活は、それを理解し取り入れる人々にとっては、おそらく恐るべき冒険なのである。十字架を相手に戯れることは許されない。十字架は私たちの知らないさまざまな要求をもつ。この要求にこめられた情熱は火のようで、それに比べれば人間の狂気沙汰などたいしたことはないと思われるほどだ。[26]〉

このようなカルメル修道会の教えの下で生きた幼児体験は、成人になったモーリヤックの心に残り続け、「信仰の危機」の時期になって彼を助ける教義として、再び活動を始めたと思われる。

上の引用で述べられている十字架のイメージは、まさにこれから小説の中で彼が書こうとしている真の十字架の序章にすぎない。彼は、カルメル修道会の十字架の聖ヨハネのような聖人だけが味わうことのできる十字架について小説の中で描くことを目指したのである。そのことをモーリヤックはこのように表現している。

〈だが、おのれの心の怯懦に軽蔑を感じている別のある男は、力づよい猛禽の爪にとらえられ、ニーチェのごとき人間が想像さえしなかった高みに運ばれて驚きを味わうのだ。その高みとは、このうえない苦業によって、十字架の聖ヨハネが自己の存在から愛ならざるいっさいのものを排除した、かの空虚、かの闇、かの無にほかならない。もっとも月並な信者でさえ、たちどころに、おのれに予定されている重荷、おのれの身にふさわしい十字架を知ってしまう。[27]〉

『キリスト教徒の苦悩と幸福』の「まえがき」でモーリヤックが書きたかったことのすべてがここにある。それは十字架の聖ヨハネの教義に特徴的な「かの空虚、かの闇、かの無」という語である。特に「かの闇」が彼の特徴である。では、なぜモーリヤックは「かの闇」を強調するのか。その理由は、フランス的なものの対蹠に「かの空虚、かの闇、かの無」が存在するからである。フランス的なものとは何かと聞かれた時、人はフランスの特徴である cartésian（デカルト哲学の、デカルトを信奉する）という形容詞をすぐに頭に思い浮かべる。cartésian とは、フランス語辞典ではこのように定義されている。

〈*Esprit cartésien* : esprit qui présente les qualités intellectuelles considérées comme caractéristiques de Descartes. ⇒ Clair, logique, méthodique,

第1部　モーリヤックの小説理論

rationnel, solide. — (Personne). *On prétend que les Fraçais sont cartésiens.*[28]〉

〈デカルト哲学の精神：デカルトの特色として見なされる知的な長所を備えている精神」(同意語として)「明快な(はっきりした)」、「論理的な」、「理路整然としている」、「理にかなった」、「しっかりした」があり、(使用例として)人びとは、フランス人はデカルト信奉者であると言っている。〉

このように、デカルトを信奉するフランス人には「かの空虚、かの闇、かの無」を希求する十字架の聖ヨハネの教義はほとんど理解されることはない。ではなぜモーリヤックはフランス的な精神とは反対側にある十字架の聖ヨハネの教義をここで取り上げるのか。それは、第1章と関わることであるが、モーリヤックはパスカルに対する共感をもちつつも、一方では、パスカルが根本的にもつデカルト的な精神を嫌うからである。ランソン、テュフロは、パスカルの本質を以下のように表現していた。

〈更にジャンセニスムの別の一面がある。ジャンセニストが神の前で拋棄したその人間理性を、彼等は教理論争のために忽ち再發見する。この點にかけては彼等は手ごわい論證家であり、執拗な論争者、巧妙な演繹抽出者である。この意味で彼等はデカルトを繼續し、〉[29]

イエズス会との恩寵論争に勝利するためには、デカルト的な精神が必要であった。そのようなデカルト的な精神に頼るパスカルをモーリヤックは批判するのである。恩寵論争をすることで、キリスト教という信仰を「明快な(はっきりした)」、「論理的な」、「理路整然としている」、「理にかなった」、「しっかりした」というような人間的なものに堕してしまったパスカルをモーリヤックは許すことができなかったのである。キリスト教の信仰というものは、モーリヤックにとっては、「かの空虚、かの闇、かの無」でなければならないのである。この点で、モーリヤックは、十字架の聖ヨハネの教義に深い共感を覚えるのである。十字架の聖ヨハネの教義の特徴である「かの空虚、かの闇、かの無」、その中でも特に「かの闇」がモーリヤックの小説と深く関わることについて、高橋たか子は『モーリヤック著作集』第2巻の『テレーズ・デスケルー』の「解説」の中で詳しく解説している。

第2章　モーリヤックとカルメル修道会

〈けれどもテレーズは、自分の魂の夜が単なる夜だとしか考えない。
魂の夜はたしかに夜なのだが、光の射している夜だというふうには考
えない。だからテレーズは、神秘主義者たちの言う魂の夜に重ねて（つ
まり、理性の目から見れば神は夜のなかにまします）、罪による夜という、
いわば二重の夜を生きている。（中略）

　キリスト教と無縁な人々にはわかりにくいことかもしれないが、こ
うした魂の「夜」を描くのがキリスト教文学の一つの立場である。
「夜」にこそ神がかかわっているのだから。[30]〉

ここで高橋がいう「神秘主義者たちの言う魂の夜に重ねて（つまり、理性
の目から見れば神は夜のなかにまします）」と、パスカルが根本的にもつデカ
ルト的な精神の「明快な（はっきりした）」、「論理的な」、「理路整然としてい
る」、「理にかなった」は、対極に位置するのである。この十字架の聖ヨハ
ネの教義の特徴である「かの空虚、かの闇、かの無」は、当然であるが、
「神秘的」なのである。それ故に、先に引用した聖人に関するモーリヤック
の見解の中で、「神秘的」とか「超自然」が出てくるのである。

〈聖女テレジアのような人、そして、時間に打ち勝って来たこの神秘的
な世界での勝利に比べれば、（中略）「命をかけて生きること」というキ
リスト教の公式は、超自然の次元でその文句の最も深い意味を担って
いるのである。[31]〉

「時間に打ち勝って来たこの神秘的な世界」は、フランス語原文は、«ce
mystique empire qui a vaincu le temps »[32] である。

「時間に打ち勝って来たこの神秘的な世界」や「神秘的な世界」について
の例は、先ほど上で取り上げた引用の中でもこのように書かれていた。

〈アッシジの聖フランシスコ、シエナの聖女カタリナ、大、小の二人の
聖テレジア、その他あらゆる偉大な神秘思想家たちは自ら、はるかに
小説家の能力を超えた現実や経験を証言しているのだ。[33]〉

「アッシジの聖フランシスコ、シエナの聖女カタリナ、大、小の二人の聖
テレジア、その他のあらゆる偉大な神秘思想家たち」はフランス語原文で
は、以下のようになっている。

〈Saint François d'Assise, sainte Catherine de Sienne, les deux saintes
Thérèse, la Grande et la Petite, tous les grands mystiques[34]〉

63

第1部　モーリヤックの小説理論

　モーリヤックが信仰の危機の際に求めた聖人である聖テレジアや十字架の聖ヨハネの教義は、「神秘的」とか「神秘主義」が含まれるという特徴が指摘される。それが高橋の言うキリスト教の「夜」と繋がるのである。「夜」や「かの空虚、かの闇、かの無」が象徴する神秘主義にモーリヤックは信仰の危機の時期において救いを求めたのである。

　これらの聖テレジアや十字架の聖ヨハネの「かの空虚、かの闇、かの無」が象徴する「神秘主義」は、フランス語では mysticisme である。フランス語の辞書には、mysticisme は次のように書かれている。

　〈MYSTICISME. *n.m.*（1804 ; du lat. *mysticus* « mystique »）〉[35]

　〈神秘主義：1804 年、ラテン語 mysticus のフランス語の訳語である mystique から来た語〉

つまり、この語は 1804 年にならないとフランス語としては使用されず、デカルト主義的なフランスでは馴染がなかった、フランス革命後の用語だということがわかる。フランスでは神秘主義という名詞ではなく、神秘的という形容詞の使用が一般的だということがよくわかる。神秘的と日本語に訳される mystique は以下のように辞書で表記されている。

　〈MYSTIQUE. *adj.* et *n.*（*Mistique*, v. 1390 ; lat. *mysticus*, gr. *mustikos* « relatif aux mystères » 1. *Adj. Didact.* Relatif au mystère, à une croyance cachée, supérieure à la raison, dans le domaine religieux. *Interprétation mystique, allégorique. Le corps mystique du Christ* : l'Église.）[36]

　〈神秘的な、神秘主義の、1390 年に始まる語、ラテン語では mysticus でギリシア語では mustikos である。宗教の領域において、奥義や秘かな信仰と関連し、理性より上位であること指す。使用例として「神秘的、寓意的な解釈」、「キリストの神秘的肉体（教会用語）」がある。〉

mystique はギリシア語、ラテン語を祖とする語で、フランス語では馴染の薄い、1390 年にならないとフランス語として一般化しない教会用語であることが分かる。

　神秘主義はデカルト主義を重視するフランスには馴染まない、と上で述べてきたが、実はそれはフランス語辞書の見解に沿った解釈であった。フランス語の言語辞書の解釈に応じて、これまでフランス文学史等では神秘主義とその文学はフランスにはないものとして扱われてきた。フランスだ

64

第2章　モーリヤックとカルメル修道会

けがこのように神秘主義の思想（文学）を存在しないものと見做したのか
というと、同じラテン文化の国であるスペインでも神秘主義は同様な傾向
をもつ。神秘主義という教義がスペインに入ったのは意外に遅い。F.-W.
ヴェンツラッフ＝エッゲベルトは『ドイツ神秘主義』の中で、聖テレジア
と十字架の聖ヨハネが活躍した16世紀に、神秘主義はスペインにも広まっ
たと述べている。

　〈中世の聖ベルナール的性格の神秘主義からは重要な二重の発展、継
　承の道が近代まで走っている。一つの道はラテン諸国で著しく強めら
　れ、一般に広く行われた雅歌の伝統を経ており —— 十字架のヨハネや
　聖テレジアの詩の数多い翻訳がそれを証明している。[37]〉

　どの地を経由して神秘主義がスペインに入ったのかについて、ガルシ
ア・ロペスは『スペイン文学史』の中で、フランドルを経由してスペイン
にもたらされたことを詳述している。

　〈神秘思想は、外国では中世の時代にその最高の結実をみせたが、ス
　ペインではいくつかの理由によって、16世紀に至るまで登場してこな
　い。スペインにこの流れが現われたのは、シスネロスの宗教改革が起
　こり宗教的感情が深まったことと、後世これに続く反宗教改革運動が
　原因となっていることは確かである。さらに16世紀の前半、多くの
　スペインの学生が外国に出かけ、フランドルやドイツの神秘思想家の
　作品に接した結果、スペイン人のもつ宗教的意識に何らかの変革をも
　たらしたものと思われる。この時代までのスペイン文学はどちらかと
　いえば道徳的で、禁欲主義的であり、その意味では16世紀の神秘思想
　は、スペインにおいてはまったく新しい経験であったといえよう。[38]〉

　以上のように、ドイツの神秘思想がフランドルを経由してスペインに入
り、それが聖テレジアや十字架の聖ヨハネのカルメル修道会の教義となっ
たという道筋が理解される。そのため、スペインの神秘主義の本質を理解
しようとするとき、その源流であるドイツ神秘主義の知識が不可欠である。
エッゲベルトの『ドイツ神秘主義』の解説は、ドイツ神秘主義の本質を知
る上では示唆に富む研究書である。

　〈ドイツ神秘主義のこの核心、そしてまた現象形態の変化の中におけ
　るその統一性の本質的特徴は、ウニオ・ミスティカにあると思われる。

65

第1部　モーリヤックの小説理論

　私はこの神秘主義の基本的表象についての学者たちの決して一致する
　ことない意見をここに列挙するのではなく、ここではただ次のことだ
　けを確認したいと思う。それはウニオ・ミスティカという言葉で、個々
　の人間をその性質に応じた仕方で神との最も密接な結合へと導く、魂
　の内部における出来事を考えることである。[39]〉

　ドイツ神秘主義には、様ざまな定義が存在するが、根本的に一致する解
釈は、ウニオ・ミスティカ「神秘的な神との魂の結合」にあるということ
である。ドイツの神秘主義において、「神秘的な神との魂の結合」を現実に
体験するのは多くは女性で、しかも修道女であったことが述べられている。

　〈ヴィジョンにおいて神と人間の精神との最初の合一、最初のウニオ・
　ミスティカが実現される。初めは個人、たいていは修道女がこのヴィ
　ジオの体験を得たという事実は、ドイツ神秘主義にとって特徴的であ
　る。彼女らの幾人かにはヴィジョンによる召命が、すでに女子修道団
　に入る前に与えられ、おそらくそれによって初めて、生活の仕方を変
　える決心がもたらされたのである。だがこの視による召命について
　は、神秘主義文献にあまり数多くは語られていない、それに言及した
　確実なものは、ただ自伝に見出されるだけである。[40]〉

　その後に、ドイツの神秘主義はエックハルトやヨハネス・タウラーを経
てさらに発展する。しかし14世紀になってそれは少し変化する。それま
ではウニオ・ミスティカ「神秘的な神との魂の結合」を求めるのがドイツ
神秘主義の特徴であったが、その頃から「神の友」という教義が生まれて
くる。それについてもエッゲベルトは次のように説明している。

　〈「神の友」という言葉でわれわれが何を思い浮べるべきかという問題
　は今日まで答えられていない。マルチン・グラープマンは女性神秘主
　義へのすぐれた概観の中でこう言っている。

　　「14世紀のドイツ神秘主義者は好んで自らを《神の友》と称した。
　これはまたボナベントゥラや、後の聖テレジアにおいても見られる呼
　称であり、恩寵論に深い教義的基礎を持っている。《親愛なる神の友
　とは》と心の貧しさの書では言う、《ただ神のみを求め、神に密着し、
　神の中に引き籠り、総ての被造物から離れている人々である。》この神
　の友のうち最大の者はドミニコ派教団の神秘主義の三つ星である。マ

イスター・エックハルトの偉大さは思索的神秘主義にあり、ヨハネス・タウラーは人生と人心に通じた力強い説教者であり、ハインリヒ・ゾイゼは神秘主義者中のミンネ歌人である。」このようにグラープマンはこの概念を師僧たちにまで拡げている。[41]〉

ドイツ神秘主義の伝統は、フランドルを経由して、スペインに及んでいる。

　〈中世において、特に魂とキリストとの合一を示す花嫁のアレゴリーに表現されたような、ウニオ・ミスティカ体験の情熱的感情の強さが、バロック時代には二種類の形で再び見出される。それは遥か聖ベルナールに倣った花嫁の神秘主義と、予言者性にまで高まるヴィジョン神秘主義とである。

　中世の聖ベルナール的性格の神秘主義からは重要な二重の発展、継承の道が近代まで走っている。一つの道はラテン諸国で著しく強められ、一般に広く行われた雅歌の伝統を経ており —— 十字架の聖ヨハネや聖テレジアの詩の数多い翻訳がそれを証明している。[42]〉

これまでドイツ神秘主義とその影響がラテン文化圏であるスペインへと広がっていったことについて概観した。ドイツ神秘主義の特徴である「ウニオ・ミスティカ」の体験は、カルメル修道会の聖テレジアが実際に体験した事実そのものを表している。聖テレジアのその体験は、バロック彫刻・建築の泰斗ジャン・ロレンツォ・ベルニーニ（1598-1680）によって彫刻で表され非常に有名になった。ローマのサンタ・マリア・デッラ・ヴィットリア教会にある「アビラの聖テレジアの法悦」という彫刻がそれである。この彫刻は彼の最高傑作である。『スペイン古典文学史』の中で、牛島信明は、ベルニーニのこの彫刻について解説をしている。彼は、聖テレジアと天使の矢の情景描写を女子跣足カルメル会の翻訳を借りて説明している。

　〈「私は自分のそばに、左のほうに、からだの形を持った一位の天使を見ました……彼は大きくはなく、むしろ小さかったのですが、たいへん美しく見えました。彼の顔はあまりにも燃えるようでしたので、愛に燃える天使らのなかでも、最も高位のもののように見えました……彼は金の長い矢を手にしていました。その矢の先に少し火がついてい

第1部　モーリヤックの小説理論

たように思われます。彼は時々それを私の心臓を通して臓腑にまで刺
しこみました、そして矢をぬく時、いっしょに私の臓腑も持ち去った
かのようで、私を神の大いなる愛にすっかり燃え上らせて行きました。
痛みは激しくて、先に申しましたあのうめき声を私に発しさせました。
しかし、この苦しみのもたらす快さはあまりにも強度なので、霊魂は、
もうこの苦しみが終わることも欲まなければ、神以下のもので満足す
ることも欲しません」（女子跣足カルメル会訳)[43]〉

　この「彼は時々それを私の心臓を通して臓腑にまで刺しこみました」の
表現は、「ウニオ・ミスティカ」の体験そのものを表現したものである。し
かし一方では、「アビラの聖テレジアの法悦」と題されたベルニーニのこの
彫刻は、実に官能的に見える。神秘主義では、女性の官能性は「ウニオ・
ミスティカ」における特徴の一つと指摘されている。エッゲベルトは女性
の「ウニオ・ミスティカ」の特質を以下のように説明している。

　　〈神に身を捧げた尼僧たちは禁欲で高められた熱烈な感受力によって、
　　エクスタシー状態になってヴィジョンを視るための精神的準備がまさ
　　しく整っており、（中略）

　　　このようにして準備された魂の状態がヴィジオにおける神の体験、
　　つまりウニオの一現象形態に到るのであるが、これはもちろん、思考
　　力によってのみ喚起されるスペクラチオ（speculatio）の現象形態とは
　　全く異っている。[44]〉

　さらに神との「ウニオ・ミスティカ」の体験から、当然、エクスタシー
が生じ、それがエロチシズムに繋がるのであるとエッゲベルトは説明する。

　　〈この関連において私に重要と思われるのはエクスタシー的神秘主義
　　の随所に感じられ、非常に現世的で、神聖ならざるものと思われるこ
　　との多いエロチシズムに対して、ここから与えられる無理のない説明
　　である。[45]〉

　ベルニーニの「アビラの聖テレジアの法悦」は、「ウニオ・ミスティカ」
という神秘思想がカルメル修道会の教義にいかに影響を与えたかを示す記
念碑的な彫刻である。しかし、聖テレジアの「ウニオ・ミスティカ」だけ
がカルメル修道会の教義ではない。カルメル修道会の全体像を認識するた
めには、十字架の聖ヨハネの教義についても知る必要がある。

第2章　モーリヤックとカルメル修道会

　16世紀のスペインでカルメル修道会が神秘主義を教義に取り入れた経
緯に関して、ルイ・コニュの『キリスト教神秘思想史』はさらに詳しく説
明している。十字架の聖ヨハネや聖テレジアの著作の多くは詩で書かれて
いる。その事情について、ルイ・コニュはこのように述べている。

　　〈16世紀のスペインの霊性が劇的な様相を呈しているありようはすで
　　に述べた。異端審問所の照明派に対する戦いは、すぐさま反神秘主
　　義の方向へと向かい、完全に正統的な霊性思想家たちにまで累が及ぶ
　　ことになった。(中略) この1559年に異端審問所大審問官フェルナン
　　ド・デ・バルデスは『禁書目録』を公表している。その中には、ルー
　　スブルークを除いて当時スペインで名を知られていたほとんどすべて
　　のライン＝フランドル派が含まれており、フアン・デ・アビラ、フラ
　　ンシスコ・デ・オスナ、ルイス・デ・グラナダ、フランシスコ・デ・
　　ボルハといった、最も有名なスペインの著述家たちもそこに名を連ね
　　ている。同時に、抑圧は一段と激しいものになっていく。1559年9月
　　24日と1560年12月22日にはセビリャで火刑が挙行され、数十名が
　　火あぶりに処せられている。[46]〉

十字架の聖ヨハネや聖テレジアも異端審問所から嫌疑をかけられてい
る。そのような状況について、　ルイ・コニュは上の引用に続けて述べて
いる。

　　〈こうした雰囲気の中では最も高い聖性をもつ人々にまで異端の疑惑
　　は及ぶものである。アビラのテレサにも嫌疑がかかり、その自叙伝の
　　草稿を異端審問所に提出しなければならなかったことが思い起こされ
　　るし、十字架のヨハネもおそらく疑いをかけられたであろう。[47]〉

その派の教義がキリスト教の正統かどうかを異端審問所が判断していた
16世紀のスペインに自由はない。異端審問所に疑惑をもたれないように
自己防衛するのは当然である。十字架の聖ヨハネもこの流れからは逃れら
れなかった。彼は自分の著作のかなりの部分を廃棄している。その時の事
情について、ルイ・コニュはこのように記述している。

　　〈まもなく、ドリアの承認の下に、ディエゴ・エバンヘリスタという名
　　の修道士が、アンダルシア地方のカルメル会修道院を巡回して、大が
　　かりな調査を始めた。この調査は、ヘロニモ・グラシアンと十字架の

69

第1部　モーリヤックの小説理論

ヨハネとを不道徳と異端の廉で告発して失墜させるためのものであった。ところで、十字架のヨハネは身柄が異端審問所に引き渡された場合、自分の神秘主義的な著作がどのような危険を引き起こすかを十分に承知していた。彼の友人たちにもそのことはわかっていた。彼に深く傾倒していた修道女たちも恐怖を抱き、動転のあまり、彼女らの手元にあった彼の手稿の大半を破棄してしまった。この件について、グラナダのカルメル会修道女、アグスティナ・デ・サン・ホセが劇的な証言を残している。

　　私は、聖人の手になる多数の手紙と大変な高邁な霊的覚書を保管する係でした。これらの手紙を、修道女たちは聖パウロの書簡と同じほど高く評価しておりました。袋にいっぱいありました。審問の調査が迫ってきましたので、すべてを焼き払うようにとの命を受けました。これらが訪問者の手中に落ちないための配慮でした。さらに、聖人のいくつかの肖像画を取りはずし、これを破棄しました。[48]〉

この証言の中に、十字架の聖ヨハネの『暗夜』の特徴がかなり凝縮されている。『暗夜』は詩で書かれているので、それが他者の目に触れても、詩に込められている意味は容易にその人には分からない。散文形式で詩の内容は彼自身によって解説されるが、その解説でも詩の内容は完全には分からないように、何重にも悪意の読者から（ここではそれは異端審問所を指すが）防御するような仕組みを、十字架の聖ヨハネは作っているのである。異端審問所が存在した16世紀のスペインに独特の防御法である。

十字架の聖ヨハネの『暗夜』は、以上の引用で見てきたような事情で、詩で書かれており読みづらい。解説書があればこの読み難さは解決するのではないかと思うが、そういう意図で書かれた著作は少ない。その中でもルイ・コニェの「近代の霊性」は、断片的ではあるが、十字架の聖ヨハネの著作と「暗夜」についての解説をしてくれている。ルイ・コニェは、十字架の聖ヨハネの「暗夜」は被造物の否定から始めていると述べている。

〈被造物に対するこの否定的態度は、被造物に向ける愛と被造物の利用という両要素に関わる。情動の面では、否定は不可避的にすべてに及ばなければならない。

70

第2章　モーリヤックとカルメル修道会

　　被造物を愛する人は自らをこの被造物と同程度にまで貶め、
　ある意味ではいっそう低劣となる。愛は等しくするのみならず、
　愛する者をその愛の対象に従属させるからである。〔……〕この
　ように全被造物は無であり、それらへの愛着は無にも劣ると言え
　よう。神への変容の妨害であり喪失だからである。つまり闇は光
　の喪失であるがゆえに無であり、さらには無にも劣るのと同断で
　ある。闇に覆われている者が光を把握できないように、被造物に
　愛着する魂は神を把握できない。魂はこのような愛着から浄化さ
　れるまで、地においては愛による純粋な変容を通じて、天におい
　ては明瞭な直視を通じて、神を所有することはできないであ
　ろう。[49]〉

　次の段階として、自己放棄が必要であると十字架の聖ヨハネは言ってい
る。この自己放棄は、フランス語で表すと s'anéantir で、日本語に訳すと、
「神の前でおのれを空しくする」に当たる。このことをルイ・コニュは以下
のような表現で表す。

　　〈重要なことは断念の現実的な程度ではなく、自己放棄の英雄的な態
　　度なのである。それゆえ、具体的な状況における適用との関係におい
　　て、彼が表明する根本原則を理解せねばならない。
　　　　この境地に達するためには、いかなる嗜好が感覚に訴えようと、
　　それが純粋に神の栄光と栄誉になるのでなければ、イエス・キリ
　　ストへの愛ゆえにこれを断念しこれを空虚にするがよい。キリス
　　トは、この世においては、御父の御旨を行うこと以外は何もなさ
　　らず、なさろうとも望まれなかった。そして、御父の御旨をご自
　　身の糧であり食物であると言われたのである。[50]〉

　「イエス・キリストへの愛ゆえにこれを断念しこれを空虚にする」という
態度が重要である。この自己を否定する「空虚」という態度は、「暗夜」の
全過程において必要な態度であると十字架の聖ヨハネは言っているという
ことをルイ・コニュはこのように表現し、その部分の引用でそれを示して
いる。

　　〈十字架のヨハネはこの否定的な態度を暗夜の象徴を用いて語る。そ
　　して『カルメル山登攀』の冒頭に近い有名な一節において、暗夜の象

71

第1部　モーリヤックの小説理論

徴は神秘主義の道の全行程に適用されると述べている。

　　　魂が神との合一に至る過程が暗夜と呼ばれる理由は三つある。
　　第一には、魂が出発する地点からそう言える。なぜなら、魂が所
　　有しているこの世の万物に向かう欲求から、これらを否定するこ
　　とによって、身を引き剥がして前進せねばならないからである。
　　このような否定と剥脱は人間の全感覚にとって暗夜のようなもの
　　である。第二には、魂がこの合一のために通過すべき手段もしく
　　は道程からそう言える。この手段もしくは道程とは信仰のことで
　　あるが、知性にとっては暗夜と同じく暗いのである。第三には、
　　魂が向かう目標からそう言える。この目標は神であるが、この世
　　にある魂にとってはまさしく暗夜以外の何ものでもない。[51]〉

　以上が十字架の聖ヨハネの「暗夜」についての解説である。我われはこ
れらの表現から、茫洋とした「暗夜」のイメージはつかむことができる。
しかし、具体的にどのようにすれば「暗夜」に至ることができるのであろ
うか。それについては、何も書かれていない。「暗夜」へと至る手段につい
て何か手引き書のようなものが必要である。そこで、頼るのが、十字架の
聖ヨハネの『暗夜』の序文を担当したカルメル会の司祭であるチプリアノ・
ボンタッキョである。彼は『暗夜』を総括して、「暗夜」を終える方法を以
下のように書いている。

　　〈"暗夜"の教説を更に理解するには、福音書の次の言葉に照らすとよ
　　いと思う。すなわち"自分を捨てて十字架をになう"と。福音書の
　　この言葉の意味を考えると、"暗夜の道"は"十字架の道"に他ならな
　　いことがわかる。自分を捨てて十字架をになうとは、神のゆえにすべ
　　てを退け、十字架となるものを選ぶというラディカルな要求がこめら
　　れている。十字架の聖ヨハネが述べている暗夜の道は、福音のこの言
　　葉に含まれた教えである。

　　　"暗夜"の教説が福音の教えであるならば、もはやそれは、限られ
　　た人々（修道者たち）向けのものではない。著者は、改革カルメル会
　　の修道者たちのために書いてはいるが、その内容から見れば、すべて
　　のキリスト者に宛てたものといっても誤りではない。著者が教会博士
　　の称号を贈られたのも、このことからなのである。[52]〉

72

第2章　モーリヤックとカルメル修道会

　「暗夜」を経て神へと至るために「自分を捨てて十字架をになう」という
言葉は、十字架の聖ヨハネの教義をよく表現している。一方、「自分を捨て
て十字架をになう」は十字架の聖ヨハネの教義の中心であろうかという疑
問も残る。ルイ・コニュは十字架の聖ヨハネの教義の本質をこのように表
現している。

　　〈十字架のヨハネの見るところでは瞑想は初心者の修行であるが、彼
　　が瞑想について抱いている観念は驚くほど貧困である。このことは否
　　定できないであろう。いくらか軽侮を交えて語る彼の口調から判断す
　　るに、この点について疑いを差し挟む余地はない。

　　　　このように、これら二つの能力〔創造力と空想〕に従属している
　　　瞑想は、内的感覚が形成し想像する表象、形態、形象などを仲介
　　　とする推論的行為である。たとえば、十字架上の、または柱に縛
　　　りつけられた、あるいはまた別な状況におけるキリストを思い描
　　　いたり、もしくは威厳をもって玉座にまします神の姿を想像した
　　　り、栄光を燦然たる光輝のようなものと考えたり想像したりする
　　　といった具合にである。また、神的なものであれ人間的なもので
　　　あれ、およそ創造力の器官に触れる他のものについても同様であ
　　　る。

　　宗教における瞑想の実り豊かさを見落としていると彼を責めることも
　　無意味であろう。なぜなら、彼が依拠する反主知主義の根本原理その
　　ものが、なんらかの形象に依拠する瞑想に入って、そこに神との合一
　　にわずかでも有効なものを認めることを禁じているからである。〉[53]

「瞑想は、内的感覚が形成し想像する表象、形態、形象などを仲介とする
推論的行為である」と十字架の聖ヨハネは書いている。「十字架上の、また
は柱に縛りつけられた、あるいはまた別な状況におけるキリストを思い描
いたり」することが「瞑想」するという行為に当たり、それは「暗夜」へ
の入り口にすぎない。すると、「自分を捨てて十字架をになう」という教義
は、「暗夜」の入り口に立ち止まっている印象を与える。しかし、「暗夜」
への道は、上の引用を見る限り、これ以外にない。「暗夜」に至る方法は、
チプリアノ・ボンタッキョ司祭のいう「自分を捨てて十字架をになう」以
外にはない。聖テレジアもまた『霊魂の城』の中で、「自分を捨てて十字架

73

第1部　モーリヤックの小説理論

をになう」という実践方法をカルメル修道会の修道女に勧めているのである。

　　〈あなたがたは真に霊的であるとはいかなることであるか知っておられるか。それは神の奴隷となることで、神の印である十字架を負うことである。のみならず、神が自ら世を救うために売られなさったとどうように神が私たちを売ることができるように、あますところなく私たちの自由を神に捧げることである。[54]〉

「自分を捨てて十字架をになう」は、カルメル修道会に関わるすべての人が等しくもつ教義であると思われる。この「自分を捨てて十字架をになう」ことを修道女に勧めた後で、聖テレジアは実践すべき徳をさらに詳しく述べている。それは、現在目の前にいる苦しむ者に対する「祈り」である。聖テレジアは「祈り」という徳についてこのように言っている。

　　〈大罪の状態にある人たちのために祈ることよりも美しい施しものがあろうか。それはつぎのような場合にあなたがたがするであろうものよりもずっと美しい。すなわち強い鎖で後手に縛られ杭につながれてまさに餓死しようとする哀れなキリスト者に会ったと仮定してほしい。彼には食物がないのではない。彼の側には非常においしいものがある。（中略）だが、もしあなたがたの祈によって彼の鎖が解かれたならばどうか。考えていただきたい。ああ、神の愛によってあなたがたに懇願する。この悲しむべき状態にある霊魂のことを、どうか祈の折に思いだしてほしい。[55]〉

この中で「強い鎖で後手に縛られ杭につながれてまさに餓死しようとする哀れなキリスト者」を想定して聖テレジアは修道女に問いかけている。このような状態に置かれた人間を救うには、「大罪の状態にある人たちのために祈ることよりも美しい施しものがあろうか」と書かれているように、「祈り」しかない。「大罪の状態にある人たち」に寄り添って祈る、それが修道女の現世での役割であると聖テレジアは教え論すのである。

　以上が聖テレジアと十字架の聖ヨハネによるカルメル修道会の教義の概観である。スペインにおいてカルメル修道会は以上の教義のもとに発展した。では、以上で見てきたスペインのカルメル修道会の教義は、いつ頃フランスに入ったのだろうかという疑問が残る。16世紀なのか、それとももも

74

第2章　モーリヤックとカルメル修道会

っと時代は下るのかという疑問である。

　上でも引用したが、エッゲベルトは『ドイツ神秘主義』の中で、聖テレ
ジアと十字架の聖ヨハネが活躍した16世紀において、神秘主義はラテン
諸国に広まったと述べている。

　　〈中世の聖ベルナール的性格の神秘主義からは重要な二重の発展、継
　　承の道が近代まで走っている。一つの道はラテン諸国で著しく強めら
　　れ、一般に広く行われた雅歌の伝統を経ており —— 十字架のヨハネや
　　聖テレジアの詩の数多い翻訳がそれを証明している。〉[56]

　スペインと同じくフランスも「ラテン諸国」の一つであるので、エッゲ
ベルトがいうように、神秘主義の流行があったのだろうか。上で述べたよ
うに、デカルト主義は17世紀のフランスを支配していた。デカルト主義
は、その理性的な「明晰さ」において神秘主義の対蹠にある思想である。
デカルト主義と並んでフランス17世紀には神秘主義は存在した、とする
と不自然に見える。神秘主義はキリスト教信仰であり、文学ではないので
フランス文学史には掲載されていない。それでも、17世紀の宗教史におい
ては、神秘主義の伝統はフランスにも確かに存在する。フランスでの神秘
主義の普及をになうのは、ベリュール枢機卿である。

　ベリュール（Bérulle）は1575年に生まれ、フランスにおけるカルメル会
の創始者であり、後にオラトリア会の創始者にもなる人物である。ベリュ
ールの母親であるルイーズはフランスの名門セギエ家の出身で、カルメル
修道会でその生涯を終えたということが次の資料から分かる。

　　〈Par sa mère, Pierre était Séguier, petit-fils d'un président à mortier, neveu de
　　quatre conseillers au Parlement, cousin du futur chancelier. Mme de Bérulle,
　　Louise Séguier, austère, énergique, pieuse, simple, se mettra plus tard sous la
　　direction de son fils ; elle achèvera ses jours au Carmel.〉[57]

　　〈母親を通してピエール（ベリュール）はセギエ家の一族であり、法官
　　帽をかぶった最高等法院裁判長の孫であり、最高法院の4人の判事の
　　甥で、後に（国王の印を保持し司法省の職を兼ねる）尚書の従兄弟であ
　　る。ベリュール夫人であるルイーズ・セギエは、厳格で、精力的で、
　　信仰深く、気取らない人で、後に彼女の息子（ベリュール）の方針に従
　　い、彼女はカルメル修道会において生涯を終えるであろう。〉

第1部　モーリヤックの小説理論

　この略歴を見ると、ベリュールが有力な法服貴族の一族に属し、将来を
嘱望された人物であったこと、そして、自分が創設したフランスのカルメ
ル修道会に母親を赴かせる、そういう人物であったことが分かる。では、
ベリュールはどのような宗教的な信条をもっていたのだろうか。それにつ
いて、ブルモンは以下のように書いている。

　　〈Bérulle a fait dans le monde spirituel de son temps une sorte de révolution,
　　qu'on peut appeler d'un nom barbare, mais quasi nécessaire, *théocentrique*.〉[58]
　　〈ベリュールは彼の時代の霊的世界において一種の革命をなした。彼
　　がなした革命とは、こなれない未熟語ではあるが、しかしそれはほと
　　んど不可欠な、『神中心的』と呼ばれるべき語で表されるものである。〉

　フランスにおけるカルメル修道会の創始者であるベリュールが最も大切
であると思った教義がこの「神中心的」théocentrique だということである。
ブルモンは、上の引用の表題として、Le théocentrisme「神中心主義」を使用
している。

　さらに、ベリュールについての解説がある『キリスト教神秘思想史』第
3巻、「近代の霊性」は彼の「神中心主義」から「キリスト中心主義」への
転換について以下のように詳細に述べている。

　　〈したがってこの時期にベリュールは、離脱派になじみの深い神中心
　　主義から、やがて彼の考えに浸透することになるキリスト中心主義へ
　　と移っていったのである。同じ頃、少なくとも後の資料から見る限り
　　では、ベリュールの愛弟子で、1605 年から 1608 年のあいだパリのカ
　　ルメル会の修練長であったマドレーヌ・ド・サン＝ジョゼフ（Madeleine
　　de Saint-Joseph, 1578-1637）、俗名ド・フォンテーヌ＝マラン（de Fontaine-
　　Marans）は、完全に受肉を中心とする霊性をすでに若い修道女たちに
　　教えていた。「彼女は唯一の基盤である方、イエス・キリストを修練女
　　の魂の内に植えつけようと、献身的で熱心に、辛抱強く努めていた」
　　のである。

　　　しかしながらこの発展がいかに速やかであったにしても、その範囲
　　を誇張すべきではない。ベリュールはこの発展を、「世紀の卓越した
　　頭脳」が天文学にもたらした革命になぞらえて、「コペルニクス的転回」
　　と後に呼んでいる。〉[59]

第2章　モーリヤックとカルメル修道会

　以上で見てきたことから、カルメル修道会とその教義は、17世紀前半の
フランスにおいてもまたかなり深く浸透していたのである。スペインに発
するカルメル修道会とその教義の影響が脈々と流れ、モーリヤックの時代
まで及んでいるのである。

　ではモーリヤックが十字架の聖ヨハネや聖テレジアの中に求めた教義と
は何か。彼がカルメル修道会に求めたものについて、最も分かりやすい解
説を与えてくれるのは、高橋たか子の「解説」である。高橋は、「夜」とい
う十字架の聖ヨハネの教義に関するキーワードを用いて、モーリヤックの
求めた方向性を説明してくれている。

　　〈だからテレーズは、神秘主義者たちの言う魂の夜に重ねて（つまり、
　　理性の目から見れば神は夜のなかにまします）、罪による夜という、いわ
　　ば二重の夜を生きている。（中略）
　　　キリスト教と無縁な人々にはわかりにくいことかもしれないが、こ
　　うした魂の「夜」を描くのがキリスト教文学の一つの立場である。
　　「夜」にこそ神がかかわっているのだから。〉[60]

　モーリヤックが十字架の聖ヨハネにこだわる理由はすべてここにある。
「罪の夜」と高橋が書いている部分は注目に値する。罪というものは、「神
がかかわっている」夜の中でこそ浄化されるものだからである。この高橋
の書いていることをさらに深く理解するためには、十字架の聖ヨハネの教
義を深く理解することが大切である。上でも取り上げたが、十字架の聖ヨ
ハネのいう「暗夜」とは以下のようなものである。

　　〈すなわち、聖ヨハネは、中世の神秘家の多くのように、神に関する
　　知と神への愛との対立関係 ―― ここでは、神との合一にまで導くのは
　　知ではなく愛であるとされる ―― のなかで活動を行ったのではない、
　　ということである。〈暗夜〉とは、あくまでも信仰の暗夜なのであり、
　　様々な表象や概念が、合一への準備段階のひとつとして知性から剝ぎ
　　取られてしまう、そのときの暗夜を意味しているのである。〉[61]

　モーリヤックが十字架の聖ヨハネの教説に興味をもった主たる部分はこ
の中にある。それは、キリスト教的な「善い行い」とは、「自己満足を与え
る祈りや献身の道」でしかないのではないのか、というモーリヤックの疑
問に十字架の聖ヨハネの教説が答えてくれることである。モーリヤックが

77

第1部　モーリヤックの小説理論

宗教的な危機に陥った時期に感じていたことは、自分のカトリック信仰は
「自己満足を与える祈りや献身の道」にすぎないのではないか、という疑問
であると思われる。それに対して率直に答えを与えてくれるものが、十字
架の聖ヨハネの教説であったのであろう。特にモーリヤックを捉えるもの
は、人間の罪に関する認識である。十字架の聖ヨハネの人間の罪について
の教義は、以下のように解説されている。

　〈たとえば感覚の暗夜は何よりも乾涸の状態によって特徴づけられる。
　つまり、感覚的な嗜好や慰安の剝奪、精神生活におけるあらゆる快楽
　主義の除去のことである。しかも、この否定的な働きかけがさらにい
　っそう進むこともある。それに、神はしばしば魂が苦しい誘惑、とり
　わけ肉欲と冒瀆の誘惑にさらされることを許すのである。
　　　それゆえ、悪魔の使いすなわち姦淫の悪霊が魂に与えられるこ
　とがある。この悪霊は感覚を恐るべき烈しい誘惑で煽り立て、想
　像力によって一段となまなましく感じられる醜悪な思念や表象で
　もって精神を悩ませる。そのため、魂はときには死ぬ以上の苦悶
　を味わうこともある。また、魂はこの暗夜の中で、あらゆる概念
　や思考に耐えがたい冒瀆を混入する瀆神の悪霊に囚われることも
　ある。これらの冒瀆はしばしば想像の力を借りて強引に示唆され
　るので、ほとんど声に出して言いそうになる。これは残酷な呵責
　である。〉[62]

このような状態に置かれた人間はどのように生きればよいのか。その罪
から逃れ神のもとに赴く方法が書かれているのが十字架の聖ヨハネの『霊
魂の暗夜』である。「暗夜」を終える方法としては、次のものしかない。そ
れは、他者のために「自分を捨てて十字架をになう」ことと「（神の前で）
おのれを空しくする」である。

　モーリヤックは信仰の危機の時期において、これらの「自分を捨てて十
字架をになう」ことや「大罪の状態にある人たち」に寄り添って祈ること
が最も心惹かれるものであったと思われる。それらの教義は、実際に小説
の中に「秘かに」組み込まれ、その筋を支えている。小説の中に「秘かに」
組み込まれた実践例は、上で見てきた『火の河』の中にある。『火の河』の
第2稿でモーリヤックはマリ・ランシナングという登場人物と脇筋を書き

78

加えたことである。彼女の役割は、「自分を捨てて十字架をになう」ことや「大罪の状態にある人たち」に寄り添うことである。そのことで生じる結果も含め、詳しくは第2部第1章で考察していきたい。

この章では、「不動の岩」や「御方」へとモーリヤックを導く役割を果たした教えは、カルメル修道会の聖テレジアや十字架の聖ヨハネの教えであることを明らかにした。その教義の中心は、「神の前でおのれを空しくする」ことであり、「自分を捨てて十字架をになう」ことであり、また「大罪の状態にある人たちに寄り添う」ことで、その教義の意味を『火の河』の中でモーリヤックは述べているのである。

註
1）　藤井史郎「解題」、『キリスト教徒の苦悩と幸福』、『モーリヤック著作集』
　　　第3巻、春秋社、1982年、396頁。
2）　モーリヤック『神とマンモン』岩瀬孝訳、『モーリヤック著作集』第4巻、
　　　春秋社、1984年、332頁。
3）　Mauriac, *Dieu et Manmon, Œuvres romanesques et théâtrales complètes*,
　　　tomeII, Gallimard, bibliothèque de la pléiade, 1979, p.1341.
4）　『現代フランス語辞典』第2版、中條屋進他編、白水社、1999年、198頁。
5）　『仏和大辞典』伊吹武彦他編、白水社、1981年、345頁。
6）　モーリヤック『小説論』、『小説家と作中人物』川口篤訳、ダヴィッド社、
　　　昭和51年、43頁。
7）　同上、48頁。
8）　Mauriac, *Le Roman, Œuvres romanesques et théâtrales complètes*, tomeII, *op.
　　　cit*., p.773.
9）　*Le Grand Robert* 2, Le Robert, 1985, p.430.
10）　モーリヤック『小説家と作中人物』川口篤訳、前掲、99頁。
11）　Mauriac, *Le Romancier et ses personnages, Œuvres romanesques et théâtrales
　　　complètes*, tomeII, *op. cit*., p.861.
12）　モーリヤック『小説家と作中人物』川口篤訳、前掲、98-99頁。
13）　Mauriac, *Le Romancier et ses personnages, op. cit*., p.860.
14）　モーリヤック『小説論』、『小説家と作中人物』川口篤訳、前掲、7頁。
15）　藤井史郎「解題」、『キリスト教徒の苦悩と幸福』、前掲、397-398頁。
16）　モーリヤック『小説論』、『小説家と作中人物』川口篤訳、前掲、18頁。
17）　モーリヤック『神とマンモン』岩瀬孝訳、前掲、349頁。

第1部　モーリヤックの小説理論

18)　同上、366 頁。

19)　同上、381 頁。

20)　同上、396 頁。

21)　Jacques Petit, "Notice", Le Fleuve de feu, Mauriac, Œuvres romanesques et théâtrales complètes, tomeI, Gallimard, bibliothèque de la pléiade, 1978, p.1170.

22)　モーリヤック『火の河』上総英郎訳、『モーリヤック著作集』第 1 巻、春秋社、1982 年、79 頁。

23)　同上、79-80 頁。

24)　同上、144 頁。

25)　モーリヤック『ある人生の始まり』南部全司訳、同上、290-291 頁。

26)　モーリヤック『神とマンモン』岩瀬孝訳、前掲、395-396 頁。

27)　モーリヤック『キリスト教徒の苦悩と幸福』山崎庸一郎訳、前掲、332 頁。

28)　Le Grand Robert 2, op. cit., p.379.

29)　ランソン、テュフロ『フランス文學史』Ⅰ、有永弘人他訳、中央公論社、昭和 51 年、268 頁。

30)　高橋たか子「解説」、『モーリヤック著作集』第 2 巻、春秋社、1983 年、381-382 頁。

31)　モーリヤック『神とマンモン』岩瀬孝訳、前掲、366 頁。

32)　Mauriac, Dieu et Manmon, op. cit., p.803.

33)　モーリヤック『神とマンモン』岩瀬孝訳、前掲、381 頁。

34)　Mauriac, Dieu et Manmon, op. cit., p.817.

35)　Le Petit Robet 1, Le Robert, 1977, p.1250.

36)　ibid., p.1251.

37)　F.-W. ヴェンツラッフ＝エッゲベルト『ドイツ神秘主義』横山滋訳、国文社、昭和 56 年、231 頁。

38)　ホセ・ガルシア・ロペス『スペイン文学史』東谷穎人他訳、白水社、1978 年、103-104 頁。

39)　F.-W. ヴェンツラッフ＝エッゲベルト『ドイツ神秘主義』横山滋訳、前掲、15 頁。

40)　同上、32 頁。

41)　同上、164-165 頁。

42)　同上、231 頁。

43)　牛島信明『スペイン古典文学史』、名古屋大学出版会、1997 年、206 頁。

44)　F.-W. ヴェンツラッフ＝エッゲベルト『ドイツ神秘主義』横山滋訳、前掲、32-33 頁。

45) 同上、34 頁。

46) ルイ・コニュ『キリスト教神秘思想史』第 3 巻「近代の霊性」、上智大学中世思想研究所翻訳・監修、平凡社、1998 年、188-190 頁。

47) 同上、190 頁。

48) 同上、134-135 頁。

49) 同上、158 頁。

50) 同上、159 頁。

51) 同上、160 頁。

52) チプリアノ・ボンタッキョ「序文」、十字架の聖ヨハネ『暗夜』山口女子カルメル会改訳、ドン・ボスコ社、2015 年、4-5 頁。

53) ルイ・コニュ『キリスト教神秘思想史』第 3 巻「近代の霊性」、前掲、164 頁。

54) テレジア『霊魂の城』田村武子訳、中央出版社、昭和 34 年、287 頁。

55) 同上、255-256 頁。

56) F.-W. ヴェンツラッフ＝エッゲベルト『ドイツ神秘主義』横山滋訳、前掲、231 頁。

57) Henri Bremond, *La Conquête Mystique*, Bloud & Gay（Belgique）, 1921, p.13.

58) *ibid.*, p.26.

59) ルイ・コニェ『キリスト教神秘思想史』第 3 巻「近代の霊性」、前掲、420-421 頁。

60) 高橋たか子「解説」、『モーリヤック著作集』第 2 巻、前掲、381-382 頁。

61) A. ラウス『キリスト教神秘思想の源流』水落健治訳、教文館、1988 年、306 頁。

62) ルイ・コニュ『キリスト教神秘思想史』第 3 巻「近代の霊性」、前掲、170 頁。

第3章　モーリヤックとコレット

　コレットの代表作『シェリ』の題名の由来は、元高級娼婦であるレアが、彼女の歳若い愛人を呼ぶときの愛称である。「愛しき人」という意味があるが、この題名の通り、人間だけを対象にして小説は書かれており、その中にはキリスト教信仰に関する記述は一切ない。『シェリ』の主人公は、現世的な金銭欲や肉欲のためにだけ生きている。そのような人物像を描くコレット自身もまた、キリスト教信仰については、全く無関心である。それなのに、モーリヤックは彼の著作『小説論』の中でコレットとその小説『シェリ』を取りあげ、「この異端の女、この肉の女も、否応なくわれわれを神に導く[1)]」と述べている。カトリック作家であるモーリヤックが、無信仰を標榜するコレットと彼女の小説に対して、なぜここまでの関心を示すのか。その理由を解明することを、本章の目的とする。

　その理由を見つける手掛かりとして、コレットとその小説に頻繁に登場する宝石を選び、その役割に注目してみた。コレットの『シェリ』では、真珠の話題が小説の冒頭から出てくる。真珠には何か特殊な意味があるのだろうか。キリスト教では真珠はどのようなものと見られているのか、無信仰対カトリック信仰という視点で見ると、真珠という存在は実に興味深い。カトリック信仰では、真珠が象徴的に描かれることがある。第2章で述べた、聖テレジアの『霊魂の城』でも真珠は何箇所も出てくる。その代表例が下のものである。

　　〈話を進める前に、私はあなたたちに、これほど輝かしい、これほど麗しいこの城、この東方の真珠、神なる生命の水流（ながれ）の中間（さなか）に植えられたこの生命の木、（詩篇1の3）一口にいうならばこの霊魂が、[2)]〉

　『霊魂の城』の中の真珠は「東方の真珠」とある。一般には、真珠は東方から西欧にもたらされるものであることが理解されるが、この文脈の中では、「生命の木」と書かれているので、象徴的な意味で使われていることが分かる。次の真珠も同じく、象徴的な意味での真珠を表す。

83

第1部　モーリヤックの小説理論

　〈私たちは、あの一意専心、深い寂寞と全き解脱の中で私たちのいう宝、
　尊い真珠を求めたカルメル山の聖師たちの 族 である。〉[3]

　このように真珠は、聖書の譬えであり、現実の真珠を表さない。現実の
存在ではない象徴の真珠と、コレットの小説の中の実在の真珠を比較する
のは無理である。聖テレジアは、しばしば宝石を用いて、信仰の世界を表
現している。次の引用では、人の霊魂はダイヤモンド（金剛石）に譬えられ
ている。

　〈私たちは自分の霊魂をただ一つの金剛石、または全く透明な水晶で
　作られた城とみなすことができる。〉[4]

　『霊魂の城』の中では真珠は、象徴として用いられているが、それは聖テ
レジア独自の用法なのであろうか。実は、聖テレジア以外の聖職者の著作
でも真珠を象徴としてその説教に取り入れる例が存在する。イェイツは
『16世紀フランスのアカデミー』で、デュ・ペロンの説教の中でこの象徴的
な真珠が使われたことを述べている。

　〈このことを示す一例が、デュ・ペロンが1597年にエヴルー司教区へ
　入ったときに挙げたミサでの驚くべき説教で提供される。（中略）聖体
　拝領のあの唯一無二の性格を明らかにするために、エヴルーの新司教
　は次のように語った。

　　（中略）またある者はその家事使用人の熟練を生かし、宴会の競争
　　で他を凌ごうと努力を傾け海も陸もあまねく探したが、値踏みも
　　できないほど貴重な一粒の真珠を溶かして飲んだ一人の王妃によ
　　って負かされ征服された。〉[5]

　ここに書かれているデュ・ペロン（Du Perron Jacques Davy, 1536-1618）は、
ルネサンス期フランスの中心的詩人ピエール・ド・ロンサール（Pierre de
Ronsard, 1524-1585）の精神的な後継者であるとされる文学者で、しかも司
教でもある人物である。イェイツは、デュ・ペロンがロンサールと共にな
した宗教的功績について、以下のように述べている。

　〈往々にして言われてきた通り、ロンサールの詩的運動がカトリック
　陣営に与えた知的威光が、フランスでの宗教問題がいかに解決される
　べきか誰も予言できなかったこの世紀のあいだ、フランスをカトリッ
　クに留めたというのが事実なら、一方でロンサールの業績を他の誰に

84

もまして強化したのはデュ・ペロンであったというのもまた事実である。[6]

デュ・ペロンは、エヴルー司教として教会で以下のような説教を行うが、その説教の主題が、象徴としての真珠である。

〈世俗の宴会のこれらの「例話」が次第に説教の聖なる主題へ導かれる。今日わが主は、ローマの区域や城壁内に居住する全ローマ人のみならず、全世界に散在する普遍的なるローマ教会（カトリック）をもてなされ、祝福されている。（中略）主はこの祝宴に敬意を表し、腐敗しやすい目に見える真珠ではなく、主自身が福音書で次のように言われた評価できないほど高価で、目にも見えないあの真珠を分解し、溶かし給うのである。「天の国は次のように喩えられる。商人が良い真珠を探している。高価な真珠を一つ見つけると、出かけて行って持ち物をすっかり売り払い、それを買う」。[7]〉

デュ・ペロン司教の説教は佳境に入り、聖書に書かれた聖なる真珠の象徴的な意味を、カトリック信者の前に具体的なイメージとして提示する。

〈クレオパトラの真珠の寓意的解釈は自然界の現象としての真珠に導かれる。

博物学者が言うには、真珠は露と天の影響から生まれるが、一世代に一つきりのものである。というのも、真珠を造る生き物はけっして一つ以上を生み出すことはないからである。それゆえ、真珠はその唯一性をもってローマ人により〈ウニオ〉と呼ばれる。このように、その価値によって全世界が贖われた天上的で神聖な真珠は、天から下り来たり、聖霊の力と働きから生み出されたのであり、どんなに永遠であろうと束の間であろうと、一世代に一つのものである。[8]〉

この「ウニオ」という表現で表される象徴としての真珠は、第2章で述べたカルメル修道会の神秘思想と大きく関わっている。上で見てきた『霊魂の城』で聖テレジアが表現した象徴としての真珠は、デュ・ペロンがおこなった説教の中の「ウニオ」で表現される象徴としての真珠と全く同じものを指すと思われる。「ウニオ」と聖テレジアの関わりについては、第2章でも引用したが、再掲する。

第1部　モーリヤックの小説理論

〈中世において、特に魂とキリストとの合一を示す花嫁のアレゴリーに表現されたような、ウニオ・ミスティカ体験の情熱的感情の強さが、バロック時代には二種類の形で再び見出される。(中略)

　中世の聖ベルナール的性格の神秘主義からは重要な二重の発展、継承の道が近代まで走っている。一つの道はラテン諸国で著しく強められ、一般に広く行われた雅歌の伝統を経ており —— 十字架のヨハネや聖テレジアの詩の数多い翻訳がそれを証明している。[9]〉

ウニオ・ミスティカという神秘主義の流れの中に聖テレジアは位置づけられるが、その『霊魂の城』で述べられた象徴としての真珠がデュ・ペロンの説教の中の真珠なのである。

　以上のような象徴としての真珠に対して、コレットの小説での真珠は、具体的な物質としての真珠である。そして、真珠は、『シェリ』と『シェリの最後』に登場する。では真珠とはコレットの小説では何を意味するのであろうか。それを知るために、『シェリ』の冒頭の真珠が登場する重要な情景を見ていこう。

〈「レア、これぼくに頂戴、あんたの真珠のネックレスさあ！ 聞いてる、レア？ あんたのネックレス、おくれよ！」[10]〉

その後で、ネックレスになっている真珠の個数が話題になる。ネックレスの真珠の個数を間違えたシェリに対して、女主人公のレアにその正確な数字を言わせている。

〈「だって馬鹿げていると思わない、真珠たった1個のネクタイ・ピンとか、2粒のカフス・ボタンなんかなら、男が女にもらってもいいけれど、50個の真珠を男がもらうのは恥ずべきことだなんてさ……」

　「49個でございます」

　「49個、数くらい知ってますよ。」[11]〉

49個という数字を直ぐにレアが言った理由は、それが彼女の現在の年齢であることをコレットはその直後で明かす。その後も、真珠は繰り返し登場する。それらのうち主たるものを引用する。

〈彼女はベッドのうえに放り出してあった真珠のネックレスを数珠のように指でまさぐっていた。このごろ彼女は夜になるとこのネックレスをはずすことにしていた。シェリは美しい真珠に目がなかったか

ら、明け方にしばしばそれを愛撫する。[12]〉

　我われはこの文を読むと、真珠は肉欲や金銭欲や人間の欲望全般の象徴であることに気づく。そして、コレットは上質の真珠を入手できる店の名前をも丁寧に小説に書きこんでいる。

　　〈「こんなお天気の日にはほかにやることないでしょ。シュウァップのお店に行ってあんたのために真珠を1粒えらんであげるわ。やっぱり結婚のお祝いをしないわけにはいきませんからね」[13]〉

　このような手法で、さりげなくコレットは、シェリの結婚が迫っていることを知らせる。しかも、コレットは、第1次世界大戦が終結した1920年頃には、真珠は大金を積めば入手可能な宝石類の一つであることを示そうとしたのである。そして、自分が所有している真珠だけでなく、他人の真珠にもレアが執着しとらわれていることを、コレットはこのように表現している。

　　〈たとえば薔薇色がかった栗色の短髪の鬢のうえに、うしろにずらしていかにも子供っぽくちょこんとのせた白いフェルトの「ブルトン帽」、あるいはまた、かつては「ヴィーナスの首飾り」と呼ばれていたはずの首の横皺のふかい溝に見え隠れする真珠のネックレス……。[14]〉

　真珠に対するレアの愛着を描いたコレットの執着は、『シェリ』だけでは終わらず『シェリの最後』でも続く。それは、シェリの結婚相手であるエドメに引き継がれる。『シェリの最後』の冒頭に近い部分で、コレットは真珠についてこのように書いている。

　　〈首にかけた真珠のネックレスと同じ白さの、すべすべした純白の部屋着がずれおちて、エドメの肩が一方だけがあらわになっていた。[15]〉

　レアの肉欲、金銭欲、人間の欲望全般がシェリの結婚相手であるエドメに引き継がれたということを述べるためにコレットは、真珠を巧みに使うのである。

　以上のように、コレットの小説では、真珠は、肉欲や金銭欲や人間の欲望全般の象徴として描かれるのである。

　このように、聖テレジアが『霊魂の城』の中で譬えとして描き、そして、デュ・ペロン司教がその説教で述べる象徴上の真珠と、コレットの『シェリ』、『シェリの最後』の物質としての真珠はその特性が異なっている。前

第1部　モーリヤックの小説理論

者は象徴的で世界にただ一つしか存在しない真珠であり、後者は具体的、
物質的な一連の首飾りにすぎないのである。しかし、象徴としての真珠と
物質としての真珠という差違以上に、両者の間には大きな隔たりがある。
それは、『霊魂の城』で聖テレジアが描き、デュ・ペロン司教がその説教で
述べた象徴上の真珠は、永遠に劣化しない。それに対して『シェリ』の真
珠は、肉体を飾るものである。『シェリ』の真珠は、コレットがレアの肉体
の美を表現するための道具である。しかし、哀しいことながら、女性の美
は衰える。コレットは、若さと美しさを失ったレアの姿を、『シェリの最後』
の中で残酷なまでに鋭い筆致で描写する。

　　〈レアが怪物じみているというのではなかった。しかしとにかく大き
　　くて身体のあらゆる部分にたっぷりと肉がついていた。（中略）自然の
　　なりゆきで女らしさが放棄され収縮していったいきさつと、性とは無
　　縁になった女の威厳のようなものを語っているように思われた。
　　（中略）口いっぱいに金歯を見せて笑っていた。それはひと言で言えば
　　健康な老女、頬はたれさがり顎は二重になり、邪魔な支柱も拘束も拒
　　絶して、自力で重い肉塊をはこぶことのできる老女だった。[16]〉

　『シェリ』では真珠のように若々しく美しかったレアが、『シェリの最後』
では、年月の重さで見るも無残に衰えるのである。その人間の肉体の美の
衰えに対して、比較のための道具として、その輝きを長く保つ真珠の美を
コレットは巧み使うのである。このように、コレットは人間の肉体の「滅
びゆく美」の象徴として真珠を使った。『シェリ』の真珠には、また別の意
味もある。『シェリ』の冒頭に出てくる49個の真珠のネックレスであるが、
このレアが所持する「49個の真珠のネックレス」という表現は、17世紀の
オランダの画家であるフェルメール（Jan Vermeer, 1632-1675）の絵画を喚起
する。フェルメールは、有名な「真珠の首飾りの女」と題される絵以外に
も、少なくとも6枚の真珠の首飾りを身につけた女性を描いている。これ
らの女性のうちで、一人の婦人は、意味ありげな表情をする女召使を前に
手紙を書き、またその同じ女召使から手紙を受け取る婦人の情景もフェル
メールは描く。この絵の描かれた時代には、西欧諸国に先駆けてオランダ
は、市民階級が台頭し、政治経済を支配するようになっていた。その経済
力を背景に、中でも有力な市民が富を独占していた。その生活の情景をフ

88

第3章　モーリヤックとコレット

ェルメールが絵画として描いた。鏡に映る真珠の首飾りをつけた美しい自分の姿を誇らしげに見入っている婦人をフェルメールが描いた時と、エヴルー司教が教会での説教で象徴としての真珠を語った時期とが1世紀も隔たっていないことに、我われは大きな驚きを感じる。

　この、フェルメールによって絵画に描かれた17世紀オランダの生活が、3世紀遅れのフランスの市民社会の情景としてコレットの筆によって描写されていると見るのが正しい。真珠の首飾りは、かつてのオランダと同様に富の象徴であったと思われる。真珠は、市民が裕福になった時代にあっては、お金さえ積めば買える品物なのである。すなわち、肉体的な美も人間の愛もお金を積めば買える品物という象徴として、コレットはレアの真珠の首飾りを描いたと思われる。

　真珠に着目して、これまでコレットの小説を見てきた。そして、その真珠が、衰えゆく人間の肉体の美の対比として描かれたことを考察した。では、コレットはこの真珠が象徴する市民階級の豊かさの描写以外に、何のために『シェリ』を書いたのだろうか。それは、真珠の首飾りとその意図が比較的明快であるのに比べて、明確ではない。むしろこのように考えるべきかもしれない。コレットの『シェリ』という作品は、その意図が明確ではないところに作品の特徴がある、と。『シェリの最後』の「解説」中で翻訳者の工藤庸子は『シェリ』と『シェリの最後』を以下のように総括している。

　　〈そこで、コレットの開拓した領土にあえて立て札を立て、なにかを書きこもうとするなら、1、セクシュアリティにまつわることがらを明るみに出し、抽象的な語彙と繊細なイマージュによってこれを語ったこと、2、身体の感覚について視覚中心の19世紀的文脈から解放され、五感の全領域の感度を一挙に高めたこと、3、知性の支配する —— ロゴス中心的 —— 世界観からいくぶんずれたところで、身体的なものの優位をうたいあげたこと。とりあえずこんな要約になるだろうか。[17]〉

　工藤の「解説」は、コレットが肉体的なものを描いた先駆者だという評価を出るものではない。工藤の「解説」の表現を借りれば、コレットは精神的な要素の薄い小説家なのである。このような特徴をもつコレットとコレットの小説に対して、冒頭でも述べたように、モーリヤックはその『小

89

第1部　モーリヤックの小説理論

説論』の中で「この異端の女、この肉の女も、否応なくわれわれを神に導く」と表現するのである。全く共通点をもたない二人の作家をどのように繋げばよいのかについて考察していきたい。

　まず、モーリヤックが『小説論』で述べている「この異端の女、この肉の女も、否応なくわれわれを神に導く」の再検証から始めたい。
　〈Cette païenne, cette charnelle nous mène irrésistiblement à Dieu.〉[18]
　「肉の女」のフランス語の原語 charnelle は名詞で、「官能的な人」[19]と訳されている。上で見た工藤の『シェリの最後』の「解説」で書かれている通りの表現であり、また意味でもある。一方、「異端の女」の方は、かなり問題がある。païenne というフランス語の原語は、名詞で、『現代フランス語辞典』には「1. 古代の異教徒　2. 無信仰者」[20]の二つの訳が書かれている。
　川口篤が書いているように「異端の女」がその訳であるとすると、1の意味で取られかねない。同じ『現代フランス語辞典』の形容詞としての訳には「(キリスト教から見て) 異教の；多神教の」と書かれている。「異端の」と訳すと、このように「キリスト教以外の異教の信仰をもった女」と主人公レアは見なされる可能性が出てくる。しかし、小説の設定はそうではなく、『シェリ』や『シェリの最後』のレアは、幼児洗礼を受けて、信仰的にはカトリック内に止まり続けている、そういう女性なのである。しかし、コレットはレアが教会のミサに参加したとか、告解したとかという一般のキリスト教徒なら行うであろう宗教行事について一切書いていない。それらのことは、コレットは書いていないので我われには分からない。工藤が『シェリの最後』の「解説」で書いているように、レアには「肉体」に関すること以外は書かれていないし、精神的（宗教的）なものが希薄なのである。その意味で、païenne というフランス語の訳は、「無信仰者」がふさわしいと思われる。
　以上のように、川口がモーリヤックの『小説論』で訳している「この異端の女」という訳は、「この無信仰の女」がより的確であると思われる。コレットの無神論や無信仰に関しては、工藤は『シェリ』の「解説」の中で、『シェリ』翻訳の先駆者である深尾須磨子の『黄昏の薔薇』の「あとがき」

90

第3章　モーリヤックとコレット

を紹介している。

　　〈いずれも唯物的な娼婦上がりの五十女と男妾風の若者との間にかも
　　される霊肉の不可思議を、心理的、科学的に、大胆率直、簡潔に描写
　　しながら、しかも期せずして核心を貫く人類主義によって、ともする
　　と官能暴露に堕そうとするくだりをも、見事に浄化させている。
　　無神派といわれ、無信仰者といわれるコレットの、この既成的宗教と
　　道徳の一切をこえた誠実が、要するにわれわれの魂を打たずにはおか
　　ないのである。[21]〉

　この深尾もレアを無信仰者（パイエンヌ）と言う。また同時に、コレット
の「宗教と道徳の一切をこえた誠実」の存在を指摘する。つまり、コレッ
トと彼女の『シェリ』の特徴は、「無神派、無信仰者」であるということで、
それは、モーリヤックが『小説論』でいう「この無信仰の女、この肉の女」
は、『シェリ』の女主人公レアを指すことになる。しかも、そのレアは、「否
応なくわれわれを神に導く」のである。

　無信仰で肉欲（官能）にまみれた女性（人間）とキリスト教の神、という
全く不釣り合いな二つのものが並ぶと、我われは、非常に違和感を覚える。
しかし、この違和感（不自然感）こそが、モーリヤックが『小説論』の中で
「この無信仰の女、この肉の女も、否応なくわれわれを神に導く」と書いた
ものの本質である。つまり、モーリヤックは、無信仰で肉欲の人間とキリ
スト教の神の組み合わせを見せ、それによって、聖書の一節を我われに想
起させようとしたのではないだろうか。

　そのような視点で見ていくと、『シェリ』のレアの話は、新約聖書の「放
蕩息子の帰還」の譬えと非常によく似ている。それは日本聖書協会、新約
聖書の『ルカによる福音書』では、「ある人に、ふたりのむすこがあった。
ところが、弟が父親に言った。『父よ、あなたの財産のうちでわたしがいた
だく分をください』。そこで、父はその身代をふたりに分けてやった。そ
れから幾日もたたないうちに、弟は自分のものを全部とりまとめて遠い所
へ行き、そこで放蕩に身を持ちくずして財産を使い果たした（『ルカによる
福音書』第15章11-13節）。そこで立って、父のところに出かけた。まだ遠
く離れていたのに、父は彼をみとめ、哀れに思って走り寄り、その首をだ
いて接吻した。むすこは父に言った。『父よ、わたしは天に対しても、あな

91

第1部　モーリヤックの小説理論

たにむかっても、罪を犯しました。もうあなたのむすこと呼ばれる資格は
ありません』。(『ルカによる福音書』第15章20-21節)」

　父親は弟を許し、元のように息子として遇し、子牛をほふり、祝宴を張
る。そこへ畑にいた兄が戻るが、兄は、事情を聞いて、不満げに表に止ま
り、家に入ろうとしない。そこで父は兄に家に入るように促すが、兄はこ
う言う。「兄は父にむかって言った。『わたしは何か年もあなたに仕えて、
一度でもあなたの言いつけにそむいたことはなかったのに、友だちと楽し
むために子やぎ1匹も下さったことはありません。それだのに、遊女ども
と一緒になって、あなたの身代を食いつぶしたあなたの子が帰ってくると、
そのために肥えた子牛をほふりなさいました』。すると父は言った。『子
よ、あなたはいつもわたしと一緒にいるし、またわたしのものは全部あな
たのものだ。しかし、このあなたの弟は、死んでいたのに生き返り、いな
くなっていたのに見つかったのだから、喜び祝うのはあたりまえである』」
(『ルカによる福音書』第15章29-32節)。

　この「放蕩息子の帰還」の譬えは、父なる神がなぜ放蕩息子の帰還を祝
うのかということに関してこのように回りくどい説明をするのだが、その
理由は理解できそうで、理解し難い部分が多い。他の譬えによくあるよう
に、「私がそのように決めた」のだから、とかいう、いわゆる「選び」の理
論で説明すれば、人間の理性の限界を超えた理由であると考え、それ以上
に深く理由を考える必要もないのに、それをここではしていない。実に人
間的な説明を父親はするのである。そのために、兄は、「弟は、死んでいた
のに生き返り、いなくなっていたのに見つかったのだから」と説明する父
親の論理に納得していないように見える。

　また、我われにも納得しにくいところがこの譬えには存在する。なぜな
ら、上で見てきたように、キリスト教では、一般には「へりくだり」の心
をもち、「回心」し、「神を待ち望む」人間は、神に救われる存在となる。
それに対して、この譬えの弟は、「父よ、わたしは天に対しても、あなたに
むかっても、罪を犯しました。もうあなたのむすこと呼ばれる資格はあり
ません」と罪を告白しているのだから、その三つの要素をすべて満たして
おり、それを父なる神が嘉とされるのは当然であると考えられる。このよ
うに、「へりくだり」「回心」し、「神を待ち望む」という当たり前に生きる

第3章　モーリヤックとコレット

弟は、神の国に迎えられるのは当然なのに、なぜ兄はその父親の判断に対して不満げな態度を取るのかの理由も理性を使って考えると理解できない。父親である神の判断は絶対的なものであるべきで、怒りを露わにする兄を宥めるために、なぜ父は「またわたしのものは全部あなたのものだ」と言う必要があったのか。

　以上のように、この「放蕩息子の譬え」は、その内容があまりに人間的すぎて、かえって我われの理性的判断から逸脱したものとなっている。モーリヤックは『小説論』の中でコレットの例に理性を使っては理解し難い譬えを当てはめているように思われる。これまた放蕩の限りを尽くしたコレットの主人公がなぜ、「この無信仰の女、この肉の女も、否応なく我われを神に導く」のか、その理由について、理性的判断では理解できないことである。

　では、モーリヤックによって提出された問題を解く鍵はどこに存在するのであろうか。『ルカによる福音書』の「放蕩息子の帰還の譬え」では、我われは人間的な理由説明に目を奪われ過ぎて、その本質にある神の「選び」にまで理解が及んでいないのではないだろうか。神の「選び」は、下から上への人間の側の努力である「へりくだり」、「回心」、「神を待ち望む」とは何の関係もなく、神が上から選ぶだけのものであるということを我われに知らせるための譬えなのではないか。神のその「選び」の理由は、我われの理性で推し量ることは不可能なもので、それが天上の世界と我われの地上の世界を隔てているもので、その隔たりは非常に大きいのである。それを言いたいためにこの「放蕩息子の帰還の譬え」は存在するのではないだろうか。

　以上の疑問に対して、モーリヤックは、コレットとその小説を直接に指している文書ではないが、かなり近い表現をしているものを我われ読者に示してくれている。それが、モーリヤックの著作『キリスト教徒の苦悩と幸福』である。この中でモーリヤックは、コレットが『シェリ』で描いて見せた肉欲について、以下のように述べている。

　　〈また肉体は語る。「わたしはだれにも迷惑を与えていない。なぜ快楽が悪となることがあろう?」と。
　　　おまえがよく知っているように、快楽は悪である。この行手わから

93

第1部　モーリヤックの小説理論

ぬ誘惑、この際限ない下降以外のどんな証明がおまえに必要なのか？
（中略）
　　まことに、情欲は人間を失墜させ、最後にはそれを破壊する。[22]〉

「快楽は悪である」と言い切るのに、なぜモーリヤックは『小説論』で「この肉の女が我われを神に導く」と書いたのか。その答えは、この文の先にある。

〈情欲は人間を失墜させ、最後にはそれを破壊する。これは事実であるが、だが、それを放棄した場合はどうか？（中略）
　　おそらく、選択せず、なかばしか放棄せず、わずかしか譲歩しない人間の態度ほど悪しきものはない。中途半端な放棄は情念をかき立てることにしか役立たない。神を求めて滅びにいたる者は、俗世を求めても滅びにいたる。[23]〉

すべての情欲を放棄するか、あるいは、全く放棄しないか、二つの道しかなく、その中間は存在しないのである。この主張をモーリヤックは繰り返す。

〈最後にはすべての被造物を救おうと決心しながらも、神はこの勝負があらかじめ勝ちときまってしまっていることをのぞみたまわぬのごとく、いっさいはおこなわれる。人間の自由と神の予知とのあいだの、たえず想起されてきたこの永遠の矛盾は、（中略）。
　　そんな説は不合理だ、と神学博士なら反論してくるだろう。いかにもその通り。だが、宗教的次元においては、不合理はときとして真理のしるしではあるまいか？[24]〉

現代の人間が情欲やその他の悪についても、その中間を求める性質をもつことをモーリヤックは、他の箇所で厳しく批判している。

〈錯乱した近代的理性は、矛盾の同一性を認めることに慣らされている。被造物を通じて神を賛美するとか、愛の本能を通じて神に服従するとかいうが、これは理性に賭による選択を免れしめようとする、媚びを含んだ狂気にほかならない。[25]〉

以上のように、近代的理性は人間が情欲をもつことを助長しているのである。では、人間は情欲を克服できるのか。その方法について、モーリヤックは、一つのことを提案している。

94

第3章　モーリヤックとコレット

〈いかにすれば情欲から癒されるのか？　情欲はけっして、いくつかの
行為に限定されるものではない。それはどこへでも飛び火する癌であ
る。いたるところに転移する。このゆえに、回心より大いなる奇跡は
存在しない。〉[26)]

　回心は、すでに第1章「モーリヤックから見たパスカル」で考察したよ
うに、パスカルは第二の回心においてすら、真の回心をすることはできな
かった。では、どのようにすればよいのか。これ以上のヒントをモーリ
ヤックは、我われに与えてはくれない。モーリヤックは、「神中心的」な神の
隔絶した世界をその解答として考えていたのではないか。その解答へと我
われを導くために、『小説論』で「この無信仰の女、この肉の女も、否応な
くわれわれを神に導く」と書いたのではないか。しかし、その答えはモー
リヤックのどこを読んでも書かれていない。なぜなら、モーリヤックは、
第2章でも記したように、正解を我われに直接的には見せない手法に慣れ
ているからである。モーリヤックは、我われが人間の理性を頼りに追求し
ていっても正解を見つけることができない作家である。そこには、「神中
心的な、神の隔絶した世界にしか真理は存在しない、理性を用いてその解
答を導き出そうと考えるな」というモーリヤックの考えが見てとれる。我
われが真理に近づくためには、彼が上で述べている「錯乱した近代的理性
は、矛盾の同一性を認めることに慣らされている」ことから逃れる以外に
ない。「矛盾」の中にこそ真理があり、また神はそこにおられる、とモーリ
ヤックは述べようとしたのだと思われる。

　そのような「神中心的」な人間から隔絶した世界を我われに考えさせる
ものが、モーリヤックの『小説論』のマルセル・プルーストの無信仰につい
て書かれている部分にある。コレットの無信仰は、「この無信仰の女、こ
の肉の女も、否応なくわれわれを神に導く」と神への信仰の可能性という
視点で肯定的に解釈されているのに対して、プルーストの無信仰は神への
信仰の可能性が完全に否定されている。

〈マルセル・プルーストの作品には、恐ろしい程神が欠除していると私
はいつか書いた。我われは彼が、ソドムとゴモラの焔の中に、廃墟の
中に、潜入したことを責めるものではない。ただ、彼が堅固な甲冑を
つけずに其処に足を踏み入れたことを遺憾に思うのである。文学的見

95

第1部　モーリヤックの小説理論

地のみから見ても、それがこの作品の弱点であり、限界である。そこ
には、人間の良心が欠除している。（中略）我らの友の最大の誤謬は、
彼の作品の一部に見られる往々にして目を被いたくなるような大胆さ
よりも、我われが一言で聖寵の欠除と呼ぶところのものに遙かに多く
存するように我われには思われる。[27]〉

　モーリヤックは、コレットについては、「この異端の女、この肉の女も、
否応なくわれわれを神に導く」と書いている。では、プルーストの「恐ろ
しい程神が欠除している」や「聖寵の欠除」は神に導かないのか、という
疑問が生まれてくる。両者の無信仰に差異があるのか、あるいは、コレッ
トの無信仰だけが特殊なのか。この疑問にモーリヤックは答えてくれるこ
とはない。プルーストの無神論は、一般的に承認されている真実なのか、
それともモーリヤック独自の見解なのか。これも検証する必要がある。そ
こで、プルーストの信仰について調べてみた。彼のキリスト教信仰につい
ては、以下のような見解があることが分かった。まずその中の肯定意見か
ら始める。

　　〈ジョージ・D・ペインターは『失われた時を求めて』の主題で一番興
　　味を感じるのはなにかと問われたとき、こう答えた。「まさしくそれ
　　は、永遠の生命、精神的高貴さ、あの救済の探求です。いや、神の探
　　求と申しましょう。プルーストの作品には《神はまったく不在だ》と
　　言われていますが、神はいたる所に存在しているのです。」[28]〉

　以上のようなプルーストの中にキリスト教が見られるという肯定説に対
して、どちらとも言えないというのが、『プルースト』の著者のジャン・ム
ートンの説である。彼は以下のように述べている。

　　〈マルセル・プルーストと神との関係、あるいは、彼と、来世の存在そ
　　のものと結ばれている神の観念との関係ほど不可解なものはない。わ
　　れわれにとって不可解なだけでなく、おそらく彼自身にとってもそう
　　だったにちがいない。彼は作品を通して、大問題に答えようと試みて
　　いるが、答えはいずれも不確かで、矛盾しあっている。[29]〉

　プルーストがキリスト教の信仰を全くもっていなかったという説も存在
する。その否定説をジャン・ムートンは以下のように記述している。

　　〈ジャン゠フランソワ・ルヴェルは、『プルーストについて』と題する

96

第3章　モーリヤックとコレット

『失われた時を求めて』に関する考察のなかで、プルーストにはいっさい、宗教的な関心がなかったとする立場をいっそう強く打ち出している。「プルーストはあらゆる文学のなかで、いままでのところ、完全に非宗教的である最初で、ただひとりの大作家である。彼は反宗教的ですらない。彼は形而上学をもって宗教と戦おうともしない。」〉[30]

　これらの肯定、否定、中間の意見を総合して、ジャン・ムートンはプルーストの小説におけるキリスト教の信仰の存在を以下のように結論している。

　　〈自分の信仰心、あるいは懐疑心が正確にはどの程度のものであったのかは、プルースト自身にもまったく確信がなかったのだから、どうして彼を研究する批評家にそれに関するより確実な判定が下し得ただろう。どの批評家も、彼の小説からその宗教的、あるいは反宗教的な態度を正確に示すことのできるページを探しだそうという誘惑に捉えられたが、現実には、まったく相反する傾向を満足させるような文章をさえ、そこに見出すことができるのである。〉[31]

　プルーストのキリスト教の信仰に関しての肯定説・否定説・中間説がこのように混在するのが、プルースト研究の現状であるということが良く分かる。モーリヤック自身もまた、プルーストのキリスト教信仰についての見方は一定していない。上の引用では、彼はプルーストの信仰については否定派に属していた。しかし、同じ『小説論』の少し前では、彼は以下のように肯定派に与しているのである。

　　〈彼の作品のただ一箇所において、すなわち、彼が小説家ベルゴットの死を描くに際して、マルセル・プルーストは、親切と几帳面と犠牲の上に立つ別な世界、この世とは全く違った世界に対する彼の信仰をほのめかしている。〉[32]

　このような判断の不徹底さが彼のプルーストの信仰に対する判断の特徴であり、まさにこの不徹底さこそが、モーリヤックが『小説論』で「この無信仰の女、この肉の女も、否応なくわれわれを神に導く」の対象として、コレットとその小説だけを選び、プルーストの小説を選ばなかった理由である。プルーストの小説は、上でジャン・ムートンが彼の『プルースト』で判断しているように、徹底した無信仰とは言えないのである。各評論家

97

第1部　モーリヤックの小説理論

が見るように、プルーストの小説には彼の中途半端な信仰心あるいは、中途半端な無信仰の心が混在しているのである。そのような不徹底な小説家は、「否応なくわれわれを神に導く」小説家の対象としてふさわしくないのである。コレットとその小説のように「徹底した無信仰」だけが「われわれを神に導く」とモーリヤックは見るのである。そこにあるのは、モーリヤックの時代の標準的なカトリック信者の実態に対する彼の思いである。「カトリック教会でのミサには欠かさず出かける。しかし、深い信仰に依拠して十字架の前にかしずくことはせず、いわば習慣的な行動の一つとして教会へ行っている」不徹底な信者を彼は多く見てきたのである。このような不徹底な信者の有様では、キリスト教の信仰をフランスに再び取り戻すことはできないというモーリヤックの認識がそこにはある。幼児洗礼は受けているが、徹底して無信仰の人たちだけが、「われわれを神に導く」のである。そのことを明らかにするためにモーリヤックが選んだ作家がコレットである。そのような徹底して無信仰な作家だけが、キリスト教の信仰をフランスに取り戻せる「鍵」であるとモーリヤックは考える。その「鍵」をもつコレットの主人公レアのような人物だけが「この無信仰の女、この肉の女も、否応なくわれわれを神に導く」のである。

　しかし、「この無信仰の女」と「神」という一般常識に照らすと相矛盾する二つの存在が、なぜこの『小説論』では同一化するのかについては、まだ解明されていない。以後ではモーリヤックが述べる「この無信仰の女」がなぜ「否応なくわれわれを神に導く」のか、その理由について考えることにする。

　この相矛盾する「この無信仰の女」と「神」ついてのモーリヤックの見解がよく分かるエッセーが存在する。それは、『神とマンモン』（1929年）である。その中でモーリヤックは、シャルル・ペギー（Charles Peguy, 1873-1914）の著作を取りあげ、罪人がキリスト教にとっては不可欠な存在であることを述べている。これも重要な部分であるので、少し長くなるが引用する。

　　〈しかし、罪に陥ることは、キリスト教から脱出することにはならない。

98

　　　　　　　　　　　　　　　　第3章　モーリヤックとコレット

その結果はおそらくさらに恐るべき絆で、キリスト教に結びつけられ
ることになるだろう。肉欲に敗けること、疑いを大きくすること、あ
らゆる思想について疑いを強めること、偶像を礼拝すること、それは
キリスト教徒にとってキリスト教世界から脱出することにはならない
のだ。というのは、ペギーが書いたように、「罪人はキリスト教世界に
属している。罪人はこの上なく優れた祈りをすることが出来る……。
罪人はキリスト教世界の機構にとって必要な部分であり、必要な一片
である。罪人はキリスト教世界の核心に位置している……。罪人と聖
人は、同じくらい必要な二つの部分であり、同じくらいキリスト教世
界の機構に必要な二片である、ということが出来る。罪人と聖人は、
それぞれが共に同じくらい必要不可欠な二片であり、互いに補い合う
二片なのである。両者はキリスト教世界という機構、この唯一無二の
機構にとって相互補完的な二片であり、両者は代置し合うことができ
ないと共に代置し合える面をも持っているのだ……」〉[33]

　このペギーの見解に引き続いて、モーリヤックは罪人とキリスト教の関
わりについての彼の意見を披露し、このように述べている。

　〈この機構に嵌め込まれて、決してそこから出ることのできない種類
　の人々が存在する。罪、それは唯一の出口であるが、外へ出られる扉
　ではない。この扉は外に通じてはいない。だから〈恩寵〉から罪へ罪
　から〈恩寵〉へと移りかわることは、彼らの内部事情なのだ。信仰を
　証明しようとその証明を拒否しようと、それは彼らの自由である。し
　かし、疑いも拒絶も、いや否認さえも、彼らの皮膚に密着した肌着の
　ような信仰をはぎとることは出来まい。〉[34]

　このように、キリスト教の根幹である罪と「恩寵」についてのモーリヤ
ックの考え方の源になっているのが、上記のペギーの著作であるというこ
とが良く分かる。モーリヤックの上記の文の論理的な根拠になっているペ
ギーは、さらに他の彼の著作で、この罪の根源はどこにあるのか、またな
ぜ人々の心からキリスト教の信仰がなくなるのかについて、有意義な示唆
を我われに与えてくれる。キリスト教の罪とは、ペギーによると、地獄と
関わる存在である。ペギーは彼の『悲惨と歎願』の中で、地獄について彼
の見解を述べている。

99

第 1 部　モーリヤックの小説理論

〈まじめなカトリック信者はつねに地獄に心を奪われていた。福楽の
増減もいくらか重要ではあったろうが、まじめなカトリック信者の変
わらざる関心は、魂が福楽の王国に入るか入らないかということであ
ったように思われる。入ること、参加すること、永遠の生命にあずか
るかあずからないかということ、それがもっとも重要なことだった。
(中略) 苦しみの増減もいくらか重要であったろうが、まじめなカト
リック信者の変わらざる関心は、墜落を避けられるのか否か、劫罰を言
いわたされるのか否かを知ることであったように思われる。救われる
のか救われないのか、救済こそ最大の関心事であった。地獄を抹殺し
ようという真剣な努力はそこから来る。[35]〉

　このペギーの地獄についての見解の中で最も重要なのは、最後の部分で、
「地獄を抹殺しようという真剣な努力はそこから来る」である。「地獄を抹
殺」する方法としてはどのようなものがあるのか。ペギーは、この「地獄
を抹殺」する方法としての棄教が彼の生きた時代に流行したことを以下の
ような表現で述べている。

〈現代のあるものは断固たる不信者となって、地獄を受け入れないた
めにカトリック信仰を捨てた。現代、苦しみの永遠性にもとづく信仰
が、大部分のまじめなカトリック信者にとって最も重大な棄教の原因
となっていることは全く確かなことである。多くのまじめなカトリッ
ク信者は、地獄を抹消したいという欲求、抑えがたい欲求を経験した。
かれらはまず、かれらの魂の中で抹消することから始めた。(中略) 非
常に多くの青年たち、まじめな青年たちがカトリック信仰を放棄した
のは、第一に、特に、何よりも、かれらが地獄の存在と継続とを容認
しなかったからである。[36]〉

　若者たちの棄教とその原因についての実に見事なペギーの分析である。
これは、モーリヤックがまさに直面していた問題である。いかにしてまじ
めなカトリック信者の心にキリスト教を回復させるかがモーリヤックの
『小説論』での最大の関心事であったことは、第 1 章で述べた通りである。
まじめなカトリック信者の心にキリスト教を回復させる手段は、ペギーが
ここで書いているように地獄を認識すること以外にない。しかし、人々は
魂の救済のために必要不可欠な地獄を抹殺しようとするのである。そこに

100

第3章　モーリヤックとコレット

希望の光はあるのか。ペギーは希望を捨てていない。その証明が、上記の引用である。上記の引用の中の「青年」とは誰を想定してペギーは書いたのだろうか。ある具体的な人物をこの「青年」と想定してペギーは彼の「地獄」についての見解を述べたのではないかと思われる。その人物は、「地獄」を捨てた。しかし、「地獄」を捨てることによりかえって「地獄」の中に引き込まれてしまった人物である。それは、『地獄の季節』を書いたアルチュール・ランボーである。モーリヤックは、ペギーの上記の引用を引き継ぎ、「地獄」を否定することでかえって「地獄」に入ることを余儀なくされるランボーの姿を、『神とマンモン』の第3章の中で詳細に描いている。モーリヤックはすぐにはランボーの名を出さず、「人物」と述べることから始めている。相矛盾すると考えられる「無信仰の女」と「神」の二つの表現が、決して矛盾したものではないというモーリヤックの見解の例証として重要なので、これも長くなるが、引用する。

　〈さて今度は、私と同じ部類に属するが、私より遥かに激しい抵抗力に恵まれ、この種の屈従をきらっている人物を想像して欲しい。彼はこの神秘的な屈従状態にいら立ち激昂し、ついには十字架に対して尽きることのない憎しみに囚われている激越な性格なのだ。彼は自分の背にまつわってはなれないこの印に唾を吐きかけ、自分をこの印にしばりつけている鎖は、自分の魂を計画的に貶めて行き故意に堕落させればそれに抵抗はできないと確信している。彼は神を潰す言動を研究し完成した状態にもって行き、さまざまの神聖なものへの嫌悪に軽蔑を加えて強めようとする。──しかし、突如として、この巨大な汚れをこえて、一つの歌が、一つの嘆きが、一つの呼びかけが立ち昇ってくる。それは一声の叫びにすぎない。しかし、天がその叫びを受け容れるか容れないうちに、早くもそのこだまはむごい嘲笑に悪魔の笑いに包まれる。この男が自己の生命力の範囲にとどまる限り、徒刑囚が足につけた鉄の玉を引きずるように、受け容れたわけではないのに十字架の印を引きずっていくことになるだろう。[37]〉

　モーリヤックによるランボーの詩『地獄の季節』についての見事な分析である。モーリヤックが描いて見せてくれたランボーの詩『地獄の季節』の始めの部分は、実際には、このように書かれている。

101

第1部 モーリヤックの小説理論

〈おれが連中から受け継いだもの、偶像崇拝と瀆聖への愛だ。── やれ
やれ！ ありとあらゆる悪徳だ、怒りだとか、淫乱だとか、── それも
すごい淫乱なのだ。── また、とりわけて、嘘と怠惰だ。[38]〉

　この詩『地獄の季節』を散文で書きなおすと、上で引用したモーリヤッ
クの説明文になるのである。なんと豊かな創造力であろうか。そのモーリ
ヤックの創造力は以下のように続いていく。

〈こうして、永遠の刻印を打たれた瞬間がやって来る。彼が37年間引
きずって来た十字架、彼が否認しさんざん唾をはきかけた十字架が、
彼に腕をさしのべてくる。すると、瀕死の男は十字架に飛びつき、胸
に抱きしめ、ひしと十字架に寄りそう。彼は穏やかな悲しみにひたり、
彼のまなざしには天国が見える。彼の声が立ち昇る。「部屋のなかを
すっかり準備しなくては、すっかり片づけなくては、もう神父が聖体
をもって戻って来る頃だ。もうすぐ蠟燭やレースを持ってくるんだ。
どこも白い布を掛けておかなければ……」

　これがアルチュール・ランボーの神秘である。彼は単にクローデル
が見たような「野生状態の神秘家」ではないし、今日の不良青年ども
が英雄視する浮浪の天才でもない。彼は、自分の意に反して十字架に
かけられた人であった。彼は自分の十字架を憎んだが、その十字架に
追われつづけた。── そして彼が死にかけたとき、十字架ははじめて
彼に打ち勝ったのである。[39]〉

　モーリヤックの手になるランボーの『地獄の季節』を題材にした小説に
しか見えない。この『地獄の季節』なるモーリヤックの小説は、あと数ペ
ージ続く。その中で彼が書きたかったものは、ランボーがキリストをいか
に呪詛しようとも、十字架は彼の魂を救うということである。キリスト教
を冒瀆するということによって、ランボーは十字架と離れることができな
くなったのである。呪詛しようが冒瀆しようが、決して十字架はランボー
の魂を離さなかったのである。

　そのようなランボーの姿勢と比較して、カトリック教徒として最もふさ
わしくない生き方は、中途半端な信仰の中に生きることだとモーリヤック
は考えている。信仰は、ランボーのそれのように極端で激しいものでなけ
ればならない。呪詛や冒瀆が十字架による魂の救いに繋がるのである。理

102

性的な視点で見ると、まったく互いに相容れない「呪詛（冒瀆）」と「十字
架」は、キリスト教の中では一致するのである。そのような「呪詛（冒瀆）」
と「十字架」の矛盾した、「神中心的」な、隔絶した二つの隔たりの世界が、
十字架の前では一つのものとして一致する。そのことを、モーリヤックと
同様に我われに教えてくれる作家がいる。それが、シモーヌ・ヴェイユで
ある。モーリヤックやコレットについての言及は、そこには書かれていな
い。しかし、ランボーの中における「呪詛（冒瀆）」と「十字架」のような
互いに相容れない関係にあるものが「神中心的」な視点で見ると一致する
二つの存在であることを我われに見せくれるのが、シモーヌ・ヴェイユの
『重力と恩寵』である。そこでヴェイユは、矛盾する二つのものと神の関わ
りについて解説している。ヴェイユは、梯子の比喩を用いて、矛盾が人間
の理解の限界を超えていると我われが気づくその時に、そこに神がいるこ
とを教えてくれる。

　〈もろもろの相反するものをつなぐ表徴可能な相関性は、もろもろの
　矛盾をつなぐ超越的な相関性の一表象である。
　　相反するものをつなぐ相関性は梯子に似ている。梯子のひとつひと
　つは、相反するものを統一する関係が存在する高次の地平へと、われ
　われを押しあげる。ついには、相反するものを同時に考えねばならず、
　しかも両者の統一される次元には手がとどかない、といった地点へと
　達するまでに。そこが最後の梯子の最上段だ。これ以上は昇れない。
　じっとみつめ、待ちのぞみ、愛さねばならない。すると神が降りてく
　る。[40]〉

ヴェイユは、矛盾と神の関係について述べた後で、さらに論を進め、無
神論と神の関わりについて言及する。それが、第25章「浄めるものとして
の無神論」である。その中心部分は、以下のようなもので、矛盾し隔絶し
た隔たりがそこにあるからこそ、それゆえに神を信じるのである、とヴェ
イユは述べる。

　〈真正な矛盾の例。神は実存する、神は実存しない。問題はどこにあ
　るのか。わたしは神の実存を迷わず確信する。わたしの神への愛が幻
　想でないことを確信するがゆえに。[41]〉

天上の世界と地上が隔絶したものであると明確に区別して、その天上の

103

第1部　モーリヤックの小説理論

神の世界を信じる人は、地上での功績を積み上げた結果として神の国に達するのではなく、そこは地上とは隔絶している必要があることを強調する。

　　〈神の臨在を体験していないふたりの人間のうち、神を否認する人間のほうがおそらく神に近いところにいる。

　　　偽りの神は、接触がかなわないという一点をのぞき、万事において真の神に似ているが、われわれが真の神に近づくのをどこまでも妨げる。〉[42]

　このように述べたあと、さらに「浄めるものとしての無神論」というこの章の表題の意味についてこのように明らかにする。

　　〈宗教は、慰めの源泉であるかぎり、真の信仰への障碍となる。この意味で無神論は一種の浄化である。神のために創られたのではないわたし自身の一部とともに、わたしは無神論者であらねばならない。いまなお超本性的な部分が覚醒していない人びとにあっては、無神論者のほうが理にかなっており、信仰者のほうが誤っている。〉[43]

　地上で徳を積みその功績を積み上げれば、その先に存在する神の世界へと至ることが可能であるとする、パスカルの幾何学的精神に近い考え方をもつ人は、「真の信仰への障碍となる」のである。それよりは、無神論者の方が正しいのである。このようなヴェイユが展開している「浄化」理論は、非常に理解し難いので、第28章「知性と恩寵」の中でさらに詳しく説明している。

　　〈知性 ── 肯定か否定かを決定し意見を措定するわれわれの一部 ──の役割はもっぱら服従の一語につきる。わたしが真だと構想するいっさいは、わたしがその真理を構想できぬままに愛している諸事象ほども真ではない。十字架の聖ヨハネは信仰を暗夜と呼んでいる。キリスト教の養成をうけた人びとにあっては、魂の低劣な部分がまったく資格がないにもかかわらず、これらの秘儀に厚かましくも愛着をよせたりする。だからこそ彼らには浄化が必要である。その諸段階については十字架の聖ヨハネが詳述している。無神論や不信心はこの浄化の等価物たりうる。〉[44]

　このように、ヴェイユが言う「浄めるもの」とは何か、ということをどこまで求めても、あまり明確な答えは出てこない。それは「浄めるもの」

104

第3章　モーリヤックとコレット

という語にこだわり過ぎることが原因ではないかと思われる。「浄めるもの」という語を抜きにして、ヴェイユの「浄めるものとしての無神論」を考えると、その意味に近いものが『重力と恩寵』の中にも存在することに気づく。それは、第4章「執着を絶つ」の中にある次の文章である。

　〈「かれは自身の神性を脱ぎすてた」。われわれもこの世界の残滓を脱ぎすて、奴隷の本性を身にまとわねばならない。わが身を切りつめるのだ。時空のなかで自身が占める一点にまで。すなわち無^{リアン}に。〉⁴⁵⁾

　人間が自分自身のすべてを捨て、「無」になること、それが神の前で人間が取るべき姿勢である、とヴェイユは言っているのである。

　上記のような点で、モーリヤックとヴェイユの考え方は非常によく似ている。両者の影響関係を考えたくなるような事象である。しかし、モーリヤックの『小説論』が書かれたのは1928年のことで、ヴェイユはその時、19歳でしかない。その後、ヴェイユがモーリヤックの著作に関与した痕跡はほとんど見られない。この事実からすると、二人の共通性の理由は、いわゆる「諸聖人の通功」と呼ばれる概念で表されるようなものであったという以外には説明できない種類のものである。

　最後に、ヴェイユが『重力と恩寵』で書いている「浄めるものとしての無神論」での彼女の見解、「神の臨在を体験していないふたりの人間のうち、神を否認する人間のほうがおそらく神に近いところにいる」は、キリスト教の信仰の歴史の中では特殊なものではない。なぜなら、キリスト教は矛盾を含む宗教だからである。キリストの受肉（Incarnation）は「人間中心的」な理性をもってしては解明不可能な神秘である。しかし、聖書では、キリストは実際に受肉したのである。そのために、このキリストの受肉は、テルトゥリアヌスの以下の表現でしか表すことはできない。「不条理なるがゆえにわれ信ず」（credo quia absurdum）である。この言葉に付した注の中でエルヴェ・ルソーは、上記のテルトゥリアヌスの表現の正しい解釈を以下⁴⁶⁾のように述べている。

　〈テルトゥリアヌス自身の正しい文章は次のとおりである——「神の御子は死に給うた。これは不条理なことであるがゆえに絶対に信じなければならない。御子は埋葬され、蘇えり給うた。これはありえぬことであるがゆえに確実な事実である」（『キリストの御身体につい

105

第1部　モーリヤックの小説理論

て』)。⁴⁷⁾〉

　モーリヤックにとっては、むしろ反対に、「人間中心的」な「近代的理性」
の方にこそ矛盾があるのである。その矛盾のもつ狂気についてモーリヤッ
クはこのように表現している。

　　〈錯乱した近代的理性は、矛盾の同一性を認めることに慣らされてい
　　る。被造物を通じて神を讃美するとか、愛の本能を通じて神に服従す
　　るとかいうが、これは理性に賭による選択を免れしめようとする、媚
　　びを含んだ狂気にほかならない。⁴⁸⁾〉

　聖書においては、「人間中心的」な理性から見ると矛盾する教説が説かれ
ているように、キリスト教の「神中心的」な小説もまた矛盾があるのが自
然であるとモーリヤックは書いているのである。

　いずれにせよ、モーリヤックが「この無信仰の女、この肉の女も、否応
なくわれわれを神に導く」と書いた意味は、シモーヌ・ヴェイユやテルト
ゥリアヌスが書いているのと同じ意味である。そして、それはペギーやラ
ンボーと共通する考え方でもある。「地獄（キリスト教の信仰）」を否定する
ことによって、かえってその人は「地獄」に引き込まれる、というキリス
ト教の信仰の本質がそこにはある。それらのキリスト教の信仰の不条理さ
についての事実を総合して、「人間中心的」な理性によってでは見ることは
できない世界があることを我われに知らせるために、「この無信仰の女、こ
の肉の女も、否応なくわれわれを神に導く」とモーリヤックは書いたので
ある。

　註
　1）　モーリヤック『小説論』、『小説家と作中人物』川口篤訳、ダヴィッド社、
　　　　昭和51年、18頁。
　2）　テレジア『霊魂の城』田村武子訳、中央出版社、昭和34年、18頁。
　3）　同上、101頁。
　4）　同上、10頁。
　5）　F. A. イェイツ『16世紀フランスのアカデミー』高田勇訳、平凡社、1996
　　　　年、265頁。
　6）　同上、264頁。
　7）　同上、266頁。

第3章　モーリヤックとコレット

8）　同上、266 頁。

9）　F.-W. ヴェンツラッフ＝エッゲベルト『ドイツ神秘主義』横山滋訳、国文
　　社、昭和 56 年、231 頁。

10）　コレット『シェリ』工藤庸子訳、岩波書店、1998 年、7 頁。

11）　同上、9 頁。

12）　同上、14 頁。

13）　同上、72 頁。

14）　同上、89 頁。

15）　コレット『シェリの最後』工藤庸子訳、岩波書店、1994 年、14 頁。

16）　同上、92 頁。

17）　工藤庸子「解説」、『シェリの最後』、同上、234 頁。

18）　Mauriac, *Le Roman*, *Œuvres romanesques et théâtrales complètes*, tomeII,
　　Gallimard, bibliothèque de la pléiade, 1979, p.757.

19）　『仏和大辞典』伊吹武彦他編、白水社、1981 年、447 頁。

20）　『現代フランス語辞典』第 2 版、中條屋進他編、白水社、1999 年、1088
　　頁。

21）　深尾須磨子「あとがき」、『黄昏の薔薇』、コレット『シェリ』工藤庸子訳、
　　前掲、261 頁。

22）　モーリヤック『キリスト教徒の苦悩と幸福』山崎庸一郎訳、『モーリヤッ
　　ク著作集』第 3 巻、春秋社、1982 年、345 頁。

23）　同上、345 頁。

24）　同上、348 頁。

25）　同上、354 頁。

26）　同上、358-359 頁。

27）　モーリヤック『小説論』、『小説家と作中人物』川口篤訳、前掲、41-42 頁。

28）　ジャン・ムートン『プルースト』保苅瑞穂訳、ヨルダン社、昭和 51 年、
　　17 頁。

29）　同上、11 頁。

30）　同上、19 頁。

31）　同上、15-16 頁。

32）　モーリヤック『小説論』、『小説家と作中人物』川口篤訳、前掲、40-41 頁。

33）　モーリヤック『神とマンモン』岩瀬孝訳、『モーリヤック著作集』第 4 巻、
　　春秋社、1984 年、361-362 頁。

34）　同上、362 頁。

35）　シャルル・ペギー『悲惨と歎願』長戸路信行他訳、中央出版社、昭和 54
　　年、80 頁。

第1部　モーリヤックの小説理論

36）　同上、80-81 頁。

37）　モーリヤック『神とマンモン』岩瀬孝訳、前掲、357-358 頁。

38）　ランボオ『地獄の季節』粟津則雄訳、『ランボオ全詩』、思潮社、1988 年、315 頁。

39）　モーリヤック『神とマンモン』岩瀬孝訳、前掲、358 頁。

40）　シモーヌ・ヴェイユ『重力と恩寵』冨原眞弓訳、岩波書店、2018 年、176 頁。

41）　同上、198 頁。

42）　同上、199 頁。

43）　同上、199 頁。

44）　同上、225 頁。

45）　同上、31 頁。

46）　エルヴェ・ルソー『キリスト教思想』中島公子訳、白水社、1982 年、39 頁に、「テルトゥリアヌスは 2 世紀末における第一級の弁証家であり、スケールの大きい神学者である」とある。

47）　エルヴェ・ルソー『キリスト教思想』中島公子訳、白水社、1982 年、40 頁。

48）　モーリヤック『キリスト教徒の苦悩と幸福』山崎庸一郎訳、前掲、354 頁。

第 2 部

モーリヤックの小説の二重構造

—— 深層構造における祈り ——

第1章　『愛の砂漠』

　愛の砂漠』（1925 年）では、青年レイモン・クーレージュは 18 歳の時、町の有力者ラッセルの愛人になっているマリア・クロスという 27 歳の女性と親しくなる。相愛であると彼は思いこみ、求愛するも拒絶される。レイモンの父ポール・クーレージュも、マリアの子供の病死時に医師として関わり、彼女に好意を抱く。父子ともにマリアへの恋情を断ち切れず、時が経過する。レイモンとマリアは 17 年後に、偶然パリの盛り場で再会する。この再会の情景から小説は始まり、過去の回想をはさみ筋は展開する。そして、ラッセルの妻になっているにもかかわらず、マリアへの絶ち難い想いを今も保ち続けるクーレージュ父子の恋心の描写によって小説は終わる。

　『火の河』（1923 年）は、主人公ダニエル・トラジスがホテルに宿泊する情景から始まる。放蕩者の彼は、宿泊客の中に新たな情事の標的となる女性を見つける。ジゼールという名の女性で、ダニエルは無垢な女性であると思って接近するが、その後、彼女は未婚の母であることが判明する。ジゼールの方が積極的にダニエルとの接近をはかり、その結果、彼はジゼールとの情事にふけることになる。やがて二人は別れるが、ダニエルは彼女のことが忘れられない。彼はジゼールへの自分の気持ちを確かめようとして、彼女の住む町を訪れる。カトリック教会で奉仕活動をしているジゼールを目の当たりにしたダニエルには、その様子がまるで聖母マリアのように映る。ジゼールの姿を遠目に見て、彼は回心し、胸の前で十字を切り、教会を離れる情景で小説は終わる。

　本章は『愛の砂漠』を中心にして論を展開するのであるが、『愛の砂漠』を読む際には、以下の理由から『火の河』についての知識が不可欠である。『愛の砂漠』の主人公レイモン・クーレージュと、『火の河』のダニエル・トラジスの二人は友人で、放蕩に耽る点で、双子のようによく似ている。

111

第2部　モーリヤックの小説の二重構造 —— 深層構造における祈り

　モーリヤックは、二人の主人公の様ざまな共通点をふまえて、同じ時期に
この二作品を意図的に書いたと思われる。それゆえに、『愛の砂漠』の本質
を深く知るためには、『火の河』が基礎知識として不可欠なのである。

　では、モーリヤックは彼ら二人の「放蕩ぶり」を描くためにこれらの小
説を書いたのであろうか。それは考えられない。「放蕩者」という彼らの
行動は、表層にしかすぎない。モーリヤックが描きたいものはそれらの表
面的なものの中にはない。見えるものの奥底（深層）にある「何か分からな
いもの」を描くためにモーリヤックは、これら二人の主人公の生き様を描
いたのである。以後、その奥底にある「何か分からないもの」を探って、
彼らの生き様を解明していきたい。

　プレイヤード版『モーリヤック全集』の編者ジャック・プティによる『愛
の砂漠』の「Notice 解題」からまず論を進める。プティは、この小説の主人
公の二人は、フェードルとイポリットの神話を下敷きにして書かれたもの
であると見做している。

　　〈La présence sous-jacente du mythe d'Hippolyte et de Phèdre en est
　　également une des constantes.〉[1]
　　〈イポリットとフェードルの神話の隠された存在がこの小説でも在り
　　続けている。〉

ギリシア神話に遡るイポリットとフェードルの物語とは、『ギリシア・ロー
マ神話辞典』によると以下のようなものである。（引用文中のヒッポリュ
トスがイポリット、パイドラーがフェードルのことである。）

　　〈ヒッポリュトス：テーセウスとアマゾーンのヒッポリュテー（あるい
　　はメラニッペーあるいはアンティオペー）の子。狩猟とアルテミスの崇
　　拝に日を過していたが、クレータのミーノースの娘で、テーセウスの
　　妻となったパイドラーが彼に不倫の恋をし、拒絶されて自殺し、その
　　時に彼を讒訴する手紙を残す（あるいは死ぬ前に彼をテーセウスに讒訴
　　する）。テーセウスはこれを信じ、ポセイドーンよりかつて与えられ
　　ていた三つの願いによって、海神に息子の死を願う。父に家を追われ
　　たヒッポリュトスがトロイゼーン Troizen の海岸を戦車を駆っている

112

第 1 章 『愛の砂漠』

時、海神は海より怪物を送り、これに驚いた馬がヒッポリュトスを戦
車より落し、彼は馬に引かれて死ぬ。[2]〉

　ではなぜジャック・プティが「イポリットとフェードルの神話の隠され
た存在がこの小説でも在り続けている」と書くのかというと、モーリヤッ
クがイポリットとフェードルの神話を小説の下敷きにしているのは『愛の
砂漠』だけではないからである。『愛の砂漠』（1925 年）の前後に書かれた
小説、『Le Mal 悪』（1921-23 年）と『Destins 宿命』（1928 年）でもイポリット
とフェードルの神話が小説の下敷きとなっている。このことから、1920 年
から 1930 年にかけて、イポリットとフェードルの神話を使用して彼の小
説の主題としたいというモーリヤックの意向があったことが推察される。[3]

　それでは、ここからイポリットとフェードルの神話がどのように『愛の
砂漠』の中で表現されるのかについて見ていく。

　『愛の砂漠』では、マリア・クロスという、実業家の愛人になっている女
性が神話のフェードル役である。そして、レイモン・クーレージュという
青年がイポリット役である。レイモン・クーレージュは、年上の女性であ
るマリア・クロスもまた彼に対して好意をもっていると思いこみ、求愛す
る。しかし、手ひどく撥ねつけられ、その恨みを忘れられない。17 年後に
二人は再会するが、年月を経てもやはり彼は彼女のことが忘れられない。
マリア・クロスへの求愛とそれが拒絶され 17 年の年月が既に経過したこ
とを、小説の冒頭部分でレイモンはこのように語る。

　　〈クーレージュは年を数え、溜息をついて、「あの女は今 44 歳か。俺が
　　18 歳だった時、彼女は 27 歳だったんだから」。幸福と若さを混同する
　　人がすべてそうであるように、彼は過ぎ去った時に対して、暗いがい
　　つも目覚めた意識を持っていた。[4]〉

レイモン・クーレージュとマリア・クロスがイポリットとフェードルで
あったのは 17 年前のことで、ここから、レイモン・クーレージュの回想と
いう形で筋が展開する。

　　〈その夏、レイモン・クーレージュは 17 歳になった。暑い水涸れの夏
　　だったのを覚えている。あの夏ほど、暑くるしい空が石の町にのしか
　　かっていたことはないように思う。[5]〉

淡々として過ごすレイモン・クーレージュの日々は、マリア・クロスと

113

第2部　モーリヤックの小説の二重構造 ── 深層構造における祈り

の出会いを境に大きく変化する。その出会いは同じ電車に乗り合わせると
いう偶然から起こる。

　　〈それはいつもと同じようなある宵のことだった。1月の終り。この
　　頃になるとこの地方ではもう冬の寒さは衰えてくる ── 労働者たちの
　　乗る電車の中でレイモンが、あの女の真向かいに坐って心を揺り動か
　　されたのは。〉[6]

　この出会いの時のレイモン・クーレージュは、イポリットのように純粋
な青年であった。

　　〈その夜、真向いにその女を、(いや、その上流のレディといった方が適当
　　かもしれない) 目にした。機械油で汚れた服を着た二人の男にはさま
　　れて、女は腰をかけていた。喪服を着てはいたがヴェールはかぶって
　　いない。だが、あとになってふしぎに思ったのだが、女と眼があって
　　も彼は少しも屈辱感を感じなかったのである。どんな卑しい女中から
　　でも恥ずかしさを感じる自分なのに。屈辱感も気づまりな思いも、ま
　　るでなかった。〉[7]

　なぜレイモン・クーレージュはマリア・クロスに心を揺り動かされたの
か。それは、彼女が知的な女性に見えたことが理由であった。

　　〈レイモンのほうもまた、女をじっと見つめていた。彼女から言葉を
　　かけられる心配はなかった。二人には共通の知人もなかった。だから
　　かえって安心してその女を見ることができた。(中略) 女の顔には滅多
　　にあらわれぬ知性の光にかがやいている。だが、ひとたび女の顔に知
　　性の光が輝くのを見るのは何と感動的なことだろう。そして「思考」
　　「思想」「知性」「理性」などの言葉が女性名詞であることを理解するの
　　に、何と我々に力を貸し与えてくれることか！〉[8]

　このマリア・クロスとの出会いが、純真なイポリットであるレイモン・
クーレージュを全くの別人へと変化させるのである。家族の者も気づかな
い彼の変化はマロニエの開花に譬えられる。

　　〈クーレージュ家の人々は、たとえ何時間、マロニエの芽ばえを観察し
　　てみたところで、その開花の神秘を理解することなどできはしないと
　　思う。それと同じように、彼等の真ん中で奇蹟が起っているのにまる
　　で気づかなかった。最初の一鋤が、五体そろった立像のほんの一部を

114

第1章　『愛の砂漠』

日の目にさらすように、マリア・クロスの最初の一瞥が、このうすぎ
たない生徒の中の隠されていた新しい生命をおどり出させたのであ
る。[9]〉

　純真なイポリットから大人のイポリットへの変化と、それによって生じ
る人格的な変化については以下のように表現される。

　　〈レイモンは数週間前から、服装に気をつけシャワーをあびる若者に
なっていた。母親は相変らず薄汚い中学生と思いこんでいたが、彼は
人に気に入られる自信を持ちはじめ、人の心を惹きつけることに心を
くだいているのだった。[10]〉

　フェードルの視線がイポリットを大人のイポリットにするのである。マ
リア・クロスとの出会いを機に起こったレイモンの変化については「こね
直される」と表現される。

　　〈彼はこの見知らぬ女から眺められる前、本当にあの薄汚れた中学生
でしかなかったのか？われわれはみな、愛した人によってこねあげら
れ、こね直されるものだ。[11]〉

　「こねあげられ、こね直された」効果はすぐに発揮される。

　　〈停電で電車が止った。まるで黄色い毛虫が列をつくっているかのよ
うに、電車は大通りにぎっしりとつまっている。この出来事のために
レイモン・クーレージュとマリア・クロスは互いに視線を交しあった
のである。（中略）だが彼女は彼を無邪気な中学生でちょっとしたこと
にも傷つきやすい少年だと思っていたし、彼は彼で、一人の女に話し
かける勇気などなかった。[12]〉

　レイモン・クーレージュは自分がクーレージュの息子であることを名乗
り、相手の名前を尋ねようとする。その際に、もはや純真なイポリットを
脱したレイモンは、マリア・クロスを相手に放蕩者の大人風の話し方をす
る。しかし、フェードルであるマリア・クロスには彼のその虚勢は見透か
されているのだが。

　　〈「さあ、お互いに口をきいたんですから、もうかまわないじゃないで
すか、お名前は何と言うんですか？前にはどうでも良かったことです
けど……あなたが僕のことを見ているって気がついてからは……」
　　ほかの男が言ったらひどく低俗に思われるようなこの言葉に、マリ

115

第2部　モーリヤックの小説の二重構造 ── 深層構造における祈り

アは青い果実の味をみつけた。[13]〉

　こうしてマリア・クロスと知り合ったレイモンは、次第に放蕩者の大人のような大胆な発想をするようになる。それが高じて、別れ際にはレイモンは、マリア・クロスから自分は愛されているのだと想像するに至る。

　　〈「明日の夕方、同じ電車で、いいでしょう？」
　　「そうしてほしいの？」
　　　遠ざかりながらマリアは、じっと立ちつくしているレイモンの方を二度ほど振り返った。レイモンは考えていた。「マリア・クロスは僕を恋しているんだ」繰り返した。まるで自分の幸福を信じられないとでも言うように、「マリア・クロスが僕に恋をしているんだ」。[14]〉

　このようにマリア・クロスに愛されていると信じ込んだ時から、レイモンは純粋なイポリットを離れ、肉欲に支配される大人の男となる。そのレイモンの精神的な変化をモーリヤックは自然との対比を利用して語る。

　　〈彼はこの幸福感を、重くのしかかるこの闇の果てまでひき延ばそうなどとは思わなかった。満天の星もアカシアの花の匂いも、彼には何の役にも立ちそうになかった。精悍で力と体とに自信満々のこの若い男には夏の夜などどうでもいいことだった。肉体が支配することのできないものに彼はまったく関心がなかった。[15]〉

　彼女にとって純粋なイポリットであったものが、このように「精悍で力と体とに自信満々のこの若い男」、肉欲に支配される普通の若い男へと変化していることにマリア・クロスは気付いていない。マリア・クロスは言葉を交わす前の純粋なレイモンを常にイメージの中にもち続けている。

　　〈口に出す勇気はなかったものの、マリア・クロスは、レイモンを自分の家に招こうと考えていた。しかしこのはにかみ屋の少年、野生の小鳥のようなこの少年をたとえ想像のなかでも汚したくはなかった。カーテンで息苦しく包まれた客間で、静まりかえった庭の片隅で、自分たちの恋がついに言葉となって拡がっていくことと嵐のような感情がひそかな雨に変ることだけを彼女は信じているのだった。[16]〉

　マリア・クロスは純粋なイポリットを「野生の小鳥のようなこの少年をたとえ想像のなかでも汚したくはなかった」のである。この表現の中には、レイモンがイポリットの純粋性をいつまでも保って欲しいというマリア・

116

第1章 『愛の砂漠』

クロスの願いがある。マリア・クロスは男性は純粋なイポリットであって
欲しいという希望を繰り返す。

　〈彼女は長く続く道を垣間見ていた。そして最も手近な、最も清らか
　な愛撫しか認めたくなかった。そしてだんだん段階が進んで熱烈にな
　ってしまったときのことなど考えまいとした。──愛しあっている二
　人がついに最後の行程である森の入口にまでたどり着き、枝を押し分
　けて姿を消してしまう……いいえ、だめ、そんなに遠くに行っては
　けないのよ。この少年の中にある、自分の心を揺り動かしている愛情
　とおののきの気持を損ってはいけないのだ。[17]〉

　マリア・クロスは、一方ではフェードルではあるが、イポリットには純
粋な少年のままでいて欲しいという矛盾した心がある。そのマリア・クロ
スの感情は、レイモンが不意に彼女の家を訪れた際の情景によく表されて
いる。

　〈そのくせ、レイモンはただ怒っているような女の顔を前にして、叱ら
　れた子供のようにうつむいた。マリアはマリアでこのカーテンで息苦
　しく包まれた客間の壁のなかで、おびえた小鹿をとじこめたように、
　みじろぎもできず、ただ震えていた。彼はやって来たのだ。私はこの
　子を遠ざけるためにできる限りのことをしたのに、やって来た。私に
　はこの幸福を損ねる悔恨の種は一つもない。幸福感に全身で酔っても
　いい。この少年を糧として眼の前に無理やりに投げかえしてくれた運
　命に対して、贈り物にふさわしくふるまおう。もうこわいものなどあ
　りはしない。この瞬間に彼女の心にはある最も気高い愛情しかなかっ
　た。[18]〉

　フェードルであるのにイポリットであるレイモンの純粋性を重んじるこ
の矛盾したマリア・クロスの気持ちは、繰り返し表現される。

　〈庭の方やがらんとした部屋を歩きまわっているうちに（歩きまわるよ
　り他にこの苦しさから逃れるすべはなかったのだ）マリア・クロスは希望
　のないこの恋の魅力に身を委せはじめた。この恋にはおのが孤独をひ
　しひしと感じる痛ましい幸福しか残されてはいないのだ。[19]〉

　マリア・クロスのこのような思いを知らないレイモンは、もはやイポリ
ットではなく、自分の肉欲を満たすことしか考えない大人の男となり、彼

117

第 2 部　モーリヤックの小説の二重構造 ── 深層構造における祈り

女に関係を求めて迫ってくる。純粋なイポリットしか求めていないマリア・クロスは、当然、そのように野獣と化したレイモンを拒絶する。

　〈その時、少年は彼女の両腕をつかんだかと思うと、長椅子の方に押していった。マリアは無理に笑おうとしながら叫んだ。「放して！」──体を、もがくにつれ、ますます笑い声を大きくして、この争いを冗談としてしかとっていないこと、そして実際、冗談だと自分は考えていることをわからせようとして「いやな子ね、放してちょうだい……」。だが、その笑いは歪んだ。（中略）
「女を力ずくでものにできると思っているの？」
　　彼は笑わなかった。屈辱のあまりこの若い雄は自分の失敗に腹をたてていた。内部にある並みはずれた肉体的自尊心の急所を衝かれて
──そこから血が噴き出た。生涯、彼はこの瞬間を忘れないだろう。[20]〉

純粋なイポリットをレイモンに求めたマリア・クロスは、自分の求めた理想の交際と現実に起こった出来事との間のギャップに悩み、自分自身に対してこのように言い聞かせる。

　〈「仕方がなかったのだ」と彼女は思う。「飢えや肉欲で醜くなった男の顔を前にすると女はほとんど本能的に逃げ出したくなるのだもの。あの獣をむかし愛していた少年とは別の人間だとお前は思いこもうとしているけれど──結局は同じ子供なのだわ。あの子はただ仮面をつけていたのよ」。[21]〉

このマリア・クロスの心情の吐露で『愛の砂漠』の中のイポリットとフェードルの物語、つまりレイモンの青春時代の物語は終わる。『愛の砂漠』の残りの部分は、それから 17 年が経ち二人が再会する後日談を中心に展開される。ここで語られるマリア・クロスには、レイモンが青春時代に出会ったフェードルとしての存在は既に失われてしまっている。そのことについて、ジャック・プティは以下のように言っている。

　〈elle n'est certes pas la « grue » qu'imaginait Raymond, mais non plus cette femme presque admirable dont s'est épris le docteur Courrèges ; elle n'est plus Phèdre ── même si l'admiration qu'elle éprouve pour son beau-fils a quelque nuance amoureuse, seule trace du thème primitif.[22]〉

　〈彼女（筆者註：マリア・クロス）はレイモンが考えていたような「淫売

118

第 1 章　『愛の砂漠』

婦」ではないが、しかしクーレージュ医師が深く恋したような感嘆す
べき種類の女性でもない。彼女はもはやフェードルではない —— 彼女
が義理の息子に対して感じている賛美の気持の中には、何らかの恋愛
感情の色調が見られる。それだけが基本テーマの唯一の痕跡である。〉
　ジャック・プティは、今ではラッセル夫人となったマリア・クロスのこ
とを「彼女はもはやフェードルではない」と書いている。17 年前のレイモ
ンの回想の中ではフェードルだったマリア・クロスは、回想シーンを挟ん
で『愛の砂漠』の冒頭部分と終末部分においては、「もはやフェードルでは
ない」のである。小説全体の頁数で見ると、17 年前の回想部分が約 3 分の
1 の頁を占め、残り 3 分の 2 は二人の再会後について書かれている。マリ
ア・クロスがフェードルであった時間は、回想シーンの中だけであり、小
説の 3 分の 1 の時間であったことになる。ジャック・プティによって「基
本テーマ」と呼ばれるイポリットとフェードルの主題は、以上のように『愛
の砂漠』のすべてを支配しているわけではない。
　ラシーヌはこのギリシア神話を忠実に模倣し、悲劇『フェードル』を書
き上げている。フェードルは彼女の意思には関係なく、恋の女神によって
義理の息子に恋心を抱くように仕向けられる。自分の意思に反する行動を
強制されるという点で、フェードルが登場する作品は、救霊予定説を教義
とするジャンセニスムを盛りこむことになる。
　では、ジャック・プティが『愛の砂漠』の「基本テーマ」と呼んでいる
イポリットとフェードルの主題の中に、ジャンセニスムの教義はどのよう
に込められているのであろうか。ジャック・プティは『愛の砂漠』の中で
はジャンセニスムの教義については全く言及していない。イポリットとフ
ェードルの主題がこの『愛の砂漠』という小説の中でも描かれていると述
べているだけである。ギリシア神話の中で述べられているように、フェー
ドルの愛欲ゆえにイポリットが犠牲になったと考えると、『愛の砂漠』はマ
リア・クロスの「宿命的な愛欲」を描くために書かれているようにも見え
る。
　しかし、マリア・クロスの「宿命的な愛欲」が『愛の砂漠』の主たる筋
であると解釈すると、不自然な部分が目立ってしまう。「彼女はもはやフ
ェードルではない」というジャック・プティの見解がそれである。『愛の

第２部　モーリヤックの小説の二重構造 —— 深層構造における祈り

砂漠』の３分の１を占める若き日の「回想」シーンには、マリア・クロス
の「宿命的な愛欲」という「見出し」はよく似合う。しかし残りの３分の
２の部分では、「彼女はもはやフェードルではない」。ラッセル夫人となり、
すっかりブルジョワの奥様然としているマリア・クロスの中に、「宿命的
な愛欲」の片鱗も見ることはできない。

　それではモーリヤックは、若き日の回想シーン以外の残りの３分の２を
何のために書いたのであろうか。ジャック・プティは『愛の砂漠』の「解
題」の中ではこれ以上の資料を与えてくれてはいない。しかし、彼は『愛
の砂漠』より少し前に書かれた『火の河』の「解題」の中で、レイモン・
クーレージュの人物像について言及している。その中に、『愛の砂漠』をな
ぜモーリヤックが書いたのかの秘密を解く鍵が提示されている。「今は失
われてしまっているが純粋であった過去の日々」への回想がその鍵である。
「純粋であった過去の日々」への回想は、『火の河』の草稿の題名としてモ
ーリヤックが与えた『失われた純潔 Pureté perudue』と関わっている。藤井
史郎は、『火の河』の「解題」の中で、このジャック・プティの「解題」を
紹介し、『失われた純潔』が書かれた経過を解説している。

　　〈プレイヤード版の編者ジャック・プティによれば、「ホテルの前の二
　　人の女性について考えること」という書き込みがこの滞在中に書かれ
　　た中篇小説の手稿ノートの余白にあるという。そして彼は、モーリヤ
　　ックがこれら二人の女性について思いをめぐらし始めたことが『火の
　　河』のジゼールとリュシルという二人の作中人物成立のきっかけでは
　　ないかとしている。この滞在中の中篇は引出しにしまいこまれ忘れら
　　れてしまうが、1921 年になってモーリヤックはそれを再び手にするこ
　　とになる。「1921 年 12 月 19 日、引出しの奥にしまい込んであった中
　　篇から長篇をひとつ引き出すこと。たぶん『失われた純潔』と呼ばれ
　　ることになるだろう」、「1922 年 2 月 20 日、今からボーリューへの出
　　発まで、『失われた純潔』をできるかぎりおしすすめること」（『30 代の
　　日記』）。この『失われた純潔』こそ『火の河』の原型にほかならな
　　い。〉[23]

120

第1章　『愛の砂漠』

　この『失われた純潔』については、ジャック・プティは「モーリヤック
がこれら二人の女性について思いをめぐらし」と書いている。すると、我
われはこの「失われた純潔」とは二人の女性についてのことを指している
と思う。「純潔」という単語を見て条件反射的に、それは女性を指すと思い
こんでしまう。フランス語では、「純粋さ」「無垢」を表す単語 pureté が使
われているだけなので、男女の区別は存在しない。pureté については、仏
和辞典ではこのような表記がなされている。

　　〈pureté（女性名詞）混りけのないこと、純粋さ、(中略) 清廉、無垢、純
　　潔、貞節（honnêteté, innocence, chasteté）：～d'enfance 無垢な幼年時代）[24]

『仏和大辞典』の使用例の最後にある、「pureté d'enfance 無垢な幼年時代」
がここでモーリヤックが述べている意図に一番近い訳語であるように思わ
れる。そこで、これ以後は、pureté の訳語として、「無垢」を使用する。

　先述したように『火の河』のダニエル・トラジスと『愛の砂漠』のレイ
モン・クーレージュの二人は友人で、二人とも「女蕩らし」である。モー
リヤックは『火の河』でダニエル・トラジスに、放蕩者 débauché という呼
称を与えている。débauché は、仏和辞典では放蕩者と訳されるが、「女蕩
らし」という意味である。（ここでモーリヤックが使っているフランス語の単
語は débauché で、仏和辞書でも「放蕩者」と訳されている。〈Débauché 名詞。放
蕩（ほうとう）者、あばずれ。〉[25] 以後は「放蕩者」をダニエル・トラジスとレイモ
ン・クーレージュの表現として使用する）。

　この débauché という単語は、モーリヤックによって二人の呼称として
使用される。しかし、「女蕩らし」ではあるが、彼ら二人の心の中には別の
面が存在する。「無垢」への渇望という願望を二人は共通してもっている。
ここでは『火の河』のダニエル・トラジスの「失われた無垢」への渇望に
ついて見てみよう。モーリヤックは、ダニエル・トラジスの中にある「失
われた無垢」への渇望をジゼールの口を借りて語る。

　　〈あんな女蕩らしが求めているものは見当もつかない。ダニエル！　ダ
　　ニエル！　女蕩らしだったけれど……。ジゼールは顫えながら思いだ
　　した。「でも時には若者たちはあたしたちの中に、失った純潔を求め
　　るものかも知れないわ」〉[26]

　　〈On ne sait pas ce qu'ils demandent, ces débauchés. Daniel ! Daniel !

第2部　モーリヤックの小説の二重構造 —— 深層構造における祈り

pourtant qu'il l'était, débauché ! Gisèle se souvint, frémit... « mais parfois,
on dirait que les garçons cherchent en nous leur pureté perdue... »[27]

　このジゼールの表現は示唆に富む。この文で書かれた「pureté perdue
失われた無垢」の前には、所有形容詞の leur「彼らの」が付いている。この
leur が指し示す所有者は「若者たち」les garçons である。女性の中に、若者
たちは「彼らの失われた無垢」を追い求めるのである。「pureté perdue 失わ
れた無垢」とは、ジゼールの女性としての純潔だけを指すように表面的に
は見える。しかし、leur「彼らの」という所有形容詞を見ると、「若者たち」
les garçons に付いているのは明らかであり、女性の純潔を指さないのであ
る。そして、「失われた無垢」への渇望は、ダニエルだけでなく、男性は皆
それをもつことを以下の引用は示している。

　　〈あんな人たちの気持はまったくわからない。例の見習士官は別れる
　　　日に、姉さんみたいになってほしかったと言っていたけれど……〉[28]
　女性に対して「姉さんみたいになってほしかった」という見習士官に対
しても、ジゼールは放蕩者 débauché という呼称で呼ぶのである。ジゼー
ルに、放蕩者 débauché という呼称で呼ばれる見習士官もまた、その中に「失
われた無垢」をもっており、見習士官の彼女への態度の初々しさを思い出
して、ジゼールはこのようにいう。

　　〈最後の日の午後、テルヌ広場の見すぼらしい部屋でも、子供みたいな
　　　愛撫を与えてくれただけであった。〉[29]
　このように、「失われた無垢」への渇望はすべての男性がもつ望みである
ことを示した後で、モーリヤックは、その渇望の主体を男性全般からダニ
エル・トラジスに戻す。そして、その渇望が『火の河』という小説の主題
を形成していることを我々に示す。

　　〈もはや「子持ちの娘」などという怖ろしい表現ではなく、別の神秘的
　　　な不思議な表現であり、冒瀆の意味などは少しもない「処女なる母」
　　　という言葉が唇をついて洩れた。〉[30]
　「処女なる母」という表現は注目しておく必要がある。その理由は、ダニ
エルがジゼールの住む町を小説の最後に訪ね、ジゼールの姿を教会の中で
見かける情景に繋げるためにモーリヤックが設けた表現だからである。モ
ーリヤックは、「失われた無垢」への渇望と「処女なる母」の二つを結び付

122

け、その中でも特に美しい以下の情景を描写している。

〈あまり人気のない脇間で、若い娘たちが一つのオルガンを囲んでいる。その聖歌隊の上に、高い腰掛けに坐って 鍵盤 を前にしたジゼール・ド・プレーリの姿が飛び出して見えていた。聖母の膝にかしずく子供たちを、まるで御昇天のマリアのように見おろしているようだった。[31]〉

「失われた無垢」への渇望を男性は普遍的にもつ。しかし、その渇望の先には、単なる女性ではなく聖母がいる。そのことをモーリヤックは『火の河』の中で表現しようとしたといえる。では、『火の河』では、ダニエル・トラジスの「失われた無垢」への渇望を、女性主人公のジゼールが満たす役割をになっているのだろうか。ジゼールは、上の引用のように「聖母の膝にかしずく子供たちを、まるで御昇天のマリアのように見おろしているようだった」と表現されているだけで、ダニエルの「失われた無垢」への渇望を癒す人物としては描かれていない。ダニエルは、ジゼールが教会内で「御昇天のマリアのよう」であるのを遠目に見るだけで、何らの影響も受けていない。

では、ダニエル・トラジスの「失われた無垢」への渇望を癒すための仕組みをどのようにモーリヤックは『火の河』の中に作ったのだろうか。初稿の『火の河』には存在しない登場人物を第2稿で書き加え、その登場人物にダニエルの「失われた無垢」への渇望を癒す役割を割り振ったのである。それが、マリ・ランシナングである。

モーリヤックが第2稿では新たな人物であるマリ・ランシナングを加えていることについて、ジャック・プティは以下のように指摘している。

〈On ne s'étonne pas qu'un des éléments essentiels ajoutés lors de la seconde rédaction, soit cette seconde jeune fille, Marie Ransinangue, une amie d'*enfance* de Daniel, entrée au Carmel à cause de lui et dont le souvenir semble le protéger ; mais il ne la retrouve qu'à travers Gisèle.[32]〉

〈第2稿になって書き加えられた主要な構成部分の一つが、ダニエルの幼友達で脇役の若い娘のマリ・ランシナングであるということには人は驚かされない。彼女は彼のことが原因でカルメル修道会に入り、彼女のことを覚えていることが彼を守っているように見える。しか

123

第2部　モーリヤックの小説の二重構造 ── 深層構造における祈り

し、彼はジゼールを通してでしか彼女のことを思い出すことはないのである。〉

「失われた無垢」への渇望という主題を、初稿の登場人物だけではモーリヤックは説明し切れなかった。その主題をより明確に示すためには、モーリヤックにはマリ・ランシナングの存在が必要であった。そのモーリヤックの意図を読み解いて、ジャック・プティはこの解説文を加えたと思われる。では、マリ・ランシナングの存在は、「失われた無垢」への渇望とどのように関わるのだろうか。彼女の登場シーンは以下の6箇所である。

〈「マリ・ランシナング……マリ・ランシナング」と彼は呟く。あの少女のあどけなさはたまらなく気に入っていた。彼はもうすでにあの時代、純潔とは言えなくなっていたが、彼女をけがす気持だけは抑え切った。神をうやまう心が深かったが、よく笑う子で、修道女ロドイスの教えを深く感じているようには少しも見えなかった。[33]〉

〈彼はマリ・ランシナングのことを忘れていたが、戦争中、最初の外出許可をもらった夜、ある噂をきいたのだった。ルプラ伯父は動員令が敷かれてから、村中が神秘的狂気に憑かれているようだと不機嫌そうに話した。（中略）

「マリ・ランシナングのことだが、我が家に忠義立てしたいようでな。お前がもし無事で元気に帰って来たら、あのあばずれは修道院に入ると約束したというんだがな」[34]〉

〈ダニエルはマリの哀願するような視線を感じていた。彼女はなりふりかまわず彼をじっとみつめていた。二度と会うまいと決心していて、彼が戦死しようが、生きて帰ろうが、生きながら屍衣を着て埋もれるつもりになっていたのだった。こうしてこの若い娘は1918年の暮に姿を消してしまった。トゥールーズのカルメル会の修道院に入ったということだった。[35]〉

〈眠りにつくまでの数時間、男はこれまで知り合った娘たちをすっかり思い出して、ジゼールと比較してみようとした。マリ・ランシナング──想像もつかない闇の中に不可思議に消えて行ったあの娘を除くと、ほんとうに親しみの持てる女は誰一人いなかった。[36]〉

〈そしてダニエルは同じように一人の虚脱したような田舎娘マリの姿

第1章 『愛の砂漠』

を、カルメル会の教会の赤い舗石の上に思い浮べる。みすぼらしいマリみたいな洗濯女の近くに水を充たした壺を、白壁の十字架像を思い描くのだった。[37]〉

〈カルメル会のマリ・ランシナングが何カ月も患った後、死んだというのだ。とても苦しんで、とりわけ精神的に悩んでいたと知らせていた。マリは神に見棄てられたと信じこんでいて、信仰の上でも試練にかかっていて、光を見出したのは臨終のほんの数日前であった。しかしその時の微笑は、死んだあとも眠っているようなその顔を明かるくさせていた。遺骸は腐敗する前に埋葬されたという。[38]〉

「失われた無垢」への渇望の表現としてマリ・ランシナングが登場するのは、最初の引用においてである。

〈「マリ・ランシナング……マリ・ランシナング」と彼は呟く。あの少女のあどけなさはたまらなく気に入っていた。彼はもうすでにあの時代、純潔とは言えなくなっていたが、彼女をけがす気持だけは抑え切った。神をうやまう心が深かったが、よく笑う子で、修道女ロドイスの教えを深く感じているようには少しも見えなかった。[39]〉

「彼女をけがす気持だけは抑え切った」とダニエルは回想する。では、マリ・ランシナングをモーリヤックが第2稿で書き加えた理由は、ダニエル・トラジスの「失われた無垢」への渇望のためだけなのであろうか。この解釈では説明しきれない部分がある。上の引用の中ではこの「失われた無垢」への渇望は、それほど大きな部分を占めていない。一つの構成要素にしかすぎない。引用の多くは、マリ・ランシナングとカルメル修道会の関わりによって占められている。『火の河』の第2稿で、特にモーリヤックが書き加えた小説中でのカルメル修道会の役割とは何であろうか。

ジャック・プティによる「解題」で、「彼女は彼のことが原因でカルメル修道会に入り」と書かれていたように、マリ・ランシナングは、彼女自身の目的のためにカルメル修道会に入ったわけではない。マリ・ランシナングは、幼友達であるダニエル・トラジスのためにカルメル修道会に入る。

カルメル修道会は、自己犠牲をその教義の中心にしているカトリックの一つの宗派である。自己犠牲の教義について、理解しやすく書かれたものとして、カルメル修道会の聖人である十字架の聖ヨハネの著作『暗夜』に

125

第2部　モーリヤックの小説の二重構造 —— 深層構造における祈り

付した、カルメル修道会の司祭であるチプリアノ・ボンタッキョの序文がある。チプリアノ・ボンタッキョは、自己犠牲とその意味についてこのように書いている。

〈"暗夜"の教説を更に理解するには、福音書の次の言葉に照らすとよいと思う。すなわち"自分を捨てて十字架をになう"と。福音書のこの言葉の意味を考えると、"暗夜の道"は"十字架の道"に他ならないことがわかる。自分を捨てて十字架をになうとは、神のゆえにすべてを退け、十字架となるものを選ぶというラディカルな要求がこめられている。十字架の聖ヨハネが述べている暗夜の道は、福音のこの言葉に含まれた教えである。[40]〉

　この「自分を捨てて十字架をになう」は、もちろん聖書の言葉で、『マタイによる福音書』第16章24節に、「イエスは弟子たちに言われた。『だれでもわたしについてきたいと思うなら、自分を捨て、自分の十字架を負うて、わたしに従ってきなさい。』」とある。そして、同じくカルメル修道会のアビラの聖テレジアは、「自分を捨てて十字架をになう」の意味を『霊魂の城』の中で、「あなたがたは真に霊的であるとはいかなることであるか知っておられるか。それは神の奴隷となることで、神の印である十字架を負うことである。[41]」と言っている。

　聖テレジアはまた『霊魂の城』で、「自分を捨てて十字架をになう」覚悟を決めた後、修道女は何をすべきかについて説いている。それは以下のようなもので、カルメル会の修道女になることの意味が理解できる。

〈大罪の状態にある人たちのために祈ることよりも美しい施しものがあろうか。それはつぎのような場合にあなたがたがするであろうものよりもずっと美しい。すなわち強い鎖で後手に縛られ杭につながれてまさに餓死しようとする哀れなキリスト者に会ったと仮定してほしい。（中略）そのようないま、彼の口に食物を入れてやらず、ただ彼を眺めているだけだったら残酷ではないか。だが、もしあなたがたの祈によって彼の鎖が解かれたならばどうか。考えていただきたい。ああ、神の愛によってあなたがたに懇願する。この悲しむべき状態にある霊魂のことを、どうか祈の折に思いだしてほしい。[42]〉

　以上のように、カルメル修道会の修道院に入るということは、アビラの

126

第1章 『愛の砂漠』

聖テレジアの教えに従い、「自分を捨てて十字架をになう」ということと、「大罪の状態にある人たちのために祈る」ということを意味する。マリ・ランシナングがカルメル修道会で実践した修養はどのようなものかといわれると、上の引用のように「この悲しむべき状態にある霊魂のこと」を、「祈りの折に思いだす」ことであることが理解できる。マリ・ランシナングは、カルメル修道会の修道院に入り、大罪の状態にあるダニエル・トラジスのためにただひたすら「自分を捨てて十字架をにない」、そして祈ることにその生涯を捧げるのである。

　モーリヤックが『火の河』の第2稿で書き足したカルメル修道会の意味がここによく出ている。カルメル修道会は、ダニエルという他者のために生涯を捧げる自己犠牲的行為の象徴となるのである。

　　〈彼が戦死しようが、生きて帰ろうが、生きながら屍衣を着て埋もれる
　　つもりになっていたのだった。(中略)トゥールーズのカルメル会の修
　　道院に入ったということだった。[43]〉

「生きながら屍衣を着て埋もれる」という言い方が自己犠牲をよく表している。モーリヤックはなぜこのような表現を用いたのだろうか。それは、第1部第2章でも述べたように、彼がカルメル修道会について深い知識をもっていたからに他ならない。

　そこに描かれているものは、ダニエルのために修道院に入ろうとするマリ・ランシナングの自己犠牲である。最初の決意はダニエルが「戦死せず無事で帰ってきたら」修道院入りをするというものであった。しかし、そこからさらにより内容が深化する。「彼が戦死しようが、生きて帰ろうが」修道院に入るのである。それは、戦争とは関わりなく、ダニエルという全人格に及ぶ決意である。ダニエルという人間そのものの魂を救い、神へと導くという目的のためにマリ・ランシナングは修道院に入るのである。『火の河』の第2稿でモーリヤックが書き加えたマリ・ランシナングと彼女が入るカルメル修道会はこれだけ重い意味をもっているのである。

　それでは、ダニエル・トラジスに対するマリ・ランシナングの「祈り」の効果は、いつからその効力を発揮するのか。それは、最終章のジゼールの「回心」やダニエルが教会で十字を切る情景よりは早い時期にすでに現われている。

127

第2部　モーリヤックの小説の二重構造 —— 深層構造における祈り

　ダニエル・トラジスは、新たな彼の色恋沙汰（放蕩）の標的としてマドモ
ワゼル・ド・プレーリ（ジゼール）を選んでいる。しかし彼の心の中には、
無垢への憧れのようなものが常に残っているのである。

　　〈その後何年も経て、パリを知り、戦場に出たあと、あらゆる放蕩をし
　　つくしたのだが、今夜、いまもなお切ないような恍惚を、若い未知の
　　娘、マドモワゼル・ド・プレーリの名におぼえるのだった。[44]〉

放蕩者でありながら、ダニエル・トラジスは、一方では「無垢への憧れ」
あるいは「失われた無垢」への渇望をもつ存在なのである。

　　〈マドモアゼル・ド・プレーリ、若い娘……　男がひそかな関心を抱か
　　ずにいられようか？　ダニエル・トラジスは、無垢なものへの奇妙な渇
　　きに苦しめられていた。この放蕩者は、まったく無傷の存在を前にす
　　ると、獲物に目がくらんだようになってしまうのをあさましいくらい
　　に反省していた。[45]〉

ダニエル・トラジスは、なぜ「無垢なものへの『奇妙な』渇き」を覚え
るのか。それは、幼なじみの無垢な少女マリ・ランシナングの存在と、そ
の祈りが常にあったからである。ダニエル・トラジスが新たな放蕩の獲物
であるジゼールの中にも無垢なものを見るのは、彼の前からいなくなりカ
ルメル修道会に入った無垢の少女のイメージが二重写しになるからであ
る。ジゼールを通して無垢な少女マリ・ランシナングを思い出すという手
法をモーリヤックが採っているのはこのためである。ダニエルはジゼール
への夢想の中でこのようにマリ・ランシナングを思い出す。

　　〈マリは毎日学校まで 16 キロも勉強を教わるために歩いて通ってい
　　た。「頭がいいんですよ。何でもおぼえるんですから」と修道女は言っ
　　たものだった。修道女は子供に修道女練成期のよろこびについて話し
　　た。15 歳の時、この少女の前に立ち、エプロンをふくらませた姿を見
　　ると、ダニエル・トラジスは切ないような恍惚感の胸にしみ入るのを
　　覚えた。[46]〉

彼のこの記憶の中にある無垢の少女マリ・ランシナングのイメージと、
ジゼール・ド・プレーリの名前がダニエル・トラジスの心の中で重なるの
である。これは明らかに、マリ・ランシナングのダニエル・トラジスのた
めの「祈り」が起こした効果である。

第 1 章 『愛の砂漠』

　次の効果は、ダニエル・トラジスが放蕩の相手と狙いを定め、それを「も
のにした」後に起こる変化である。ダニエルは、ここで放蕩者らしからぬ
言葉を口にする。

　　〈「ああ、おまえは烙印のついた乳房をもってくるのか！」笑い出した
　　かと思うとすぐにすすり泣いた。この放蕩者が女の失われた純潔にさ
　　めざめと涙を流すのだった。嫉妬はまだ少しも感じなかった。誰かが
　　ジゼールをものにしたことに苦しむ気はなかったが、あの女がすべて
　　の愛撫を知っていると思うと辛かった。[47]〉

　ダニエルの不自然な表現がここにある。生まれながらの真の放蕩者は、
女性の純潔には無頓着である。それなのに、ダニエルは「女の失われた純
潔にさめざめと涙を流すのだった」とモーリヤックは書いている。彼が若
かった頃、マリ・ランシナングの無垢に対して感じていた畏敬の念と同じ
ようなものを、ここで思い出したのであろう。ドンファンのような根っか
らの女たらしは、「あの女がすべての愛撫を知っていると思うと辛かった」
とは言わない。

　放蕩者であるという点で同じように見えるが、以上のように、ダニエル・
トラジスとドンファンの間には大きな隔たりがある。

　この後で、ジゼールを指して「処女なる母」という表現が出てくる。「処
女なる母」とは、キリスト教世界ではただ一人の女性を指す表現である。

　　〈もはや「子持ちの娘」などという怖ろしい表現ではなく、別の神秘的
　　な不思議な表現であり、冒瀆の意味などは少しもない「処女なる母」
　　という言葉が唇をついて洩れた。愛している若い娘が堕落したという
　　のに、どうして彼の内側になおも生き続けているのだろう？[49]〉

　　〈Ce n'était plus l'affreuse expression « fille mère », mais une autre, mystique,
　　mystérieuse, et sans aucune pensée de blasphème, qui vint à ses lèvres :
　　« vierge mère ». Malgré la chute, cette jeune fille qu'il avait aimée, pourquoi
　　survivait-elle en lui ?[50]〉

　「処女なる母」の部分の原文は、« vierge mère »となっている。vierge mère
について辞書を見ると以下のように表記されている。

　　〈VIERGE n.f. et adj. 2. Cour. La Vierge, la Sainte Vierge, la Vierge Mère :
　　Marie, mère de Jésus.[51]〉

129

第2部　モーリヤックの小説の二重構造 ── 深層構造における祈り

日本語では「処女、聖処女、処女なる母：イエスの母マリア」となる。
　モーリヤックが vierge mère と表記しているものは小文字で、辞書は大文字という差はあるが、どちらもイエス・キリストの母であるマリアを指す単語であることは明らかである。このような変化は、マリ・ランシナングがカルメル修道会に入りダニエルのために祈ったその効果であると思われる。
　ダニエル・トラジスの心境は、かつての放蕩者がマリ・ランシナングの祈りの結果、このように変化しているのである。次の例も、マリ・ランシナングの祈りの効果の一つである。ダニエルは、放蕩の夜をジゼールと過ごした後で、彼が変化したことを以下のように認めている。

　　〈クーレージュはじきに帰って来ると告げている。今からその時までに「決算する」必要があった。アルジュレスから、世間を見る目が曇ったのは、どういう毒の仕業（しわざ）なのか？　この頃愉（たの）しみを見出してきたあの煙るような想像がにわかに恥ずかしくなった。過ぎ去った幼年時代がわれわれの中に残して行くかけらみたいなものを知りつくしているわけではないのだ。ああ！　いつわりの感情、クーレージュの言った「まやかし」なのだ。「そいつはもう沢山（たくさん）だ」ダニエルは口の中でぶつぶつ言ってフェルト帽を少し後にかぶり、書くものをたのんだ。〉[52]

　ここでダニエル・トラジスが、「世間を見る目が曇ったのは、どういう毒の仕業なのか？」と述べている部分にダニエルの変化が表れている。「あの煙るような想像がにわかに恥ずかしくなった」の表現は、彼の悪徳に満ちた生活を恥じる気持ちを表している。その放蕩生活で経験してきたすべてのことは、クーレージュの言っていた「まやかし」にすぎないとダニエル・トラジスは悟るのである。この「どういう毒」と彼が表現する「毒」とは何か。それは、マリ・ランシナングが「自分を捨てて十字架をになう」ことによる自己犠牲がもたらした「毒」である。それは、ダニエル・トラジスの「回心」という効果を指す。
　そして、この上で引用したダニエル・トラジスの「回心」が、本物の「回心」であるということを示すためにモーリヤックは、最終章で、ジゼールの住む町の教会での情景を読者に示したのである。そこには、かつて彼がそうであった放蕩者としての片鱗も見られない。ダニエル・トラジスの心

130

第1章　『愛の砂漠』

の変化をモーリヤックはこのように表現する。

　　〈うかがってみるとジゼールはひざまずき、心をつくす人が主の声を
　　きき、姿を見ようとするとき、つくりだすはずの闇に浸ろうと、悔悛
　　したその顔の前に両手を組み合わせて、きりりとした様子でかがみこ
　　んでいた。最後に一度、ダニエルは心のうちに、ある種の神秘めいた
　　希望からしみ入ってくる胸を締めつけるような奇妙な悲しさと感動と
　　を、いっそ払いのけてみようとした。[53]〉

　ダニエルは教会の出口で聖水をとり「十字」を切る。この情景によって
モーリヤックは、ダニエルの「回心」が本物であることを示す。しかもそ
れは、彼の性格をも変化させるものである。そして、この気持ちを維持し
たまま、ダニエルは聖水に手を浸し十字を切って、ジゼールに会うことも
なく教会を離れることで『火の河』という小説は終わる。

　　〈息を殺しつつ後ずさりして、彼は教会の入口まで来ると、聖水の中に
　　浸した手を額に触れ、胸にそして両肩にあてて十字を切り、そこを立
　　ち去って行った。[54]〉

　これまでマリ・ランシナングがカルメル会の修道院に入ることで、「自分
を捨てて十字架をにない」また祈るという自己犠牲とその効果について述
べてきた。マリ・ランシナングの自己犠牲がダニエルを救い、また彼を神
に導いたというこの脇筋は、モーリヤックが小説内で巧みに隠しているの
で、人に注目されることは少ない。しかし、確実にモーリヤックの手によ
って書きこまれ、それもかなり巧妙な手段で隠されている。このマリ・ラ
ンシナングの脇筋は、音楽に譬えると通奏低音に似ている。主旋律の華や
かな音に人は注目する。通奏低音は目立たない。特にバロック音楽の通奏
低音は、音も小さい。しかも音域は低いので、聴衆はつい聞き逃す。そう
いう通奏低音に似た脇筋を好んで使用するというところにモーリヤックの
小説の特徴がある。

　以上、『火の河』における「失われた無垢」への渇望と「自分を捨てて十
字架をになう」意味について考察した。この「失われた無垢」への渇望と
「自分を捨てて十字架をになう」は『火の河』の主題である。『愛の砂漠』

131

第2部　モーリヤックの小説の二重構造 ── 深層構造における祈り

という本題と関係しないのではないのかと思われるかもしれない。ジャック・プティは、「失われた無垢」への渇望に関しては、両小説にこの主題は共通していると『火の河』の「解題」の中で述べている。

〈Raymond Courrèges poursuivant, à trevers Maria Cross, son amour d'adlescent ressemble un peu à Daniel Trasis ; les séducteurs, dans cet univers romanesque, sont des enfants « mal-aimés » qui cherchent une impossible revanche.〉[55]

〈マリア・クロスを通して青春期の恋を追い求めるレイモン・クーレージュは、ダニエル・トラジスによく似ている。小説の世界でのこれらの女蕩らしたちは、叶わぬ復讐を企む「嫌われ者の」子供たちなのである。〉

ここでジャック・プティが書いているように、『愛の砂漠』のレイモン・クーレージュは『火の河』のダニエル・トラジスとよく似ているのである。「失われた無垢」への渇望をもつという視点で見ると、二人は一卵性双生児のように見える。先述したように、レイモン・クーレージュは『愛の砂漠』と『火の河』の両小説に登場する人物である。彼は『愛の砂漠』では主人公であるが、『火の河』の中ではダニエル・トラジスの放蕩仲間として登場する。しかし、同じ放蕩者という点で彼らは双子のように似ているが、その性格はかなり違っている。その違いについてモーリヤックはダニエル・トラジスの視点に立ち以下のように表現している。

〈「お前、気が弱いな。俺ならぶっとばすぜ。それっきりだよ……」レイモン・クーレージュはそう言ったが、ダニエルには逃げる方が性に合っていた。〉[56]

レイモン・クーレージュは、ダニエルが色事で困った事態に陥った時はいつも、そこから彼を救い出してくれる、兄のような存在である。

〈彼（筆者註：ダニエル・トラジス）は思い出す、去年の今頃は愛人テレーズ・エルランの過去にさんざん悩ませられ、妄執から解放されるためには、レイモン・クーレージュが毎日愛車イスパノに乗せて連れ出してくれないと、どうにもならないくらいだった。〉[57]

ダニエル・トラジスにとって、レイモン・クーレージュは色恋沙汰の指南役で、また困りごとが起こった時には兄のような相談相手でもあること

第1章　『愛の砂漠』

が理解できる。

　ダニエル・トラジスはいつも、レイモン・クーレージュだったらどのように行動するだろうかと考える癖がついている。ダニエルが彼の色恋沙汰の相手として見つけた女性ジゼールを観察する時も、同じような行動パターンをとる。

　　〈はじめに思ったより、きっと若いのだろう。ダニエルにしてみれば、
　　恋の相手でもない女 —— レイモン・クーレージュの言い方だとおいし
　　そうでもない女を観察するのは初めてのことであった。[58]〉

　パリの住居に関しては、二人の部屋は隣りあっているらしく、そこでのレイモン・クーレージュの荒んだ生活がダニエルによって生々しく語られる。

　　〈レイモン・クーレージュのとっつきの部屋の破れた長椅子が思い出
　　された。人を近づけぬための秘密の隠れ家を持っていない彼は、そこ
　　で解放されて快適な夜をすごすことができた。隣りの部屋では、レイ
　　モン・クーレージュが女友達を甘やかしたり殴りつけたりする様子が、
　　やがて寝息が絡み合ってきこえてくるまで続いていた。[59]〉

　『火の河』の中でこのように描写されるレイモン・クーレージュの放蕩三昧の生活の結末は、『愛の砂漠』の過去の回想シーンで以下のように総括される。

　　〈自分が近寄ったため、どれほど多くの人間が人生に致命傷を負った
　　ことだろう！　彼はどれだけの人間に人生の方向を与え、その方向を
　　失わさせたか。彼はまだ知ってはいない。彼のために、ある女は胎内
　　の命を殺し、ある娘は死を選び、ある友人は神学校に入り、そしてこ
　　うした悲劇の一つ一つがまた別の悲劇を際限なくひき起していったこ
　　とを彼は知らなかった。[60]〉

　このような愛欲生活に身を任せる『愛の砂漠』のレイモン・クーレージュも『火の河』のダニエル・トラジスも、実家に帰り、家族を前にすると、ごく自然に普通の人として振舞うのである。

　　〈思い出してみるとある夏の日、レイモン・クーレージュを実家に訪ね
　　たとき、親しんできたこの野放図な友が母や妹にはまるで違った青年
　　に、ダニエルのまるで知らなかった息子らしく兄らしくなっているの

133

第2部　モーリヤックの小説の二重構造——深層構造における祈り

を発見したことがあった。[61]〉

　彼らは、ドンファンではない。彼らは、ありふれた善良そうに見える市民である。ダニエル・トラジスやレイモン・クーレージュは、なぜ色恋沙汰に走るのか。それは、彼らが渇望をいつももっているからである。その渇望とは何か。それは、ジャック・プティが『火の河』の「解題」で解説していた「失われた無垢」への渇望である。

　では、レイモン・クーレージュの「失われた無垢」への渇望については、モーリヤックは『愛の砂漠』の中でどのように表現しているのであろうか。ジャック・プティは、レイモン・クーレージュが「失われた無垢」への渇望をもっているということを表現するために、彼にイポリットの愛称を与えていたのは冒頭で見てきた通りである。マリア・クロスに出会う前のレイモン・クーレージュは純粋な若者イポリットだったのである。それがフェードルであるマリア・クロスに出会うことで、一気に大人の男性に変化するのである。この情景は上でも引用したが、再度引いてみよう。

　　〈最初の一鋤が、五体そろった立像のほんの一部を日の目にさらすように、マリア・クロスの最初の一瞥が、このうすぎたない生徒の中の隠されていた新しい生命をおどり出させたのである。[62]〉

　フェードルであるマリア・クロスの視線が、純真なイポリットを大人の男性へと誘うのである。

　　〈レイモンは数週間前から、服装に気をつけシャワーをあびる若者になっていた。母親は相変らず薄汚い中学生と思いこんでいたが、彼は人に気に入られる自信を持ちはじめ、人の心を惹きつけることに心をくだいているのだった。[63]〉

　マリア・クロスの視線がフェードルの視線として純粋なイポリットを大人の男にするのである。このようにフェードルの視線によって彼の意志にかかわらずもたらされた変化が、レイモン・クーレージュにとっては「失われた無垢」なのである。マリア・クロスに出会うことがなければ、イポリットであるレイモン・クーレージュは純粋なままのイポリットを保ち、純粋さを失うことはなかった。「失われた無垢」をレイモン・クーレージュが回想し渇望するのは、すべてマリア・クロスとの出会いに原因がある。

　『火の河』のダニエル・トラジスもまた、ジャック・プティが「解題」で

134

第1章　『愛の砂漠』

書いているように、「失われた無垢」を渇望する。そしてその渇望を癒す存在として、マリ・ランシナングがいた。彼女がダニエルのために「自分を捨てて十字架をになった」。その祈りの結果として、ダニエルの魂は救われた。

　レイモン・クーレージュもまた「失われた無垢」を渇望する。しかし、彼には祈りによって彼の魂を救ってくれるマリ・ランシナングがいない。

　しかしそれでも、マリ・ランシナングの祈りと同等の祈りをモーリヤックは『愛の砂漠』の中で提供しているのである。それが、マリア・クロスの祈りである。「彼女（マリア・クロス）はもはやフェードルではない」とジャック・プティが『愛の砂漠』「解題」で表現するフェードルが、レイモン・クーレージュの魂のために祈るのである。それは、マリア・クロスが二階から飛び降り、怪我をする情景の中で描かれている。

　彼女の許を去ってしまった傷心のレイモンはそれを知る由もなかったが、マリア・クロスは自殺未遂をしたのである。しかし、このマリア・クロスの自殺未遂は、彼女が本当に死を選んだ自殺未遂ではない。そのことは、次の断片的な説明から我われは知る。

　〈椅子に腰をおろして彼女（筆者註：クーレージュ夫人）は、庭で囁いている声に耳を傾けた。

　「ええ、窓から落ちたんで……ただの事故としかとりようがありません。自殺でしたら、あんな中二階の、客間の窓を選ぶわけはありませんからね……」〉[64]

　マリア・クロスが窓から飛び降りて怪我をしているということは事実である。しかし、それが自殺未遂でなければ何なのか。そこには答えは一つしかない。フェードルであるマリア・クロスは、純粋なイポリットであるレイモン・クーレージュを大人の男に変えてしまったことを後悔して、自らを罰したのである。フェードルであるマリア・クロスが存在しなければ、レイモンは純粋なイポリットのままで生きることが可能であった。しかし、レイモンを大人の男に変えてしまった結果、彼は「失われた無垢」を渇望し苦しむのである。放蕩三昧のレイモンを作り出したのはフェードルである自分だとマリア・クロスは自責の念にかられ、自分を罰する行為に及ぶのである。

135

第2部　モーリヤックの小説の二重構造 —— 深層構造における祈り

　このマリア・クロスが自分を罰する行為は、どのような効果を生むのであろうか。マリア・クロスも『火の河』のマリ・ランシナングのように、この時からレイモンのために「自分を捨てて十字架をになう」のである。
　マリア・クロスは、純粋なイポリットであるレイモンから純粋性を奪ってしまった自責の念から、自分で自分に罰を与えたという構図は、我われには理解し難い。自分で自分を罰したという事実は、マリア・クロス自身に語らせることで明らかにする必要がある。その語りの相手として、レイモンの父、ポール・クーレージュ医師が選ばれる。ポール・クーレージュの理性的な意識を介して、モーリヤックは事故の真相を解説する。一方、語りの本人であるマリア・クロスは、平常時の彼女ではない。人格が変わったような話し方をするマリア・クロスがいる。

　　〈病人はもう意識の混濁からはぬけ出ていたが、ひどく饒舌になっていた。平生はひどく口下手で、言葉を探し、言いたい言葉を見出しかねていたあのマリアが、突然、雄弁とも言っていいほどになり、苦もなく正確で学問的な言い方をするのに医師は驚いた。ちょっとしたショックを受けただけでこんな能力を持つとは、何と脳は神秘なものなのだろう！
　　「ちがいます。死のうと思ったのじゃありません。死にたかったのだなんてお考えにならないで下さい。何も思い出せませんわ。でも確かなことは、私は死にたいと思ったのではなくて、眠りたかったということ。休息したかったんです。[65]」〉

この後で、マリア・クロスがレイモン・クーレージュに求めていたものが明かされる。意識と無意識の狭間のような彼女から饒舌な言葉が繰り出され、マリア・クロスがレイモンに対して望んだこと、それは、「心が通じあうこと」で、肉体のそれをではないということが明らかになる。

　　〈「偶然に出会った眼や唇から、心が通じあうことができるかもしれぬものをあたしたち拾い上げるんです。でもその人を全部、自分のものにできるなんて、考えるだけでも愚かな話ね。二人の間には触れること、抱きしめること、肉の悦びのほかにはどんな道もないんですもの。（中略）私たちは仕方なしにただ一つの道をたどるんですけれど、それは私たちが行きたい方向に進む道ではありませんのね……[66]」〉

第 1 章 『愛の砂漠』

　そして、クーレージュ医師は、マリア・クロスが彼女以外の力によって
動かされているということについて、以下のように意識と無意識の狭間で
うわごとのように話すのを聞く。

　　〈彼はマリアが眠っているものと思いこんでいたのだが、ふいに、夢み
　　るような静かな彼女の声が、
　　「私たちが手を届かせ、自分のものにすることができる方 ── 肉欲を
　　通してではなく……その方からも私たちが所有されるような方」
　　　彼女はおぼつかない手つきで額の濡れた布をのけた。それから深夜
　　の沈黙が支配し、深い眠りの時が訪れた。〉[67]

　この「私たちが手を届かせ、自分のものにすることができる方 ── 肉欲
を通してではなく……その方からも私たちが所有されるような方」の部分
には深い意味がある。

　　〈« Un être que nous pourrions atteindre, posséder ── mais non dans la chair...
　　par qui nous serions possédés. »〉[68]

　この中でマリア・クロスが être「方」と呼んでいるものについては、ジャ
ック・プティも遠藤周作もこの部分に註は付けていないが、人間以外の存
在を指しているように思われる。être という名詞は、仏和辞典では以下の
ように表記されている。

　　〈être 名詞 2. 存在する物、存在者、人、êtres aimés 生き物／ êtres
　　humains 人類／ l'Être suprême 至高の存在者、神〉[69]

　彼女が何か人間の力ではないものに支配されていることを、意識の混濁
状態の中でマリア・クロスはクーレージュ医師に打ち明ける。マリア・ク
ロスもまた大いなる力によって動かされている歯車の一つにすぎないとい
うことを、モーリヤックはここで示したかったのではないか。

　『火の河』では、マリ・ランシナングがダニエル・トラジスのために「自
分を捨てて十字架をになった」ように、マリア・クロスは、『愛の砂漠』で
は、レイモン・クーレージュのために自己を犠牲にする存在である。

　マリア・クロスの名前には、小説の中で「自分を捨てて十字架をになう」
役割という使命が込められている。マリア・クロスは、フランス語では
Maria Cross である。名字の Cross という語は、仏和辞書に存在するが、そ
こに特別な意味はない。一方、英和辞書での Cross は名詞で、次のような

137

第2部　モーリヤックの小説の二重構造 —— 深層構造における祈り

意味になっている。

　〈Cross　十字架《(1) キリスト（教）・受難の象徴、(2) 人さし指に中
　　指を重ねるのは十字架を象徴し、魔除け、幸運を祈るしるし》、はりつ
　　け台；[the C～] キリストがはりつけにされた十字架。[70]〉

　名字の Cross は英語起源の単語で、その意味からすると、まさに十字架
そのものを表わす。クロスは、『火の河』でダニエル・トラジスの魂を導く
マリ・ランシナングの「自分を捨てて十字架をになう」と同じ役割をし、
「大罪の状態にある人たちのために祈る」という行為を象徴する名字であ
ることになる。しかも、『火の河』では脇役でしかなかったマリ・ランシナ
ングが、『愛の砂漠』ではマリア・クロスという女主人公の役割も兼ねてい
るのである。これが『愛の砂漠』の登場人物の大きな特徴である。マリア・
クロスは、フェードルであると同時に、『火の河』のマリ・ランシナングな
のである。

　では、マリア・クロスがレイモン・クーレージュのために「自分を捨て
て十字架をになった」効果はどのように現われるのであろうか。モーリヤ
ックは最終章で、その効果が表面に出るような仕掛けを作っている。

　『愛の砂漠』はこのような書き出しで始まる。

　〈長い歳月、レイモン・クーレージュはマリア・クロスと再会するのを
　　待っていた。仕返しをしてやろうと考えていた。[71]〉

　レイモン・クーレージュはマリア・クロスに「仕返しをしてやろう」と
17 年の間思い続けてきたのである。「仕返し」は、フランス語では
vengeance で、「復讐」や「報復」という表現の方がふさわしいかもしれな
い。この vengeance「復讐」という言葉がなぜ小説の書き出しで語られるの
か。それは、モーリヤックが『愛の砂漠』という題名にする前には、『ナル
シスの復讐』 La Vengeance de Narcisse という題名をこの小説に使っていた
ことに関わる。[72]

　ナルシス（ナルキッソス）はギリシア神話の中の人物で、次のような特徴
をもつものとして描かれる。

　〈ナルキッソス：無関心な美少年。数多い異説を通じてナルキッソス
　　は、例外的な美貌を享け、水の妖精や人間に恋心を芽生えさせながら
　　それを相手にしない少年、という姿で現れる。彼に無視されて絶望し

138

第1章　『愛の砂漠』

たアメイニアスは自殺し、妖精エコーは森の奥に閉じこもって憔悴し力ない声だけの存在となる。愛の女神ヴェヌスは、不孝な犠牲者たちの末路をあわれんで、この不遜な少年を処罰する。狩猟に出たナルキッソスは、渇きをおぼえ、泉の上に身をかがめて水を飲もうとし、水に映る自分の姿にすっかり魅せられてしまう。捉えられないこの影像に恋いこがれて彼は憔悴し、泉のふちで死に絶える。[73]〉

　ここで描かれているようなナルキッソスであるレイモン・クーレージュは、マリア・クロスに復讐しようと試みるのである。17年間も彼はマリア・クロスに対する復讐心だけで生きてきた。しかし、復讐したい内容は何であろうか。復讐心の内容は、18歳の時の、マリア・クロスに出会う前の「失われた無垢」の返還を求める気持ちもあるだろう。しかし、ギリシア神話のナルキッソスのように、彼の「失われた無垢」は、水に映った彼の影像にすぎない。どこにも存在しないものの返還を求めても徒労である。

　17年後にマリア・クロスに再会したレイモン・クーレージュは、彼の復讐心がナルキッソスの水に映る影像であったことに気づいて愕然とするのである。彼は、復讐という一念で生きてきたが、その復讐心は水の影像のように実体をもたないのである。その彼の気持ちはこのように表現される。

　　〈マドレーヌ寺院の正面にあるベンチに彼は倒れるように腰をおろした。あの女に再会したことがいけなかった。二度と会ってはいけなかったのだ。17年間というもの彼のすべての情熱は、無意識の裡にもマリアに向って燃やされていたのだ —— ランド地方の農民たちが、山火事のとき、それを防ごうと向い火をたくように……しかし、事実、彼はあの女にふたたびめぐり逢ってしまったのだ。炎は今までになく燃え盛り、それを消そうとして点火した火のため、かえって火勢をあおりたてることになってしまった。[74]〉

　しかし、事実は全くレイモン・クーレージュが17年間考えてきたこととは異なるのである。彼が17年間復讐心だと思って保っていたものは、彼の気持ちから発したものではなく、マリア・クロスによるレイモンへの「祈り」から生じているものなのである。マリア・クロスが、他人の目には自殺未遂のように映る自己犠牲により、レイモンのために「自分を捨てて十

139

第2部　モーリヤックの小説の二重構造 ── 深層構造における祈り

字架をになった」その効果でしかないものを、彼はそれを復讐心だと思っ
て17年間も過ごしてきたのである。彼が復讐心であると思っていたもの
は、水に映った影像にしかすぎなかったのである。その意味で、レイモン
の復讐心は、原題の通り『ナルシスの復讐』なのである。しかも、マリア・
クロスがレイモンのために「自分を捨てて十字架をになった」その効果は、
レイモンが生きている限り続くであろうことが予想される。なぜなら、『火
の河』のマリ・ランシナングの場合がそうであったように、レイモンにと
ってマリア・クロスはまさに十字架そのものであるからである。

　　〈マリアのいない今日一日と、マリアなしに過さなければならぬ果て
　　しなく続く明日からの日々、この耐え難い空白の淵に立たされたレイ
　　モンは、こうした人間の縁の恐ろしさと孤独を同時に見出したのであ
　　る。一人の女と、この上ない緊密な人間関係が、彼に課せられた。し
　　かも永久にその女をわがものにできないということも確定的なのであ
　　る。女が光を見るなら、レイモンは暗闇のなかにとどまらねばなら
　　ぬ。[75]〉

　レイモンにとってのマリア・クロスは、常に彼女のことを思い続けるこ
とを強制される存在である。時間的な経過という自然の仕組みは、彼がマ
リア・クロスから離れるためのいかなる言い訳にもならない。時間という
ものは残酷である。美しい女性もそれには勝てない。マリア・クロスも例
外ではない。モーリヤックは、まるでそれを楽しむような筆致で、マリア・
クロスの17年の時間経過を小説冒頭で描写する。

　　〈女がいってきた。顔の上半分を釣り鐘のような帽子で隠している。
　　だが年齢をかくすことのできぬ顎が見える。40代という年がこの顔
　　の下半分にあちこち痕をのこし、皮膚はくたびれ、牛の咽喉のように
　　たるみ始めている。毛皮の外套の下で、その肉体も肉がついているに
　　ちがいない。[76]〉

　時間の経過によりマリア・クロスの容色が衰えていることをこのように
モーリヤックは表現する。しかし、自然の残酷さが彼女の外見的な美しさ
を奪っていく現実を前にしても、レイモンは、彼女から永遠に離れられな
いのである。その上もっと残酷なのは、今ではラッセル夫人となったマリ
ア・クロスを、レイモンは永遠にその手で抱くことができないのである。

140

〈着物に火が燃え移った人間のように走り出さざるをえないような狂おしい気持に駆られたのである。自分は永久にマリア・クロスを所有することはない。あの女をものにすることなく死んで行く、という残酷な事実。[77]〉

　彼の人生において、マリア・クロスの存在がいかに大きかったかを悟り、その事実を前にして、ただ佇む以外にないということを思い知らされ、そこに自分の運命を見るレイモンをモーリヤックは畳み掛けるように表現する。

〈マリア！　一人の人間が、望みもしないのに他人の運命にこれほどの重みをかけることに彼は唖然として気がついた。我々から出て、気がつかないうちに、遠く離れたところにいる他人に働きかけるこうした力のあることなど、今だって考えてみたこともなかったのである。[78]〉

　レイモンが述懐しているこの「遠く離れたところにいる他人に働きかけるこうした力」こそが、マリア・クロスが彼のために「自分を捨てて十字架をになう」祈りの力なのである。マリ・ランシナングがカルメル修道会の修道院で「自分を捨てて十字架をになう」ことで祈った力が、『火の河』でダニエルに及んだ、「あの力」と同じ力なのである。そのような「力」が存在することにレイモンは『愛の砂漠』の最後の部分で気がつくのである。その「力」について、モーリヤックは別な表現でレイモンに語らせる。

〈絶対的な情熱、それは死ぬまで別の生きた世界や、別のマリア・クロスたちを、次々と創造しつづける能力であり、彼はそうしたマリア・クロスたちの惨めな衛星となるのだ。だが、父親と息子の死ぬ前に、二人の存在の奥底から知らぬ間にこの燃えるように熱い潮を呼び起し、おびき寄せている大いなる存在がついにその姿を現すことになるだろう。[79]〉

〈passion toute-puissante, capable d'enfanter jusqu'à la mort d'autres mondes vivants, d'autres Maria Cross dont il deviendra tour à tour le satellite misérable... Il faudrait qu'avant la mort du père et du fils se révèle à eux enfin Celui qui à leur insu appelle, attire, du plus profond de leur être, cette marée brûlante.[80]〉

第2部　モーリヤックの小説の二重構造 —— 深層構造における祈り

　モーリヤックがここで示したかったものは、マリア・クロスという人間
の存在がレイモンだけでなく、彼の父ポール医師にとっても「大いなる存
在」への導きになることを示している。
　ここで遠藤が訳している「大いなる存在」は、フランス語の原文では
Celui で表されている。大文字で表される Celui は、明らかに特別な意味で
ある。それは、キリスト教の神を表している。*Grand Robert* では Celui は
項目の終りの部分で、特別な意味として、以下のように記述されている。
　　〈CELUI ; Spécialt. Désigne la divinité（tour emphatique）. Celui qui règne
　　dans les cieux,[81]〉
　　〈特別な意味で、神性を指す（誇張的な言回し）、用例として、天で君臨
　　する御方〉
　仏和辞典にも、Celui が小文字になっているが、同じ用例が見られる。
　　〈régner *v.i.*（君主）が君臨する：art de ～帝王学 / celui qui règne dans les
　　cieux 天にあって君臨しています御方（＝Dieu）[82]〉
　以上のように Celui は神を表す特別な表現である。それゆえに遠藤はこ
の語に特別な意味をこめて、傍点を付け、他と区別している。しかも Celui
は、マリア・クロスのような女性を介してのみ到達可能な御方なのである。
『愛の砂漠』という小説では、レイモン・クーレージュのために「自分を捨
てて十字架をになう」のはマリア・クロスの役割である。それゆえに、彼
女を除いて誰にもその務めはになえない。よってレイモン・クーレージュ
はマリア・クロスから永遠に離れることができないという構造である。レ
イモン・クーレージュが魂を救われるにはマリア・クロスを介するしか方
法はないのである。

　以上で見てきたように、放蕩者であったレイモン・クーレージュが、『愛
の砂漠』の最終章で突然に神の方に視線を向ける。これは不自然に見える。
『火の河』でもモーリヤックは同じ手法を採っている。『火の河』の最終章
の教会での情景描写において、ジゼールは聖母マリアのように描かれる。
ダニエル・トラジスは彼女を遠目に見るだけで満足し、会うこともぜず十
字を切って教会を離れる。このように二つの小説で、モーリヤックは放蕩

142

第1章 『愛の砂漠』

者の主人公を回心するように導いている。放蕩三昧にあった主人公のこの
ような突然の回心に対して、モーリヤックは同時代の文学者から批判され
ている。例えばエドモン・ジャルーは次のように述べている。

〈というのは、このダニエル・トラジスという粗野で放蕩者の実業家は、
作品の進むにつれて、あまりに速かに進歩するからである。作者は、
エクセントリックなこの人物の構想を立ててから、人物と作者が合体
してしまい、当初主人公の性質に含まれていなかった作者の性質の若
干の要素を主人公に注入するに至ったように感じられる。その結果、
最初狡猾な周旋人的な考え方や態度をとっていたこの青年が、世にも
上品な人間のように振舞うに至る。そういうことも不可能だとは言わ
ない。私が言いたいのは、このような心理的変化を真実らしく見せる
には、筋の進展が急に過ぎるということである。[83]〉

このエドモン・ジャルーの『火の河』についての批判は、そのまま『愛
の砂漠』（1925 年）にも当てはまる。『火の河』でエドモン・ジャルーに酷評
されたのと同じような「筋の進展が急に過ぎる」手法を、モーリヤックは
なぜ『愛の砂漠』でも用いたのであろうか。

回心が最終章で描かれ、それが小説に不自然さを生み出しているその理
由としては、次の二つのものが考えられる。その第一は、『火の河』のダニ
エル・トラジスも『愛の砂漠』のレイモン・クーレージュも、ジャック・
プティが『火の河』「解題」で解説しているように、「失われた無垢」への
渇望をもっているということである。彼らは、表面的には、放蕩三昧な生
活をしているように見えるが、内面には常に「失われた無垢」への渇望を
もっている。彼らがなぜ放蕩者になったのかは、ダニエル・トラジスにつ
いては理由はよくわからないが、レイモン・クーレージュは、はっきりし
ている。純粋なイポリットだった彼は、フェードルであるマリア・クロス
の視線によってその純粋性を失い、その後はひたすら「失われた無垢」を
渇望して生きてきたのである。彼ら二人に共通する内面である「失われた
無垢」を渇望する延長として、最終章の回心があることには何の不自然さ
もない。

そして、最終章での不自然さを生み出している理由の第二のものは、『火
の河』と『愛の砂漠』のどちらでも、主人公を回心へと導くために、モー

143

第2部　モーリヤックの小説の二重構造 ── 深層構造における祈り

リヤックが女性のもつ神秘的な力を使っているということである。それ
は、カルメル修道会の教義で、「自分を捨てて十字架をになう」という教え
を女性たちが実践しているということにある。ダニエル・トラジスの霊魂
のためにマリ・ランシナングは「自分を捨てて十字架をになう」のであり、
レイモン・クーレージュのためにマリア・クロスもまた「自分を捨てて十
字架をになう」のである。このどちらの行為も、通奏低音のように低い音
域で奏でられているので、主旋律だけを追っていると聞こえてこない。主
旋律しか追わない人びとの目には、最終章の回心が突然起こることは、モ
ーリヤック小説の欠点に見える。しかしこの欠点は、「失われた無垢への
渇望」と「自分を捨てて十字架をになう」という通奏低音部分を書きこむ
ために生じたものである。その意味において、一見欠点に見えるこの不自
然さにこそ、モーリヤック小説の特徴があると言えるのである。

　　註
　1）　Jacques Petit, "Notice", Mauriac, Le Désert de l'amour, Œuvres romanesques et
　　　　théâtrales complètes, tomeI, Gallimard, bibliothèque de la pléiade, 1978, p.1319.
　2）　高津春繁『ギリシア・ローマ神話辞典』、岩波書店、1977年、204頁。
　3）　ジャック・プティは、『悪』の女主人公の名前と『愛の砂漠』の草稿での
　　　　女主人公の名前が共通することを根拠に、二つの小説の共通性について以
　　　　下のように書いている。
　　　　〈Dans l'un des manuscrits, Mauriac l'appelle Fanny, comme si elle lui rappelait le
　　　　personnage du Mal. La situation est la même encore dans Destin ;〉 Jacques Petit,
　　　　"Notice", Mauriac, Le Désert de l'amour, op. cit., p.1318.
　　　　〈『愛の砂漠』の原稿の一つでは、モーリヤックは女主人公の名前に『悪』の
　　　　登場人物を連想させるファニーの名前を付けていた。状況はまた『宿命』
　　　　でも同様である。〉
　　　　　これは、年上の女主人公フェードルが、年若い主人公イポリットを誘惑
　　　　するという主題でこれらの小説をモーリヤックが書くことを目指していた
　　　　ことを表す。
　4）　モーリヤック『愛の砂漠』遠藤周作訳、『モーリヤック著作集』第1巻、
　　　　春秋社、1982年、155頁。
　5）　同上、167頁。
　6）　同上、180頁。

第 1 章 　『愛の砂漠』

7） 　同上、180 頁。

8） 　同上、181 頁。

9） 　同上、185 頁。

10） 　同上、186 頁。

11） 　同上、186 頁。

12） 　同上、207 頁。

13） 　同上、209 頁。

14） 　同上、211 頁。

15） 　同上、219 頁。

16） 　同上、221 頁。

17） 　同上、221 頁。

18） 　同上、231 頁。

19） 　同上、235 頁。

20） 　同上、241 頁。

21） 　同上、244 頁。

22） 　Jacques Petit, "*Notice*", Mauriac, *Le Désert de l'amour, op. cit.*, p.1322.

23） 　藤井史郎「解題」、『火の河』、『モーリヤック著作集』第 1 巻、春秋社、1982 年、396 頁。

24） 　『仏和大辞典』伊吹武彦他編、白水社、1981 年、2002 頁。

25） 　同上、680 頁。

26） 　モーリヤック『火の河』上総英郎訳、『モーリヤック著作集』第 1 巻、春秋社、1982 年、130 頁。

27） 　Mauriac, *Le Fleuve de feu, Œuvres romanesques et théâtrales complètes*, tomeI, Gallimard, bibliothèque de la pléiade, 1978, p.561. 　ジャック・プティはこの引用文の最後の 2 単語（pureté perdue）が旧版の『失われた純潔』の題名の由来であると、"*Notes et variantes*", Mauriac, *Le Fleuve de feu, ibid.*, p.1213 の、この箇所に付した註に書いている。〈C'est, sans doute, le vrai sens du titre primitif,〉

28） 　モーリヤック『火の河』上総英郎訳、前掲、130 頁。

29） 　同上、126 頁。

30） 　同上、107 頁。

31） 　同上、147 頁。

32） 　Jacques Petit, "*Notice*", Mauriac, *Le Fleuve de feu, op. cit.*, p.1170.

33） 　モーリヤック『火の河』上総英郎訳、前掲、78 頁。

34） 　同上、79 頁。

35） 　同上、79-80 頁。

第 2 部　モーリヤックの小説の二重構造 —— 深層構造における祈り

36)　同上、94 頁。

37)　同上、104 頁。

38)　同上、144 頁。

39)　同上、78 頁。

40)　十字架の聖ヨハネ『暗夜』山口女子カルメル会改訳、ドン・ボスコ社、
　　　2015 年、4-5 頁。

41)　テレジア『霊魂の城』田村武子訳、中央出版社、昭和 34 年、287 頁。

42)　同上、255-256 頁。

43)　モーリヤック『火の河』上総英郎訳、前掲、79-80 頁。

44)　同上、78 頁。

45)　同上、76 頁。

46)　同上、78 頁。

47)　同上、106 頁。

48)　ドンファンとはこのような人物を指す。〈ドンファン：主人公は官能的
　　　なアンダルシアの美男子で天性の誘惑者、結婚のみならず、金銭、信義な
　　　どの点で社会倫理と宗教を無視する傲慢な不信心者、として呈示されてい
　　　る。〉Cl.アジザ他編『欧米文芸登場人物事典』中村栄子編訳、大修館書店、
　　　1986 年、276 頁。

49)　モーリヤック『火の河』上総英郎訳、前掲、107 頁。

50)　Mauriac, *Le Fleuve de feu, op. cit.*, p.538.

51)　*Le Petit Robert* 1, Le Robert, 1983, p.2092.

52)　モーリヤック『火の河』上総英郎訳、前掲、145 頁。

53)　同上、148 頁。

54)　同上、148 頁。

55)　Jacques Petit, "*Notice*", Mauriac, *Le Fleuve de feu, op. cit.*, p.1170, note 5.

56)　モーリヤック『火の河』上総英郎訳、前掲、73 頁。

57)　同上、73 頁。

58)　同上、102 頁。

59)　同上、74 頁。

60)　モーリヤック『愛の砂漠』遠藤周作訳、前掲、280 頁。

61)　モーリヤック『火の河』上総英郎訳、前掲、100 頁。

62)　モーリヤック『愛の砂漠』遠藤周作訳、前掲、185 頁。

63)　同上、186 頁。

64)　同上、252 頁。

65)　同上、254 頁。

66)　同上、254-255 頁。

第 1 章　『愛の砂漠』

67）　同上、256 頁。

68）　Mauriac, *Le Désert de l'amour, op. cit.*, p.839.

69）　『仏和大辞典』伊吹武彦他編、前掲、1000 頁。

70）　『ジーニアス英和辞典』第 3 版、小西友七他編、大修館書店、2005 年、438 頁。

71）　モーリヤック『愛の砂漠』遠藤周作訳、前掲、151 頁。

72）　ジャック・プティは『ナルシスの復讐』という草稿での題名の意味を、以下のように解説している。

　〈La présence de Raymond Courrèges, auditeur et un peu acteur du drame, équilibrait curieusement le récit dont elle justifiait peut-être le titre : *La Vengeance de Narcisse* ;〉 Jacques Petit, "*Notice*", Mauriac, *Le Désert de l'amour, op.cit.*, p. 1319.

　〈劇の観客であり、かつ演技者も少しするレイモン・クーレージュの存在は、たぶん『ナルシスの復讐』という物語の題名の正しさを証明することで、奇妙な具合に物語との釣り合いを取ったのだろう。〉

73）　Cl.アジザ他編『欧米文芸登場人物事典』中村栄子編訳、前掲、286 頁。

74）　モーリヤック『愛の砂漠』遠藤周作訳、前掲、279 頁。

75）　同上、280 頁。

76）　同上、154 頁。

77）　同上、279 頁。

78）　同上、280 頁。

79）　同上、280 頁。

80）　Mauriac, *Le Désert de l'amour, op. cit.*, p.861.

81）　*Le Grand Robert* 2, Le Robert, 1985, p.430.

82）　『仏和大辞典』伊吹武彦他編、前掲、2108 頁。

83）　エドモン・ジャルー『小説家フランソワ・モーリヤック』、『小説家と作中人物』川口篤訳、ダヴィッド社、昭和 51 年、116-117 頁。

第2章 『テレーズ・デスケルー』

　本章の前半では、主としてモーリヤックの『小説論』を軸に考察する。モーリヤックは『小説論』の中で、従来の明晰で理性的なフランス小説の手法に対し、新たな手法を提唱している。そのような小説手法による小説の先駆的な実践者としてドストエフスキーの小説を賞賛している。『テレーズ・デスケルー』は、ドストエフスキーの小説手法への接近の過程で生まれた。しかし、その道は平坦ではなかった。ドストエフスキーの「非論理」を学ぶことによって生じる問題点を克服しながら、モーリヤックがいかにして以後の小説手法を展開していったのかについて解明していきたい。

　モーリヤックの小説には、表層構造と深層構造が存在する。まず、上述のドストエフスキーの「非論理」を取り入れた表層構造とはいかなるものかについて、『テレーズ・デスケルー』に基づきその構造を解明していきたい。

　そして後半では、深層構造を中心に解明を進める。『テレーズ・デスケルー』の深層構造は見え難く、それは、不自然さの中に秘かに存在する。『神への本能、あるいは良心』は『テレーズ・デスケルー』の草稿であるが、『モーリヤック著作集』では独立した小説として扱われている。その不自然さの中にモーリヤックは深層構造の部分を置き、見えにくくしている。

　深層構造を構成するもう一つのものは、「聖女ロクスト」である。「聖女ロクスト」は『テレーズ・デスケルー』の「緒言」の中に書かれているが、毒殺未遂犯のテレーズが「聖女」と呼ばれるのは不自然である。この不自然さの中にモーリヤックは深層構造を潜ませている。

　このように、不自然さをもつ深層構造で構成されているのが『テレーズ・デスケルー』という小説の特徴である。しかし、その構造が小説に不自然さをもたらすことを知りつつも、モーリヤックはなぜ『テレーズ・デスケルー』を書いたのか、彼の深慮について本章で考察する。

149

第２部　モーリヤックの小説の二重構造 ── 深層構造における祈り

『テレーズ・デスケルー』は、モーリヤック小説でも、そしてフランス文学史上でも最高傑作の一つと評される。

　　〈冒頭から過去の回想ではじまり、現在と交錯しながら主人公の魂の内面を描き出すこの『テレーズ・デスケイルー』は、方法的にも新しく、予定運命によって罪を犯すという点で、ジャンセニスム的思想をもち、またドストエフスキーの悪についての考えも手伝って、従来のフランス小説の明晰さに深さと翳（かげ）を与え、モーリヤック文学の傑作となった。[1]〉

　しかし、ここには「従来のフランス小説の明晰さに深さと翳を与え」という表現を『フランス文学史』の編者がなぜ書いたのかという疑問が存在する。この疑問に対する答えは、モーリヤックの『小説論』の中にある。

　　〈そして小説家は、その作品に対して、芸術家の絶対の自由を享受しなければならない。比喩をさらにすすめて興がろうというのならば、芸術創作の面に移されたこの聖寵論議において、自己の立てた計画をなんら変更を加えず厳格な論理をもって追い、自己の作品中の人物を不屈な厳格さで自らが彼らのために選んだ道に導くフランスの小説家は、ジャンセニウスの神に似ている。[2]〉

　この表現の中のどの部分が「明晰さ」を表しているのかと言えば、小説家が「自己の立てた計画をなんら変更を加えず厳格な論理をもって追う」ことである。小説家がその小説を「計画」し、それに何らの「変更をくわえず」、当初の計画の通りに小説を書き上げるのがフランス小説の特徴であり、それは明晰さに繋がるのである。当初の計画を厳格に守る制作手法が「人間の型」を生み出すことに貢献しているとモーリヤックは考える。そして、「人間の型」を特に重んじたオノレ・ド・バルザックの小説を例にして、モーリヤックは、明晰さの原理を説明している。

　　〈すべては、野心家にあっては自己の昇進のために、漁色家にあっては欲望の充足のために、組み立てられる。バルザックが、人間の型、すなわち、ただ一つの情念の中に全く要約される存在、を創造することができたのもそのためである。[3]〉

第2章 『テレーズ・デスケルー』

「人間の型」は小説中の全ての登場人物の中で決定済であるから、その人物の行動のパターンもまた類型化される。その類型化された人物は「人間の型」の通りに行動するから、一度「人間の型」を決定すれば、その型は他の人物にも応用可能となる。「人間の型」を重んじるという点で、フランスの小説家は、「ジャンセニウスの神に似ている」のである。

このように「人間の型」を重んじ、そこに「明晰さ」の根拠を置くフランス小説のあり方を、モーリヤックは彼の『小説論』の中で肯定するのだろうか。実は、モーリヤックは「明晰」であるという特徴は、フランス小説の欠点の一つであると思っているのである。「明晰さ」に対して否定的な彼の考えは、上記の引用の直後に書かれているドストエフスキーを賞賛する文章によく表れている。

〈しかし、19世紀の中葉、一人の小説家が現われた。その驚くべき天才は、反対に、人間というこのもつれを解きほぐすまいと努め、その描く人物の心理に臆断的な秩序も論理も導入することを控え、人物の智的道徳的価値にあらかじめなんらの判断も加えることなく人物を創造した。それはドストエフスキーである。事実、ドストエフスキーの人物を批判することは、不可能ではなくとも、きわめて困難である。それほど彼らの中では、崇高なものと不浄なもの、低劣な衝動と高尚な憧憬とが、ほぐしがたく纏れ合っている。それは理性的存在ではない。彼らは、吝嗇漢、野心家、軍人、司祭、高利貸ではない。[4]〉

フランス小説とドストエフスキーの小説との大きな違いは、ドストエフスキーの小説中の人物が「理性的存在ではない」ということである。「人間の型」を重んじ「明晰」であるフランス小説は理性的であり、「もつれを解きほぐすまい」とするドストエフスキーの小説の主人公は、「理性的存在ではない」のである。モーリヤックは、ドストエフスキーの小説中の人物が「理性的存在ではない」ということに関して『小説論』の中で繰り返し説明している。

〈ドストエフスキーの主人公たちが、多くのフランスの読者を途方にくれさせるのは、彼らがロシア人だからではなく、彼らが我われと同じような人間、つまり、生きた混沌、我われがどう考えてよいか分らぬほど矛盾した個人だからであり、ドストエフスキーが、我われの理

151

第2部　モーリヤックの小説の二重構造 ── 深層構造における祈り

　性からみれば非論理そのものであるかの生命の論理以外のいかなる論
　理もいかなる秩序も彼らに強制しないからである。[5]〉
　このように、「生きた混沌」、「われわれの理性からみれば非論理そのも
の」がドストエフスキーの小説中の人物の特徴であるとモーリヤックは分
析している。この「生きた混沌」、「非論理そのもの」を小説のあるべき理
想としてモーリヤックは追求することを目指すというのが『小説論』の趣
旨である。冒頭の『フランス文学史』の中で書かれていた「従来のフラン
ス小説の明晰さに深さと翳を与え」という表現は、このような背景を基に
して書かれたものである。ドストエフスキーの小説の理論である「非論理
そのもの」、「深さと翳」を用いてモーリヤックは『テレーズ・デスケル
ー』という小説を書き、それゆえに彼の小説では画期的であり、また彼の
最高傑作なのである。

　では、モーリヤックの『テレーズ・デスケルー』という小説は、ドスト
エフスキーの小説のどの作品を手本としたのか、ということについて考え
てみたい。モーリヤックは『小説論』の中で、ドストエフスキーの小説理
論を賞賛するのみで、具体的な作品名には触れていない。その手掛かりは
他に求める以外にない。そのために役に立つのが、モーリヤックの『小説
論』で書かれている、アンドレ・ジッドへの賞賛である。モーリヤックは
その中で、ドストエフスキーの「非論理そのもの」をフランス的精神と比
較して見せたアンドレ・ジッドの講演を引用し、その内容を以下のように
解説している。
　〈ドストエフスキーに捧げた講演の一つの中でアンドレ・ジイド ──
　フランス人の中でこの大小説家を最もよく理解した一人である ──
　は、このことについて次のように註釈を加えている。「慣習は虚偽の
　偉大なる供給者である。人はいかに多くの人々に、一生涯、彼ら自身
　とは不思議なほど違った人物を演じることを強制することであろう。
　そして、自己のうちに、さきに描かれ命名されなかったような・我わ
　れが目の前にその手本を持たぬような感情を認めることは、いかにむ
　ずかしいことであろう。人間にとっては、何でもないことを創造する
　よりもすべてを模倣する方が容易である。いかに多くの人々が、一生

152

涯、虚偽によって全く偽装されて暮すことを甘受していることであろう。」[6]〉

　このジドの引用の中の「慣習は虚偽の偉大なる供給者である」は、「習慣」や「慣習」を重視する生き方が、フランス小説を理性的で「明晰」なものにする役割を果たしているという実態を書いている。しかし一方では、「慣習は虚偽の偉大なる供給者である」ことが「深さと翳」をフランス小説から奪っているという指摘でもある。理性と「明晰」に偏り過ぎるフランスの小説に対して、ジドもまた、ドストエフスキーの「非論理そのもの」の理論を借りて、理性と「明晰」から離れた小説を書くことを目指すのである。

　理性と「明晰」から離れたジドの小説とは何か。その典型が、『法王庁の抜穴』である。『法王庁の抜穴』は、「非論理そのもの」で書かれたドストエフスキーの小説『悪霊』から想を得ていることを、新庄嘉章は『法王庁の抜穴』の「解説」でこのように表現している。

　　〈この作品には奇想天外な筋の入り組みがあって、推理小説のような面白さがあるが、まことの興味は、ラフカディオの性格と、彼のいわゆる無償の行為にある。(この無償の行為は、ドストエフスキーの『悪霊』中の人物、キリーロフの自殺から暗示を得たものだといわれている)[7]〉

　ジドは『法王庁の抜穴』という小説を書く際に、ドストエフスキーの『悪霊』から「無償の行為」という主題を借りた、ということがこの引用から理解できる。「無償の行為」と表現されるものが、ドストエフスキーの「非論理そのもの」という小説理論を指すのである。ジドのいう「無償の行為」について、新庄は『法王庁の抜穴』の「解説」で次のように説明している。

　　〈また、ラフカディオは何の理由もないのに、未知の相乗り客を汽車から突き落す。この殺人には全然動機はない。これによって何を得ようという目的はない。いわば、何ものにも拘束されない行為がしてみたかったのである。われわれの日常の行為は、因襲的な社会の習慣や、家族の束縛や、中庸的な常識などに制限されて、それらに抵触しないように慎重に考えられた末の行為である。あるいはまたその熟慮が反覆されて、全然無意識のうちに遂行された行為である。従ってそこに

第2部　モーリヤックの小説の二重構造 ── 深層構造における祈り

は行為の喜びはない。ラフカディオは自分の魂を戦慄させるような喜びを追究しているのである。ジッドはのちに「わたし自身この無償の行為なるものは信じていない」と言っているが、ジッドはこの作品の中で、因襲的な倫理を超越した自由な行為を、実験的にラフカディオに演じさせたのである。[8]〉

　従来のフランス小説にはない理想的な小説理論としてモーリヤックはドストエフスキーの「非論理」を選ぼうとしていた。そしてそれより10年以上も早く、ジッドは『法王庁の抜穴』（1914年）でモーリヤックの小説としての理想を実現していることになる。

　この『法王庁の抜穴』という小説で展開される主題は、「無償の行為なるもの」である。ドストエフスキーの「非論理」である「無償の行為なるもの」を『法王庁の抜穴』の中で実践しているジッドにモーリヤックは興味をもったと思われる。そして、『テレーズ・デスケルー』（1927年）を書く際に彼は「無償の行為なるもの」を参考にしたと思われる。

　では、ジッドの『法王庁の抜穴』の中で展開される主人公ラフカディオの「無償の行為」とはどのようなものなのか。この「無償の行為」は、小説家であり道徳家であるバラリウルによって会話形式で語られる。バラリウルが選んだ会話相手は、ラフカディオによって列車から突き落とされ殺害される、被害者フルリッソワルである。会話はこのように進行する。

　〈「さて、アメデ君。わたしはこういうことを考えるのだ。ラ・ロシュフコー（中略）以来、また彼の影響でわれわれは同じところに停滞しているようなものだ。ところが、わたしの考えでは、人間を導くものは必ずしも利益ではない。超利害的の行為がある……」
「そうありたいものです」
　フルリッソワルは正直に口をはさんだ。
「早合点をしないでもらいたい。超利害的とわたくしの言うのは、無償・無動機という意味なのですよ。そして、悪も（いわゆる悪も）やはり善と同様、無償である場合があります」
「だけど、そういう場合には、なぜ悪をはたらくのですか」
「それはつまり贅沢の気持から、消費の欲望から、また遊戯の気持からです。わたしは、もっとも超利害的な魂はかならずしも最も善き魂で

あるとは考えません。カトリック的意味においてですよ。ところが、カトリック的見地よりすれば、最もよく訓練されている魂とは、自分の操行の勘定を最も正確につけている魂だということになります」

「そして、いつも神に対して借財のあることを自覚している魂です」

フルリッソワルも先方に気圧されまいとして、殊勝らしくこう言った。[9]〉

「超利害的とわたくしの言うのは、無償・無動機という意味なのですよ。そして、悪も（いわゆる悪も）やはり善と同様、無償である場合があります」という部分がこの「無償の行為」の中心の部分である。フランス語の原文ではこのようになる。

〈Par *désintéressé*, j'entends : gratuit. Et que le mal, ce que l'on appelle : le mal, peut être aussi gratuit que le bien.[10]〉

désintéressé が「超利害的」の原語である。désintéressé は、仏和辞書では、「利害を離れた」という意味で、bénévol , gratuit と同義語と表記されている。[11]

このような「超利害的」や「無償・無動機」に起因する犯罪は、一般の人たちにはどのように見える犯罪なのか。それをラフカディオ自身が説明する。

〈── 動機のない犯罪……ラフカディオはつづけて思うのだ。──これには警察も手こずることだろう。[12]〉

「動機のない犯罪」であるために、予想通り警察も手こずっていることをラフカディオは新聞記事で知る。

〈ナポリ駅において、ローマ発の一等車の網棚に列車乗員が黒っぽい上衣を発見した。服の内ポケットには開封された黄色の封筒が入っており、中に 1000 フラン紙幣 6 枚が見いだされた。上衣の所有者の身もとを語るべき書類は一つもない。もし犯罪であるとすれば、かかる大金が被害者の服の中に残されてあった事実は解釈が困難である。少なくとも、犯罪は盗みを目的としたものでないと推定される。[13]〉

「もし犯罪であるとすれば、かかる大金が被害者の服の中に残されてあった事実は解釈が困難である」の部分が、「超利害的」や「無償・無動機」に犯された犯罪の特徴である。

以上が、理性と「明晰」に偏り過ぎるフランスの小説に反発して、ジッ

155

第2部　モーリヤックの小説の二重構造 ── 深層構造における祈り

ドが、ドストエフスキーの「非論理そのもの」の理論を借りて書いた小説
『法王庁の抜穴』の概要である。このジッドの『法王庁の抜穴』をモーリ
ヤックはどのような気持ちで読んだのだろうか。ジッドの『法王庁の抜穴』
に対するモーリヤックの考えは、その後のモーリヤックの小説の主題を見
ればよく分かる。十数年後にモーリヤックは、『テレーズ・デスケルー』を
書くことになるが、主題として彼が選ぶのは、毒殺未遂という犯罪である。
その点で、ドストエフスキーの「非論理そのもの」の小説理論を借りて『法
王庁の抜穴』の中で殺人という犯罪を書いたジッドと、ドストエフスキー
の「非論理そのもの」の小説理論を賞賛するモーリヤックの向かう方向は
似るのである。『テレーズ・デスケルー』で描かれている毒殺未遂という犯
罪の動機は、十数年先行するジッドの『法王庁の抜穴』の犯罪の動機とあ
まり区別がつかないように見える。テレーズは、自分の毒殺未遂という犯
罪の動機についてこのように表現する。

　〈──私はあなたに「なぜあんなことをしたのか自分でもわかりませ
　ん」と答えようとしていました。[14]〉

　テレーズは、自分が犯した殺人の動機を表現することができないのであ
る。このテレーズの「なぜあんなことをしたのか自分でもわかりません」
という表現は、ジッドの「無償の行為」と見紛うほど近いように見える。
モーリヤックは『テレーズ・デスケルー』の中で、上記の引用の前後でか
なり長くかけてテレーズにその動機について語らせる。「なぜあんなこと
をしたのか自分でもわかりません」と述べる毒殺未遂の理由は以下のよう
な問答形式で表現される。

　〈── 知っておきたいのだ……例のことは、例のことは、僕を憎んでい
　たからなのかい？　僕がおそろしかったからか？（中略）
　　── 私はあなたに「なぜあんなことをしたのか自分でもわかりませ
　ん」と答えようとしていました。しかし、いまでは、どうやら、その
　わけがわかりましたわ、ほんとに！　あなたの目の中に、不安の色を、
　好奇心を見たいためだったかもしれないわ、（中略）
　　── お前は最後まで機知をひらめかしたいのか……まじめにきいて
　いるのだ。なぜあんなことをした？
　　テレーズはもう笑わなかった。今度は逆に彼女のほうからこうきい

156

た。

　　——ねえ、ベルナール、あなたのような人間は、いつでも、自分の
　行為の理由を全部知っているものなのでしょ？
　　——むろんだ……あたりまえさ……少なくとも、僕にはそう思われ
　る。〉[15]

　毒を盛られた夫ベルナールにとっては、この問答でのテレーズの答えは
不満である。人間の行為には必ず何らかの理由がある、と考えるベルナー
ルは、答えをはぐらかされた気になっている。しかし、テレーズには、「な
ぜあんなことをしたのか自分でもわかりません」と答える以外にないので
ある。

　上で引用した毒殺未遂という犯罪の動機に関する会話の後で、その犯罪
の詳細について語られる。これもベルナールとテレーズの間の会話という
形式を一部使って進行する。

　〈——とにかく、一度は、お前が決心をした日があっただろう……お前
　が行動に訴えた日が？
　　——ええ、そうよ、マノの大火事の日ですわ。
　　二人は額をよせ、声をひそめてしゃべっていた。このパリの十字街
　で、この軽快な太陽の下で、外国タバコの匂いが流れ、黄と赤の窓か
　けのあおられている、少し涼しすぎるこの風の中で、あの酷熱の午後
　を、煙でいっぱいの空を、くろずんだ青空を、焼けた松かさの放つあ
　の鼻をつくたいまつのような匂いを、——そしてしだいに罪が形をな
　していった眠っていたあのときの彼女自身の心を、思いうかべること
　が、テレーズには、ふしぎな気がする。
　　——どういうふうにしてああなったか、これから申しますわ。正午
　でもあいかわらず薄暗い、あの食堂にいたときでした。あなたは何か
　しゃべっていらっしゃいました。少しバリヨンの方をふりむいて、コ
　ップの中にたらしている薬の滴の数を数えることを忘れながら。〉[16]

　この後で、テレーズの犯罪がどのようなものであったかについて、モー
リヤック自身が作者として説明を始める。

　〈彼女は自分に罪をおわせるのにふしぎな情熱をつぎこむ。このよう
　に夢遊病者のような行動に出たことは、テレーズの言うことを聞いて

第2部　モーリヤックの小説の二重構造 —— 深層構造における祈り

いると、彼女が、何カ月も前から、罪深い考えを養い、心の中に迎え
ていたと解さなければならぬ。それに、最初の動作をすましてしまう
と、じつに明晰な熱烈さで、彼女は自分のくわだてを遂行したではな
いか！　そして、なんという執拗さで！〉[17]

そして最後に、再びベルナールとテレーズの間の会話に戻る。

〈—— 私は自分の手が迷いだしたときに、はじめて、自分を残酷だと感
じました。あなたの苦しみを長びかせたことを後悔しました。行くと
ころまで行かなければ……それも、急いで！　私はおそろしい義務に
屈服したのです。そうです。それは義務ともいうべきものでした。

ベルナールがそれをさえぎった。

—— やれやれ、何とでも言えるもんだな！　おい、もう一度だけ、言っ
てみないか、自分が何を望んでいたかということを！　言えないだ
ろう。

—— 私が何を望んでいたかですって？　私が何を望まなかったかを
言うほうがむろんやさしいでしょうよ。私は舞台の人物を演じていた
くなかったのです。身ぶりをやり、きまった文句を口に出し、つまり、
刻々に、一人のテレーズを……。〉[18]

毒殺未遂という罪を犯した動機について、これだけ紙面を費やしても我
われは何も理解できないのが『テレーズ・デスケルー』という小説の特徴
である。

『法王庁の抜穴』での「無償・無動機」のラフカディオの犯罪と、『テレー
ズ・デスケルー』のテレーズの毒殺未遂の犯罪は、一般の人たちからす
ると「不可解である」ということにおいて共通しているように見える。『テ
レーズ・デスケルー』では、『法王庁の抜穴』での新聞記事の役割を、テレー
ズの夫であるベルナールが果たしている。ベルナールは、常に常識の人
である。モーリヤックはベルナールの人物的な特徴を「道幅に合わせて作
られた」人間と表現する。

〈もしもベルナールが「許す、いっしょにおいで……」と言っていた
なら、彼女は立ちあがって、いっしょについていったであろう。が、
一瞬、心をゆり動かされたことにいらだったベルナールは、それが過
ぎるともう、なれない動作にたいする嫌悪、毎日習慣的にかわしてい

158

る言葉とは別の言葉にたいする反撥を、感じるばかりだった。ベルナールは、彼の馬車と同じように、「道幅に合わせて作られた」人間である。彼はわだちを必要とする。今晩でも、サン-クレールの家の食堂で、それを見つけたなら、彼も、平静を、平和を、味わうであろう。〉[19]

「道幅に合わせて作られた」人間であるベルナールに、テレーズが彼を毒殺しようとした動機が理解できることはない。テレーズ自身、上の引用で見てきたように、その動機が何なのかを説明できないのであるから。

それに対して、ジッドの『法王庁の抜穴』のラフカディオの殺人の動機は、極めて明快に示される。その動機とは、ただこれ以外にない。

〈―― 動機のない犯罪……ラフカディオはつづけて思うのだ。―― これには警察も手こずることだろう。〉[20]

ラフカディオの「無償の行為」とその行為によって生じた結果は、このように簡潔に説明できるのに、『テレーズ・デスケルー』のテレーズの毒殺未遂の犯罪は「なぜあんなことをしたのか自分でもわかりません」という説明以外にないのである。なぜモーリヤックはテレーズにこのように語らせるのだろうか。それは、モーリヤック自身によって『小説論』で説明されている。その中で彼は、18歳の時に法廷で見た実際の毒殺犯の女性について鮮明に描いている。実際の毒殺犯の女とその夫の毒殺の動機について、自分が見聞きした事実をモーリヤックは詳細に語っている。

〈例えば、《テレーズ・デケイルー》の幾つかの資料の中に、私が18の時、重罪裁判所で見た、二人の警官に守られた痩せた女の毒殺犯人の姿があったことは事実である。私は証人の陳述を思い出したし、被告が毒薬を入手するために用いた処方箋偽造の一件も利用した。しかし、私の現実からの直接の負債は、そこまでである。現実が提供したもので、私は、現実とは全く違った・より複雑な人物を作ろうとする。被告の犯罪動機は、実は最も単純な種類のものであった。すなわち、彼女は良人以外の男を愛していたのである。もはや私のテレーズとはなんらの共通点もない。テレーズのドラマは、彼女をこのような犯行に駆り立てたものが何であるかを彼女自身も知らなかったところにあった。

それは、不安な情熱的な魂の持主、自己の行為の動機を意識してい

第２部　モーリヤックの小説の二重構造 —— 深層構造における祈り

ないこのテレーズが、小説家の実際に知っている人物といかなる共通
な性格も示さぬことを意味するであろうか？〉[21]

　このモーリヤックの解説を読むと、小説を書くとはどのような行為であ
るのかということが理解できる。小説とは、「現実が提供したもので、私
は、現実とは全く違った・より複雑な人物を作ろうとする」作業だという
ことである。「彼女は良人以外の男を愛していた」ことが動機ではモーリ
ヤックにとっては小説にならない。「彼女をこのような犯行に駆り立てた
ものが何であるかを彼女自身も知らなかったところにあった」とすること
が『テレーズ・デスケルー』という小説が拠って立つ足場であるとモーリ
ヤックは説明しているのである。

　『法王庁の抜穴』という小説での殺人の動機をもう一度思い出してみよ
う。

　　〈 —— 動機のない犯罪……ラフカディオはつづけて思うのだ。 —— こ
　　れには警察も手こずることだろう。〉[22]

　モーリヤックにとっては、「動機のない犯罪 Un crime immotivé」という
フランス語３単語で済むような動機では、かつて彼が18歳の時に重罪裁
判所で見た毒殺犯人の女と同じ小説の素材にしかならないのである。小説
とは、「現実とは全く違った・より複雑な人物」でなければならないのであ
る。「動機のない犯罪」を書いた小説は、モーリヤックにとっては小説では
ないのである。

　「無償の行為」とその結果である「動機のない犯罪」を主題にしてジッド
が『法王庁の抜穴』を書いたことに対して、モーリヤックが不満を感じる
点がもう一つある。それは、『法王庁の抜穴』の「動機のない犯罪」には、
それに対応して存在すべきキリスト教の「罪の意識」が存在しないことで
ある。ラフカディオは「罪」を感じていない。「罪の意識」がなければ、「動
機のない犯罪」という一文で小説は完結してしまう。それでは、フランス
の小説の特徴である理性や明晰さを捨てて、ドストエフスキーの「非論理
そのもの」の理論を借りて小説を書こうとする目標から逸れてしまう、と
モーリヤックは考えるのである。それゆえに、モーリヤックはテレーズの
「罪の意識」を小説の中で明確に描いている。動機を「彼女自身が知らなか
った」ことと並べてキリスト教の「罪の意識」はこのように書かれている。

160

第2章　『テレーズ・デスケルー』

〈言葉だけでたりるだろうか？　みんな、どんなふうにするのだろうか、
己れの罪を知っているすべての人たちは？……「私は、自分の罪を知
ってはいない。人が私に着せている罪を、自分は犯すつもりはなかっ
た。自分が何をするつもりだったのか、自分にはわからない。自分の
身うちに、それから自分の外に、あのがむしゃらな力が、何をめざし
て働いていたのか、一度も自分にはわからなかった。その力が、進ん
でゆく途中で、破壊したもの、それには、自分自身うちひしがれ、び
っくりしたではないか……」〉[23]

　ドストエフスキーの「非論理そのもの」という小説理論は、モーリヤッ
クにとっては、キリスト教の「罪の意識」がない限り完結しないのである。
自分はカトリックの信仰からは決して出ることはないとモーリヤックが宣
言しているのは、その意味においてである。

〈ジードが介入してきたのは、まさにこのあいまいな戦いの時点だっ
た。私がキリスト教の信仰を抛棄しなければならなかったとすれば、
すでにその時機は到来していた。そのことは、これより数カ月前の
『新フランス評論』誌に掲載された『キリスト教徒の苦悩』と題され
るエッセーのなかにはっきり見られたはずである。〉[24]

　この表現は、カトリックの信仰を捨ててまでドストエフスキーの「非論
理そのもの」という小説理論に従うつもりはない、という宣言である。な
ぜモーリヤックは、カトリックの信仰を捨ててドストエフスキーの「非論
理そのもの」に従わなかったのか。それは、第2部第3章で述べる通りで
あるが、小説理論としては見習うべきものがあるドストエフスキーも、カ
トリックという信仰から見ると、モーリヤックにとって許すことのできな
い考え方をもっているからである。ドストエフスキーは、このようにロー
マ・カトリック教会を批判している。

〈ロシアの使命はすべて「正教」にあり、キリストを見失って失明し
た、西欧の人類に向かってふりそそがれる、「東方」からの光にある
のです。ヨーロッパの不幸はすべて、1から10まで、ひとつの例外
もなく、なにからなにまで、ローマ教会とともにキリストを失い、そ
してその後キリストなしでもやっていけると決めたことから起こった
のです。『書簡集』（16、431）〉[25]

161

第2部　モーリヤックの小説の二重構造 ── 深層構造における祈り

そして、ドストエフスキーのカトリック批判の対象は、ローマ教皇の無
謬説にまで及んでいるからである。

〈ローマの世俗支配という理念をカトリック教会は、真実よりも、神よ
りも上のものとしたのだった。またそれと同じ目的で自分たちの指導
者の無謬性をも宣言した。しかも世俗的権力がすでにドアをノック
し、ローマに足を踏み入れようとしていた、ちょうどそのときを狙っ
て宣言したものである。『評論集』（20B、244）[26]〉

拠りどころとしている教皇無謬説を否定すると、カトリックとしての存
在理由を失うことになる、とモーリヤック考える。ゆえに、このドストエ
フスキーによるカトリック批判は、モーリヤックにとっては容認できない。

このように、モーリヤックの考え方は決してカトリックの信仰の枠組み
から外に出ることはない。それでは、ドストエフスキーの「非論理そのも
の」という小説理論について、モーリヤックとしてはどのように考えれば
よいのか。カトリックという信仰についてはドストエフスキーに譲るつも
りはない。一方、ドストエフスキーの「非論理そのもの」を使って小説を
書きたい。そこでモーリヤックが考え出した結論が、カトリックの信仰の
枠組みから外に出ることなく、しかもドストエフスキーの「非論理そのも
の」を彼の小説に使用するというものであった。そのためにはカトリック
の「罪の意識」がぜひ必要である。カトリックの「罪の意識」が、ドスト
エフスキーの「非論理そのもの」という小説理論を支える強力な基礎であ
ると考えているからである。ジッドの『法王庁の抜穴』は、モーリヤック
の視点から見ると、基礎工事のない上に立つ高層建築のような小説なので
ある。少しの揺れで崩壊する危険をいつもはらんでいる。カトリックとい
う宗教の枠内で生き、小説を書く限り、罪の意識は必要不可欠である。カ
トリックにおける罪の存在意義を、シャルル・ペギー（1873-1914）の著作
の説明を借りてモーリヤックは実に明確に述べている。これは第1部第3
章でも取り上げたが、もう一度引用する。

〈しかし、罪に陥ることは、キリスト教から脱出することにはならな
い。その結果はおそらくさらに恐るべき絆で、キリスト教に結びつけ
られることになるだろう。肉欲に敗けること、疑いを大きくすること、
あらゆる思想について疑いを強めること、偶像を礼拝すること、それ

162

第 2 章　『テレーズ・デスケルー』

はキリスト教徒にとってキリスト教世界から脱出することにはならないのだ。というのは、ペギーが書いたように、「罪人はキリスト教世界に属している。罪人はこの上なく優れた祈りをすることが出来る……。罪人はキリスト教世界の機構にとって必要な部分であり、必要な一片である。罪人はキリスト教世界の核心に位置している……。罪人と聖人は、同じくらい必要な二つの部分であり、同じくらいキリスト教世界の機構に必要な二片である、ということが出来る。罪人と聖人は、それぞれが共に同じくらい必要不可欠な二片であり、互いに補い合う二片なのである。両者はキリスト教世界という機構、この唯一無二の機構にとって相互補完的な二片であり、両者は代置し合うことができないと共に代置し合える面をも持っているのだ……」〉[27]

　このペギーの見解に引き続いて、モーリヤックは罪人とキリスト教の関わりについての彼自身の見解を明示し、このような書き方をしている。

　〈この機構に嵌め込まれて、決してそこから出ることのできない種類の人々が存在する。罪、それは唯一の出口であるが、外へ出られる扉ではない。この扉は外に通じてはいない。だから〈恩寵〉から罪へ罪から〈恩寵〉へと移りかわることは、彼らの内部事情なのだ。信仰を証明しようとその証明を拒否しようと、それは彼らの自由である。しかし、疑いも拒絶も、いや否認さえも、彼らの皮膚に密着した肌着のような信仰をはぎとることは出来まい。[28]〉

　以上のように、モーリヤックが小説に臨む姿勢は一定である。彼は決してカトリックの信仰の枠組みから外に出ることはない。そして、カトリックの「罪の意識」こそが、ドストエフスキーの「非論理そのもの」という小説理論を支える強力な基礎であると確信しているのである。この確信に支えられて『テレーズ・デスケルー』は書かれているのである。

　「カトリックの信仰の枠組みから外に出ない」で、カトリックの「罪の意識」を維持しつつ、しかもドストエフスキーの「非論理そのもの」という小説理論に従って小説を書く、ということがモーリヤックの小説の特徴である、と述べてきたが、この見解は一般的にも是とされているのだろうか。冒頭で取り上げた『フランス文学史』は明らかにこの見解を否定している。

　〈『テレーズ・デスケイルー』は、（中略）またドストエフスキーの悪に

163

第2部　モーリヤックの小説の二重構造 —— 深層構造における祈り

ついての考えも手伝って、従来のフランス小説の明晰さに深さと翳（か
げ）を与え、〉[29]

「ドストエフスキーの悪についての考えも手伝って」と書かれているが、
「ドストエフスキーの悪」は、ジッドの『法王庁の抜穴』には当てはまるが、
『テレーズ・デスケルー』の罪の説明としては最適の表現であるとは思われ
ない。『テレーズ・デスケルー』のテレーズの罪は、ジッドの『法王庁の抜
穴』でのラフカディオの罪のように「悪」を描くために書かれたものでは
ない。そこで、ここからは『テレーズ・デスケルー』のテレーズが述べる
彼女の「罪」について再検証してみる。

〈「私は、自分の罪を知ってはいない。人が私に着せている罪を、自分
は犯すつもりはなかった。」〉[30]

〈 « Moi, je ne connais pas mes crimes. Je n'ai pas voulu celui dont on me
charge. »〉[31]

この引用内で使われている「罪」のフランス語は、crime である。一般的
に使用される crime は、仏和辞典では「crime（広い意味で道徳律・法律に反す
る）犯罪、大罪」と訳される。[32]

一方、ジッドの『法王庁の抜穴』でのラフカディオの「動機のない犯罪」
は、フランス語の原文ではこのように表記されている。

〈Un crime immotivé, 〉[33]

「動機のない犯罪」Un crime immotivé という単語だけを見ると、この犯
罪のどこに「悪」があるかについて理解できない。走る列車から人を突き
落とすラフカディオの「動機のない犯罪」という行為は、第5章で単独の
行為として描かれる。一方、先ほど見た「動機のない犯罪」という理論は、
その行為に先行してその前の第4章で、バラリウルによって理論として語
られる。その中心部分をもう一度取り上げる。

〈「だけど、そういう場合には、なぜ悪をはたらくのですか」
「それはつまり贅沢の気持から、消費の欲望から、また遊戯の気持から
です。わたしは、もっとも超利害的な魂はかならずしも最も善き魂で
あるとは考えません。カトリック的意味においてですよ。」〉[34]

ここで「超利害的な魂」と書かれているものがジッドが自ら語る「無償
の行為」を表している。「なぜ悪をはたらくのですか」という質問に対する

164

第2章　『テレーズ・デスケルー』

バラリウルの答えの内で、ラフカディオの犯した犯罪は、「遊戯の気持ちから」起こした犯罪のように見える。その点で「無償の行為」とされるラフカディオの「動機のない犯罪」は「悪」と見なすことが可能ではないかと思われる。

　『テレーズ・デスケルー』のテレーズの毒殺未遂という犯罪は、crimeというフランス語の単語で表現され、ラフカディオの「動機のない犯罪」もまたcrimeという同じ単語で表される。そうなると、ラフカディオの「動機のない犯罪crime」は、ジッドによって「悪」と認識されているのであるから、テレーズの毒殺未遂という犯罪crimeも、「悪」と見なすことが可能なのではないか、という疑問が生じる。テレーズが彼女の犯した罪を、キリスト教での宗教上の罪と思うなら、péchéというフランス語での宗教専用の単語を使用すべきだったのでは、という疑義も当然生じる。péchéは、仏和辞書では「péché（宗教上の）罪」と訳されている。[35]

　モーリヤックが、テレーズの毒殺未遂という犯罪にpéché（宗教上の）という単語を使用せず、crimeという一般用語を使用したのは、何らかの意図があったからだと考えられる。テレーズの毒殺未遂という犯罪は、ジッドが『法王庁の抜穴』のラフカディオの犯罪（「悪」）の中にドストエフスキーの悪を書き込んだことと確かに似ている。しかし、根本的には、テレーズの毒殺未遂という犯罪は、カトリックの枠内での宗教上の罪としてモーリヤックは扱っている。そこには、混乱を招きやすいcrimeという単語をわざと使って書くことで、我われの注意を喚起するという意図があったと思われる。crimeという単語の両義性の例として、ジャン・ラクチュールは、その著書『フランソワ・モーリヤック』第10章「テレーズと私」の中で、ポール・スウディ（Paul Souday）によるモーリヤックに対する批判文を取り上げている。それを読むと、ドストエフスキーやジッドのモーリヤックへの影響と、同時にまた、モーリヤックの独自性がよく理解できる。

〈« M. Mauriac, catholique et romancier（si ces deux dogmatismes peuvent encore s'accorder）, a pour modèles et patrons Dostoïevski（....）Baudelaire, Gide.... Même mélange d'immoralité fétide et de christianisme malsain qui se complaît dans le péché et le crime pour mieux savourer ensuite les frissons masochistes du repentir... »〉[36]

165

第2部　モーリヤックの小説の二重構造――深層構造における祈り

〈「カトリック教徒であり小説家であるモーリヤックは、（これら二つの
独断論が調和することができるならばだが）ドストエフスキーとボード
レールとジッドを雛型や教師にしている。後になって悔悛のマゾヒズ
ム的な身震いをより良く味わうために、（キリスト教の）罪や（殺人など
の）罪の中で得とくとしている、まさに胸が悪くなるような反倫理性
や不健全なキリスト教の混合物である」。〉

この批評文を読むと、『テレーズ・デスケルー』という小説での罪の特質
がよく理解できる。（キリスト教に特化される）罪と（殺人などの一般の）罪
が、『テレーズ・デスケルー』という小説の中で同時に存在しているのであ
る。（キリスト教に特化される）罪と（殺人などの一般的な）罪が不即不離の関
係にあり、どこまでが（キリスト教の）罪であり、またどこからが（殺人な
どの一般的な）罪であるかが判然としないのである。それが、両義性をもつ
crime をモーリヤックが使用した意味であると思われる。

　以上のことから分かることは、モーリヤックは「非論理そのもの」とい
う小説理論をドストエフスキーから、借りようとしている。しかし、ジッ
ドがドストエフスキーに学んだような「悪」は、『テレーズ・デスケルー』
の中では描かない。ドストエフスキーの「悪」を借りれば、カトリックと
いう信仰の枠組みから出てしまうからである。モーリヤックは、どこまで
もカトリックの教義に忠実であり、また同時に「非論理そのもの」という
小説理論の小説を書くことを試みるのである。

　ここからは、「カトリックの信仰の枠組みから外に出ない」で、カトリッ
クの「罪の意識」を維持しつつ、しかもドストエフスキーの「非論理その
もの」という小説理論に従って小説を書くとはどういうことかについて考
察する。

　「カトリックの信仰の枠組みから外に出ない」でカトリックの「罪の意識」
をもち、「非論理そのもの」という要素を並べると、必ず思いつくキリスト
教の宗派がフランスには存在する。それは、ジャンセニスムである。（第1
部第1章参照）。青年期に読書を通じてモーリヤックが、『パンセ』等のパス
カルの著作に馴染んでいることはよく知られている。パスカルと同時代の
ラシーヌは、ジャンセニスムの教義に従って『フェードル』という悲劇を

166

第 2 章　『テレーズ・デスケルー』

書いた。『フェードル』の主題は王妃のフェードルが、義理の息子イポリットに恋をするというものである。義理の息子への恋心をフェードルが抱く理由について、渡辺守章は同じギリシア神話を題材にして『ヒッポリュトス』という劇を書いたエウリピデスを借りて、このように解説している。（なお、題材となったエウリピデスの劇については186頁参照。）

　　〈そもそも、本説となる古代悲劇に関して言えば、エウリピデスの『ヒッポリュトス』は、その表題が示す通りに、アルテミスの女神に身を捧げて、アプロディーテーの女神を敬わないという罪を犯した若者ヒッポリュトスの受難物語であって、フェードルは恋の女神の復讐の道具に過ぎなかった。[37]〉

　フェードルは、彼女の意思には関係なく、恋の女神によって義理の息子に恋心を抱くように仕向けられる。自分の意思に反する行動を強制されるという点で、フェードルが登場する劇は救霊予定説を教義とするジャンセニスムを盛りこむことになる。上で取り上げた「なぜあんなことをしたのか自分でもわかりません」というテレーズの科白を読むと、『テレーズ・デスケルー』もまたこのジャンセニスムの救霊予定説を敷衍した小説のように見える。『フランス文学史』もこの見解に従って『テレーズ・デスケルー』を解説している。

　　〈現在と交錯しながら主人公の魂の内面を描き出すこの『テレーズ・デスケイルー』は、方法的にも新しく、予定運命によって罪を犯すという点で、ジャンセニスム的思想をもち、またドストエフスキーの悪についての考えも手伝って、従来のフランス小説の明晰さに深さと翳（かげ）を与え、モーリヤック文学の傑作となった。[38]〉

　しかし、『テレーズ・デスケルー』をジャンセニスムの教義に従って書かれた小説とする説にはかなりの無理がある。モーリヤックは彼の『小説論』の中で、ジャンセニスムという教義は、自分が求めている手本ではないと述べているからである。モーリヤックは、そういったジャンセニスムの教義を筋の中に導入した小説がいかに人びとの心をカトリック信仰から離れさせているかを示す例として、ラシーヌの『フェードル』に対し以下のように言及しているのである。

　　〈この種の争闘は、理解できぬものになっているのだ。しかし、それよ

167

第2部　モーリヤックの小説の二重構造 —— 深層構造における祈り

りもさらに見易い葛藤さえ、もはや理解されていない。ある日、ある
若い婦人は、ラシーヌの《フェードル》が皆目理解できず、彼女の悔
恨や呪詛が全く解らぬことを私に告白した。彼女はこう言った。「何
でもないことに、なんて大騒ぎをするんでしょう！ 義理の子供に恋
をすることが、世間で一番ありふれたことでないみたいに！ 今は、フ
ェードルが少しもやましい思いをしないでイポリットを誘惑し、テゼ
自身も目を瞑るありがたいご時勢よ。」フェードルの身に起った事件
は、今日ではもはや悲劇の題材とはならないだろう。

　　肉に関することが一切の重要性を失った時代が、どうして小説家に
　　とって実り多き時代でありえよう？ 小説の危機がそこにあることは、
　　一点疑を容れない。[39]〉

モーリヤック自身がこのように「今日ではもはや悲劇の題材とはならな
いだろう」と言っているのであるから、ラシーヌの『フェードル』を借り
て彼の小説『テレーズ・デスケルー』の主題とするとは考え難い。

　また、本章の冒頭でも取り上げたように、モーリヤックは彼の『小説論』
の中で、「人間中心的」な理性を重んじるフランスの小説家のことを「ジャ
ンセニウスの神」のようであるとして批判しているのである。

　　〈自己の作品中の人物を不屈な厳格さで自らが彼らのために選んだ道
　　に導くフランスの小説家は、ジャンセニウスの神に似ている。[40]〉

　第1部第1章で見てきたように、モーリヤックは、ジャンセニスムに対
して快く思っていないのである。それは、モーリヤックによるパスカルの
『プロヴァンシアル』に対する批判を見れば明らかである。

　また、ランソン、テュフロによるパスカルの『プロヴァンシアル』への
評価も同様である。イエズス会との恩寵論争に理論家として参加するパス
カルの精神の中には、デカルト主義の理論と論証を楽しむ論争家の姿しか
見えないとランソン、テュフロは評している。

　　〈更にジャンセニスムの別の一面がある。ジャンセニストが神の前で
　　抛棄したその人間理性を、彼等は教理論争のために忽ち再発見する。
　　この點にかけては彼等は手ごわい論証家であり執拗な論争者、巧妙な
　　演繹抽出者である。この意味で彼等はデカルトを繼續し、[41]〉

「彼等はデカルトを繼續し」という表現は、ジャンセニストが、「論理」

第2章 『テレーズ・デスケルー』

を重んじる派の人たちだということを表し、モーリヤックが追求する「神中心的」な「非理性」なものや「非論理」なものには合致しない。これらは、モーリヤックが、ドストエフスキーの「非論理」という小説理論を借りて、「自分が何をするつもりだったのか、自分にはわからない」という罪の動機についてのテレーズの認識の部分を書いた、と考えることから生じる混乱である。モーリヤックは、このように類似させることによって、人の注意がジャンセニスムの方へ誘導されることを楽しんでいるように見える。しかし、ジャンセニスムの中には、『テレーズ・デスケルー』でモーリヤックが書きたかったことの核心部分は存在しない。その意味で、『テレーズ・デスケルー』の中でジャンセニスムのように見える部分は、ごく表面的な表層構造を形成しているにすぎない。この表層構造の下のかなり深い部分には深層構造が隠されているのである。

　ここからは、その深層構造とは何かについて探っていきたい。隠されている深層構造にどのようにしてたどり着けばよいのだろうか。実は、『テレーズ・デスケルー』について不自然と思われる部分に深層構造の秘密が隠されている。『テレーズ・デスケルー』の不自然な（特異な）点は大きく二つある。その第一は以下のものである。『テレーズ・デスケルー』には、習作（素描）として書かれた作品が存在する。『神への本能、あるいは良心』（1927年）がそれである。
　一般には、小説の習作あるいは素描と呼ばれるものは、独立した小説として扱われることはない。その作家の『全集』の編者は、習作（素描）の類は「注解」や「解説」の中で、その存在を示唆するのみで、それらを独立した小説とはしない。それに対して、プレイヤード版『モーリヤック全集』の編者ジャック・プティは、『神への本能、あるいは良心』をモーリヤックの他の小説と並べて、完成した一編の小説と見なしている。『神への本能、あるいは良心』の特異性は、モーリヤックの他の小説の習作（素描）の扱いと比較すればよく理解できる。
　『癩者への接吻』（1922年）の習作（素描）は、プレイヤード版『モーリヤック全集』では1120頁から1144頁にかけて（第一草稿、第二草稿合わせて）

169

第2部　モーリヤックの小説の二重構造 —— 深層構造における祈り

25頁の分量のものが「解説」として掲載されている。また『愛の砂漠』(1925年) の習作 (素描) は、1324頁から1347頁にかけて (第一草稿、第二草稿合わせて) 24頁の分量のものが同じく「解説」として掲載されている。(しかもこれらの文字の大きさは本文と比較してかなり小さいので、本編に掲載されれば頁数は倍近くになるだろう。) それに対して、『神への本能、あるいは良心』は、『モーリヤック全集』第1巻の本編部分の3頁から13頁に掲載されており、11頁しか占めていないのである。

　ジャック・プティは、『テレーズ・デスケルー』の習作 (素描) である『神への本能、あるいは良心』をなぜ独立し完成した1編の小説として扱うのか。その理由をジャック・プティは以下のように書いている。

　　〈Les personnages, les thèmes de l'œuvre se fixent ; certains mouvements disparaîtront, mais n'en éclairent pas moins le roman achevé. Ces quelques pages ont suffi et l'on peut croire qu'elles s'achèvent lorsque Mauriac atteint, sans le savoir, le « secret » de Thérèse que le texte définitif masquera quelque peu.[42]〉

　　〈(習作では) 登場人物や作品の主題は定まっている。いくつかの心の動きは姿を消すだろう。しかし完成した小説より心の動きの説明が劣るわけではない。習作のこれらの数頁で十分であり、そして決定版の小説では覆い隠されるようになるテレーズの「秘密」に、モーリヤック自身が知らぬ間にたどり着いている時にこの習作が完成しているとも考えることが可能である。〉

　本編の『テレーズ・デスケルー』では覆い隠されて見えなくなっているテレーズの「秘密」が、その習作である『神への本能、あるいは良心』の中には書きこまれている、とジャック・プティは上の引用で示唆しているのである。本編では隠されて明確にされないテレーズの「秘密」が存在する。それゆえに、ジャック・プティは『神への本能、あるいは良心』を意図的に完成した一冊の小説として扱うのである。そのテレーズの「秘密」とは何であろうか。それは、モーリヤックが追求する「神中心的」な「非論理」なものであると考えられる。

　次に、不自然な (特異な) 点の第二のものは、『テレーズ・デスケルー』の「緒言 (avis au lecteur)」中に書かれている「聖女ロクスト」という表記で

170

ある。

　〈テレーズよ、苦悩がお前を神にひき渡すことを、私はどんなにか願っ
　たことだろう。長いあいだ、私は、お前が聖女ロクストの名で呼ばれ
　るにふさわしくなるように望んだのだった。[43]〉

　この「聖女ロクスト」という表現に我われは違和感を抱き、不自然さを
感じる。毒殺未遂という大罪を犯したテレーズが、なぜ聖女に擬されるの
か。これもモーリヤックが追求する「神中心的」な「非論理」なものであ
る。この「非論理」的な「聖女ロクスト」を理解するためには、我われは
モーリヤックから「人間中心的」な理性を離れるようにと求められるので
ある。

　以上で見てきたように、『テレーズ・デスケルー』については二つの不可
解な点が存在する。これらの二つの不自然な部分が、ドストエフスキーの
「非論理」という小説理論から学んだモーリヤックの『テレーズ・デスケル
ー』の深層構造を形成している。しかし、その深層構造は、「人間中心的」
な「論理的」な小説理論を指してはいない。それらは「神中心的」な「非
論理」なあくまで表面からは見えない深層構造なのである。この「神中心
的」な「非論理」な深層構造がモーリヤックの小説の独自性といえる。

　ここから上で解説した順序に従って、『神への本能、あるいは良心』と見
較べながら『テレーズ・デスケルー』の「神中心的」な「非論理」な深層
構造について論究を始める。

　『神への本能、あるいは良心』では、ジャック・プティが述べていたよう
に、テレーズの「秘密」が明かされている。『テレーズ・デスケルー』とは
異なり、テレーズが教会で神父に自分の犯した毒殺未遂の罪を告解すると
いう形式で物語は進行する。その中で、特に注目されるのが以下の告解で
ある。

　〈神父さま、お若い頃から、御自分の苦しみも喜びも物事の外見に依存
　させるがままにしないことがおできになったあなた。神ではないもの
　すべてがそこでは消滅する、十字架の聖ヨハネの語るあの暗夜が、御
　自分のなかで深まりゆくのを感じてらっしゃるあなた。[44]〉

　ここで「消滅する」と訳されている部分は、フランス語の原語 s'anéantir
の訳語としては、「（神の前で）おのれを空しくする」[45]の方が分かりやすい

171

第2部　モーリヤックの小説の二重構造——深層構造における祈り

と思われる。この語 s'anéantir は、『テレーズ・デスケルー』の筋から考えると、テレーズが毒殺未遂の罪の動機を神父に告解しようとしている情景を表しているので、モーリヤックが『神への本能、あるいは良心』の中で描いた大切な部分である。そしてさらに大事な部分は、この s'anéantir の単語の直後に、「十字架の聖ヨハネの語るあの暗夜」と書かれている点である。その言葉を入れることで、モーリヤックは、『神への本能、あるいは良心』と『テレーズ・デスケルー』という小説が、十字架の聖ヨハネと彼のカルメル修道会の教義と深く関わっているということを示唆している。

　十字架の聖ヨハネとカルメル修道会について、上記引用の『神への本能、あるいは良心』の訳者である高橋たか子は、『モーリヤック著作集』第2巻の「解説」の中で十字架の聖ヨハネの著作『暗夜』の「暗夜」の意味について、その中に遠藤周作の見解をも加えて、以下のように解説している。第1部第2章でも述べたが、その部分を引用する。

　　〈けれどもテレーズは、自分の魂の夜が単なる夜だとしか考えない。魂の夜はたしかに夜なのだが、光の射している夜だというふうには考えない。だからテレーズは、神秘主義者たちの言う魂の夜に重ねて（つまり、理性の目から見れば神は夜のなかにまします）、罪による夜という、いわば二重の夜を生きている。（遠藤周作氏の独創的な説によれば、このテレーズの、夜汽車の一駅ごとに深入りしていく魂の夜の歩みに、テレジアの『霊魂の城』における一つの部屋からさらに深い次の部屋へと次々と分け入っていく潜入が、重ねられているということだが、現在の私は上に言った程度を言うだけにとどめておきたい。なお、テレーズはラテン語のテレジアにあたる）。

　　　キリスト教と無縁の人々にはわかりにくいことかもしれないが、こうした魂の「夜」を描くのがキリスト教文学の一つの立場である。「夜」にこそ神がかかわっているのだから。〉[46]

　ここで高橋のいう「夜」とは、十字架の聖ヨハネの教義である「暗夜」を指す。では、十字架の聖ヨハネの「暗夜」とは具体的にはどのような教義なのか。キリスト教徒ではない日本人は、「夜」を暗くて光の射さない時間と認識する。日本人にとっては、日本の神々の位の頂点に君臨する天照大神が光の神であるから、正しく善きものは光の内に生きると教えられて

172

きた。その反対に、悪しきものが闇（夜）の中に住むと教えられ、それら悪しきものを総称して魑魅魍魎と呼ぶ。そういう事情であるので、十字架の聖ヨハネの教義である「暗夜」を日本人は魑魅魍魎の世界であると空想してしまう。高橋はそのような日本人の思考の癖を考慮して、「キリスト教と無縁の人々にはわかりにくいことかもしれないが、こうした魂の『夜』を描くのがキリスト教文学の一つの立場である」と書いている。

　キリスト教では、「夜」とは「神中心的」な精神を指し、そこに神が坐す場所なのである。神の坐す場所にまで到達するために、キリスト教徒は「暗夜」（「夜」）の状態の中を進むしかないという教義を高橋は表現している。「人間中心的」な理性は、「光」の世界の属性を表すものであるが、その理性の「光」を使用するだけでは、神の坐す場所に人間が到達することはできないのである。キリスト教とは無縁のギリシア古典時代には、ソクラテスを筆頭とする哲学者にも「人間中心的」な理性という「光」は与えられていたということをいつも比較の対象として考えておかねばならない。

　以上のように、十字架の聖ヨハネの「暗夜」と「神秘主義者たちのいう魂の夜」が、『テレーズ・デスケルー』にも大きく関わっている。そこで、十字架の聖ヨハネの著作『暗夜』について詳しく見てみたい。

　まず、十字架の聖ヨハネの『暗夜』で、『神への本能、あるいは良心』に書かれている s'anéantir「（神の前で）おのれを空しくする」という単語がどのようなところで使用されているかから検証を始める。その語は、『暗夜』では、何箇所かで使用されているが、その代表的なものを引用する。

　　〈これについては、出エジプト記（33・5）の中に、良い例がある。すなわち、神は、イスラエルの子らをへりくだらせ、彼らに自分をわきまえさせることを望まれ、彼らが今まで普通、砂漠の中で着ていた祭りの日の衣服と装飾とを取り去って脱ぎ捨てることを命じられた。〉[47]

　上の引用は、まだ暗夜の入り口部分における「へりくだり」の描写であったが、さらに暗夜を進むと次のようなものに変わる。

　　〈そして、自分が、極度の貧しさの中に落ち込むように感じる。これに関しては、ダビデが、次のようなことばをもって、神に叫んでいることに見られる。「主よ、私をお救いください。水は私の魂にまで及びました。私は深い泥沼に沈み、足がかりになるものもありません。私

第2部　モーリヤックの小説の二重構造 —— 深層構造における祈り

は深い水に巻き込まれ、嵐に押し流されます。叫び疲れて力は失せ、のどは涸れました。神を待ちに待ちつつ、私の目はくらみました。」
（詩69・2-4）

　このようにして、神は、霊魂をひどく卑しめ、へりくだらせるが、それは後に、高く高く上げるためである。[48]〉

そして、神へと至る道である『暗夜』の最後に近い部分の「梯子」の譬えで、神が人間を「へりくだらせる」意味についてまとめて、以下のように書かれている。

　〈梯子の段が昇るためにあると同時に降るためにもあるのと同様に、この秘密の観想も、霊魂に行なうその交わりが、霊魂を神にまで高めると同時に、霊魂を自らにおいて謙遜に、低くへりくだらせるのであるから、わたしたちはやはり、この秘密の観想を「梯子」と呼ぶことができるのである。というのも、真に神からくるこの交わりは、霊魂をへりくだらせると同時に、これを高めるという特質を持っているからである。この道においては、降ることが昇ることであり、昇ることが降ることである。なぜなら、「自らへりくだる者は上げられ、自ら高ぶる者は下げられる」（ルカ14・11）からである。謙遜の徳は、偉大である。それだけでなく、神は、謙遜のうちに鍛えようとして、霊魂に、この梯子を伝って降らせるためにこれを昇らせ、また、昇らせるためにこれを降らせるのが常である。それは、このようにして、「霊魂は高められる前にいやしめられ、いやしめられる前に高められる」（格言18・12）という賢者の言葉が成就するためである。[49]〉

十字架の聖ヨハネの著作『暗夜』においては、s'anéantir「（神の前で）おのれを空しくする」は、以上のように使用されている。ところがモーリヤックの小説の中では、s'anéantir は、『神への本能、あるいは良心』でしか使用されておらず、『テレーズ・デスケルー』の中には存在しない。

　一方、『テレーズ・デスケルー』では、s'anéantir の代わりの単語としてこの語の類語である、néant （「虚無」)」をモーリヤックは使用している。

　〈テレーズは思いだす。聖器室で、自分の方にむけられている笑みを含んだ小さな顔に接吻しようと思って、かがみこんだとき、突然あの虚無を見つけたのだった。この虚無のまわりに、とらえどころのない

苦しみと、とらえどころのない喜びとのまじりあった世界を、テレーズはつくりだしていたのであるが。[50]〉

　上の引用の「虚無 néant」という単語に注目することは、『テレーズ・デスケルー』という小説の本質を理解するうえで意味をもつ。なぜなら、「虚無 néant」という単語が書きこまれた時期が、他の「虚無 néant」という単語の書かれた時と全く異なっているからである。ここでの「虚無」は、まさに結婚式の情景を描いた時のもので、テレーズにとっては、ベルナールとの生活はまだ始まっていないのである。本来は、不安であるにしても、喜びの日であるのに、それなのに、「虚無」をテレーズは感じているのである。フランス語の原文は次のようになっている。

　　〈Elle se rapelle qu'à la sacristie, comme elle se penchait pour baiser ce petit
　　visage hilare levé vers le sien, elle perçut soudain ce néant autour de quoi elle
　　avait créé un univers de douleurs vagues et de vagues joies ;[51]〉

　テレーズが「虚無」を初めて感じた場所がカトリック教会の sacristie（聖器室）であるということが大きな意味をもつ。なぜこのように聖器室で「虚無」をテレーズは感じるのか。それは、神が有無をいわせずテレーズを s'anéantir つまり「（神の前で）おのれを空しくする」に導くからである。テレーズには選択権はない。しかし、この「虚無」にはまだ具体的な方向性はない。特に、「（神の前で）おのれを空しくする」を感じさせるものは何も存在しない。ただ、テレーズは何となく自分が「虚無」を感じて生活をしなければならないと自覚しているだけである。

　次の「虚無」は、上の引用よりは少し具体的になるが、しかし、まだテレーズに対して何かを仕掛けてくるような「虚無」ではない。しかし、ベルナールが「虚無」の対象となっているのである。

　　〈ただ一人、この虚無の中にあって、ベルナールだけがおそろしい現実性をおびてきた。ベルナールのますますふとってきたこと、例の鼻声、それからあの抑えつけるような調子、いい気な自己まんぞく。[52]〉

　ここでの「虚無」は、ベルナールとの生活によって生じる彼女の感じる「虚無」を表している。ベルナールの存在自体が目立つ「虚無」であるが、「（神の前で）おのれを空しくする」を具体的に感じさせるものはない。

　　〈馬の速歩に合わせて拍子をとった言葉を、テレーズは機械的にくり

第2部　モーリヤックの小説の二重構造 ── 深層構造における祈り

かえす。「私の命の無用なこと ── 私の命の虚無 ── はてしのない孤
独 ── 出口のない宿命」ああ！〉[53]

　ここで使われる「虚無」は、将来のテレーズが孤独の中で生きる運命を
予言する「虚無」である。テレーズの孤独と同義語として存在する「虚無」
で、将来の悲劇を予想させる。このフランス語の原文は、以下である。

〈Elle répète machinalement des mots rythmés sur le trot du cheval : «
Inutilité de ma vie ── néant de ma vie ── solitude sans bornes ── déstinée sans
issue »〉[54]

　テレーズは今後の彼女の生涯において、「虚無」と共に暮らすしかないと
いうことをこの néant de ma vie（私の命の虚無）は表している。そのように
見るとこの文は悲劇的なテレーズの生涯を予告しているように見える。し
かし、この néant（「虚無」）が s'anéantir（「神の前でおのれを空しくする」）の類
語であることを考え併せれば、彼女が今後も「（神の前で）おのれを空しく
する」生き方をし続けるという意味であると理解できる。

　最後に例示する「虚無」が最も大切な「虚無」である。テレーズがこれ
まで経験してきたものとは全く種類の違う「虚無」で、また非常に複雑な
内容を示す「虚無」である。

〈テレーズは虚無について確信をえていない。ほんとに誰もいないと
いうことについて、テレーズは絶対の確信を持ってはいない。このよ
うな恐怖を感じる自分を、テレーズは憎む。他人をそこへ投げこむこ
とを躊躇しなかったテレーズは、自分が虚無の前に立たされると、突
然、あと足で立ちあがる。自分の卑怯さが、心から彼女に唇をかませ
る！ あの存在が存在するものならば。（一瞬、彼女は、あのうだるよう
な暑さの聖体祭の日の光景を思いうかべた。金らんの長袍の下に押しつぶ
されていたあの孤独な男と、男が両手にささげていたあの品物、もぐもぐ動
いていた唇、それからあの苦しげなようすが、はっきり目にうかんだ）「そ
れ」が存在するものであるからには、すでに手おくれになる前に、罪
の手をはらいのけてくれるべきではないのか、── めしいた、あわれ
な魂が、生のさかいを超えることが、神の意志であるならば、せめて、
愛をもって、この精神的な不具者を、神の手になったこの者を、迎え
てくださることができないだろうか。〉[55]

176

第2章　『テレーズ・デスケルー』

　この中で書かれた「虚無」は大きな意味をもつ。これまでの他の「虚無」と比較してその大切さが際立ち、また、『テレーズ・デスケルー』という小説自体を理解するためのヒントもここに書かれている。特に「あの存在が存在するものならば」や「それ」と訳されているものは、何を表しているのかを我われに考えさせるという点で大きな意味がある。この部分のフランス語の原文を見ると、以下のようになっている。

　〈Thérèse n'est pas assurée du néant. Thérèse n'est pas absolument sûre qu'il n'y ait personne. Thérèse se hait de ressentir une telle terreur. Elle qui n'hésitait pas à y pércipiter autrui, se cabre devant le néant. Que sa lâchté l'humilie ! S'Il existe, cet Être (et elle revoit, en un bref instant, la Fête-Dieu accablante, l'homme solitaire écrasé sous une chape d'or, et cette chose qu'il porte des deux mains, et ces lèvres qui remuent, et cet air de douleur) qu'Il détourne la main criminelle avant que ce ne soit trop tard ; — et si c'est sa volonté qu'une pauvre âme aveugle franchisse le passage, puisse-t-Il, du moins, accueillir avec amour ce monstre, sa créature.〉[56]

　「あの存在が存在するならば」は、原文では S'Il existe, cet Être と表記されており、S'Il の仮定文を導く接続詞の後の大文字の Il が異常に目立つ。そして Être もまた大文字で表され、一般の意味とは全く異なる名詞で書かれている。この Être は、「l'Être suprême 至高の存在、神[57]」であり、また、大文字の Il は神と同格なのだから神を指している。後に2回出てくる Il も、同じ理由で神を指す。

　「あの存在が存在するならば」つまり、神が存在するという確信があれば、テレーズは「虚無」について確信をもてるということを意味している。「虚無」が彼女のすぐそばまで来ているということをこの文は示している。ここでいわれている「虚無」は、s'anéantir（「神の前でおのれを空しくする」）の類語としての néant（「虚無」）を表し、神の前に彼女がひざまずきさえすれば実現する「虚無」である。それが、S'Il の仮定文を導く接続詞を使用している意味である。

　「（神の前で）おのれを空しくする」の寸前の所まで来ているのに、もう一歩を踏み出せずにいるテレーズをここで描く意味はどこにあるのか。その理由は、『テレーズ・デスケルー』の習作として書かれた『神への本能、あ

177

第2部　モーリヤックの小説の二重構造 —— 深層構造における祈り

るいは良心』へと行き着く。『神への本能、あるいは良心』は、上でも見た
が、テレーズは、神父に自分の罪を告解している。

　　〈神父さま、お若い頃から、御自分の苦しみも喜びも物事の外見に依存
　　させるがままにしないことがおできになったあなた。神ではないもの
　　すべてがそこでは消滅する、十字架の聖ヨハネの語るあの暗夜が、御
　　自分のなかで深まりゆくのを感じてらっしゃるあなた。〉[58]

　本来は、『神への本能、あるいは良心』のようにテレーズが「（神の前で）
おのれを空しくする」ことで神父に告解して、『テレーズ・デスケルー』は
完成する構造なのである。神父が神の前で何時もしている「（神の前で）お
のれを空しくする」ことを、テレーズはできない。「（神の前で）おのれを空
しくする」ことを実現できていないという現実が述べられているのが上記
の引用である。しかし、「（神の前で）おのれを空しくする」ことは、テレー
ズにとってぜひ必要なのである。「（神の前で）おのれを空しくする」こと
をテレーズはどのように実現するのか。それを「十字架の聖ヨハネの語る
あの暗夜」とその意味を教義で説いている神父にモーリヤックは求める。
では、「十字架の聖ヨハネの語るあの暗夜」とはどのような教義なのか。そ
れを知るためには、『神への本能、あるいは良心』の中で語っている十字架
の聖ヨハネの『暗夜』を理解する必要がある。そこで以下では、十字架の
聖ヨハネの『暗夜』の教義と、そしてその教義の『テレーズ・デスケルー』
への影響について詳述する。

　十字架の聖ヨハネの『暗夜』には、上で見てきた「（神の前で）おのれを
空しくする」という教義以外にも特徴的な教えがある。それは、他者のた
めに「自分を捨てて十字架をになう」という教義である。十字架の聖ヨハ
ネの『暗夜』の序文を書いたカルメル会司祭チプリアノ・ボンタッキョは
『暗夜』を以下のように総括している。それは、「暗夜」を完結するための
方法として十字架の聖ヨハネが勧める方法で、第1部第2章でも書いたが
もう一度引用する。

　　〈"暗夜" の教説を更に理解するには、福音書の次の言葉に照らすとよ
　　いと思う。すなわち "自分を捨てて十字架をになう" と。福音書のこ
　　の言葉の意味を考えると、"暗夜の道" は "十字架の道" に他ならな
　　いことがわかる。自分を捨てて十字架をになうとは、神のゆえにすべ

178

第2章 『テレーズ・デスケルー』

てを退け、十字架となるものを選ぶというラディカルな要求がこめられている。十字架の聖ヨハネが述べている暗夜の道は、福音のこの言葉に含まれた教えである。

"暗夜" の説教が福音の教えであるならば、もはやそれは、限られた人々（修道者たち）向けのものではない。著者は、改革カルメル会の修道者たちのために書いてはいるが、その内容から見れば、すべてのキリスト者に宛てたものといっても誤りではない。著者が教会博士の称号を贈られたのも、このことからなのである。[59]〉

もちろん、ここで書かれている十字架は、信仰上の（精神的な）十字架であり、物質的な十字架、木を二本組んで作った十字架を表しているのではない。信仰上の十字架とは何か。アビラの聖テレジアの著作を読むことは、信仰上の十字架を知る上で有意義である。アビラの聖テレジアの著作『霊魂の城』で、彼女は「自分を捨てて十字架をになう」ことについて、以下のように言っている。

〈あなたがたは真に霊的であるとはいかなることであるか知っておられるか。それは神の奴隷となることで、神の印である十字架を負うことである。のみならず、神が自ら世を救うために売られなさったとどうように神が私たちを売ることができるように、あますところなく私たちの自由を神に捧げることである。また神がこのように私たちを扱われることは少しも私たちに悪いことをなさるのではなくて、かえって大きな恩恵をくださるのだと信じることである。[60]〉

アビラの聖テレジアがここで「神の印である十字架を負うことである」と言っているのは、象徴としてのキリストの十字架を指す。そこに何も具体的で物質的な十字架は存在しない。信仰上において「十字架を負うこと」とは、何をなすべきであるとアビラの聖テレジアは勧めているのであろうか。聖テレジアは、「自分を捨てて十字架をになう」覚悟を決めた後、修道女はどのような行いをすればよいのかについて書いている。これを見れば、アビラの聖テレジアが目指しているカルメル修道会の活動の方向性がよく理解できる。

〈大罪の状態にある人たちのために祈ることよりも美しい施しものがあろうか。それはつぎのような場合にあなたがたがするであろうもの

179

第2部　モーリヤックの小説の二重構造——深層構造における祈り

よりもずっと美しい。すなわち強い鎖で後手に縛られ杭につながれて
まさに餓死しようとする哀れなキリスト者に会ったと仮定してほし
い。彼には食物がないのではない。彼の側には非常においしいものが
ある。しかし彼はそれを取って口に入れることができない。その上彼
はそうすることがたまらなく厭である。いま彼は死が迫っていること
を感じる。それは自然の死のみではなく、永遠の死なのである。その
ようないま、彼の口に食物を入れてやらず、ただ彼を眺めているだけ
だったら残酷ではないか。だが、もしあなたがたの祈によって彼の鎖
が解かれたならばどうか。考えていただきたい。ああ、神の愛によっ
てあなたがたに懇願する。この悲しむべき状態にある霊魂のことを、
どうか祈の折に思いだしてほしい。[61]〉

　聖テレジアがいう「十字架をになう」とは、具体的には、他者のために
祈ることである。それを聖テレジアはこのように表現しているのである。
「だが、もしあなたがたの祈によって彼の鎖が解かれたならばどうか。考
えていただきたい。ああ、神の愛によってあなたがたに懇願する。この悲
しむべき状態にある霊魂のことを、どうか祈の折に思いだしてほしい。」

　何か新たな行動を起こしなさいと聖テレジアは言っているわけではな
い。祈りという深い宗教的な（精神的な）行動によって、他者に奉仕しなさ
いと勧めているのである。

　では、モーリヤックの『テレーズ・デスケルー』の中で、聖テレジアの
「十字架をになう」という教義はどのように反映されているのだろうか。
『テレーズ・デスケルー』には、そのような聖テレジアの「十字架をになう」
という教えを具現している情景は直接的には登場しない。その理由は、既
述したように『テレーズ・デスケルー』という小説は、表層構造と深層構
造という二つの構造によって構成されているからである。そのため、表層
構造を一読するだけではその中に「十字架をになう」という教えは読み取
れない。モーリヤックは「自分を捨てて十字架をになう」、あるいは、「他
者のために祈る」という主題を、『テレーズ・デスケルー』の深層構造の中
に描くのである。このように重要な部分を深層構造として描くモーリヤッ
クの癖について、プレイヤード版の編者ジャック・プティは以下のように

第2章 『テレーズ・デスケルー』

表現している。

　〈La psychanalyse n'aurait rien à ajouter. Dans ces quelques pages, Mauriac a
découvert la vérité profonde de son personnage. Il la masque, ou la perd, en
écrivant son roman.〉[62]

　〈精神分析的研究を付け加えるには及ばないであろう。モーリヤック
はこれらの数頁では彼の作品の登場人物の深層の真実の覆いをとりあ
らわにした。（普通）彼は、小説を書く際には、それ（登場人物の深層の
真実）を隠して見えなくしたり、故意に人を道に迷わせる表現にする
のである。〉

　モーリヤックとしては例外的なことであるが、『神への本能、あるいは良
心』において、「自分を捨てて十字架をになう」、あるいは、「他者のために
祈る」という主題を、数頁ではあるが、我われの前に開示してくれている
のである。その事象について、ジャック・プティは上記の引用の中で示し
ているのである。

　モーリヤックが示してくれている「登場人物の深層の真実」とは、『神へ
の本能、あるいは良心』の中で、夫を亡き者にしようとするテレーズの犯
罪の動機について明らかにしていることを指している。

　そこで、ここからは、テレーズの毒殺未遂の動機から見えてくる、深層
構造の二つ目の主題である「聖女ロクスト」について考える。毒殺未遂の
動機についてテレーズはこのように神父に告解している。

　〈「いったいあなたは仕合わせではないんですか」と、あなたはお訊ね
になります。残念なことに！　もう一人のピエールがいるのです。夜
のピエール、おわかりですか。―― 司祭だけが、彼が聖なる人なら、い
ま私の言うことを聞くことができます。神父さま、私たち女に近づい
てくる男を、本能が、その男とは似てもつかぬ怪物に変えるのを、ご
ぞんじでいらっしゃいますか。〉[63]

　これがジャック・プティの述べるところの「覆いをとりあらわに」され
た真実である。「登場人物の深層の真実」に近づくと、深層構造が見えてく
る。テレーズの毒殺未遂という犯罪の動機には、昼間の男性と夜の男性の
二面性が原因にあることが分かる。夜の男性をテレーズは嫌悪するのであ
る。男性嫌悪について、藤井史郎は以下のように表現している。

181

第2部　モーリヤックの小説の二重構造 ── 深層構造における祈り

〈テーマについても違いが認められる。『テレーズ』においては、毒殺女のテーマとともに、家族精神のテーマが見られる（『テレーズ・デスケルー』解題参照）が、『神への本能』においては、これら両者のテーマは明確に現われてはいず、夫を殺害しようという気持が芽ばえたことが告解の背景としてほのめかされているだけである。これとは逆に夫を亡きものにしようという気持になった動機は『テレーズ』とは異なり明確である。すなわち性的関係に対する恐れである。夫の欲望に嫌悪を感じるあまり夫を殺そうという気持にまでさせられるこの純潔を願う妻は、夫を亡きものにすることによって、夫を悪から解放し《救える》とまで考える。一方『テレーズ』においては、性的嫌悪は夫毒殺の動機を正当化するほど強烈なものではない。[64]〉

　藤井がテレーズの夫毒殺の動機として書いている「純潔を願う妻は、夫を亡きものにすることによって、夫を悪から解放し《救える》とまで考える」という部分が、ジャック・プティが「登場人物の深層の真実」と書いている箇所である。プレイヤード版の『神への本能、あるいは良心』の「解説」の中でジャック・プティは、モーリヤックが「登場人物の深層の真実」を明確に解説しているのは、作品の最後の数頁に集中していることを指摘し、以下のように述べている。

〈il n'y vois plus, comme dans cette ébauche, la justification du crime : Pierre — il porte alors ce nom — apparaît comme un « assasin ». Thérèse cède « à la tentation de l'anéantir et au désir de le sauver ».[65]〉

〈この草稿（『神への本能、あるいは良心』）の中には、（毒殺という）罪についての弁明がもはや見られない。彼は、この小説ではピエールという名だが、「殺人者」のような姿で（彼女の前に）現れるのである。テレーズは彼を「（神の前で）へりくだらせたい、そしてまた、彼の（霊魂を）救済したいという誘惑」に負けるのである。〉

　この中でジャック・プティが指摘しているのは『神への本能、あるいは良心』の以下の部分である。

〈彼、この親愛なる熊男は、私にたいしてじつに従順でじつに臆病でしたので、彼が闇を必要とするあの残忍な獣と同じ人だとは、私には信じがたいことでした。彼が、想像を絶する、辛抱強い、際限のない、

夜の発明を、敬虔この上もない心づかいによって私に忘れさせること
ができるには、まるで昼が短かすぎるように思えました。犠牲者をあ
われむ殺人者は、彼女をなぐさめ力づけるが、ふいに、夕方になると、
ふたたび彼女をつかみとる……。ああ！ あの日、彼が私に与えたも
のを彼に返したにすぎないなら。あの日、彼を無きものにしたい誘惑
と彼を救いたい欲求とにかわるがわる屈しながら……〉[66]

　この「彼を無きものにしたい誘惑と彼の（霊魂を）救いたい欲求」の部分
が重要であるとジャック・プティは述べているのである。「（神の前で）へ
りくだらせる」という表現は、上ですでに見てきた（172頁）「（神の前で）お
のれを空しくする」と関連している。その部分を引用すると、以下のよう
になる。

　　〈神ではないものすべてがそこでは消滅する、十字架の聖ヨハネの語
　　るあの暗夜が、御自分のなかで深まりゆくのを感じてらっしゃるあな
　　た。〉[67]

　　〈qui sentez épaissir en vous cette nuit obscure dont parle saint Jean de la
　　Croix, et où s'anéantit tout ce qui n'est pas Dieu,〉[68]

　ここで重要なのは、この s'anéantit「（神の前で）おのれを空しくする」と
同じ動詞が、『神への本能、あるいは良心』の中の同じ頁で、今度は他動詞
として用いられているということである。そのような近接した位置に似た
意味をもつ代名動詞 s'anéantir と他動詞 l'anéantir を配置したということか
らは、注意を促すモーリヤックの意図が読み取れる。それは、上で見てき
た、ピエールの「（霊魂を）救済するため」に毒殺犯の汚名を敢えて忍ぶと
いう思いをテレーズが語る部分である。

　　〈Ah ! si je n'ai fait que lui rendre ce qu'il m'avait donné, ce jour où cédant
　　tour à tour à la tentation de l'anéantir et au désir de le sauver...〉[69]

　　〈ああ！ あの日、彼が私に与えたものを彼に返したにすぎないなら。
　　あの日、彼を無きものにしたい誘惑と彼を救いたい欲求とにかわるが
　　わる屈しながら……。〉[70]

　この l'anéantir で書かれている部分は大切である。高橋は「彼を無きも
のにしたい誘惑」と訳しているが、そう訳すと、意味が理解できなくなる
可能性がある。ピエールを「無きものにしたい誘惑」と彼を「救いたい欲

183

第2部　モーリヤックの小説の二重構造 —— 深層構造における祈り

求」の間で心が揺れているテレーズの存在がここで描かれていることになる。そのまま翻訳を読むと、ピエールの生殺与奪の権利を自分がもっていることを誇るテレーズのように見えてしまう。これは、l'anéantir を「無きものにする」と訳すことによって生じる問題である。

　モーリヤックが、この部分については、l'anéantir と書く前に、草稿では別の表現をしていたが、決定稿でこの l'anéantir とした経緯について、ジャック・プティは『モーリヤック全集』で以下のように書いている。

　　〈à tour〔au désir de le délivrer *biffé*〕à la tentation de l'anéantir *ms.*〉[71]

「草稿では au désir de le délivrer と書いていたが、抹消して、à la tentation de l'anéantir を決定稿では使用した」とジャック・プティは書いている。au désir de le délivrer は、「彼を自由の身にする欲求」という意味になり、「無きものにする（殺す）」とはかなり違う。à la tentation de l'anéantir を、「彼を自由の身にする欲求」に近い意味とするため、モーリヤックは単語を変更したと考えるのが正しいであろう。すると、anéantir は、「無に帰せしめる、〔比喩的〕無（無価値なもの）と見なす」より、「（神などの前に）へりくだらせる[72]」の意味の方がふさわしいように思われる。全体の訳は、「彼を（神などの前に）へりくだらせる誘惑や、そして、彼の（霊魂）を救済したいという欲求にかわるがわる屈しながら」となる。テレーズがこの二つの選択肢のうちどちらを選択しても、ピエールの側にとっては、信仰という視点で見ると、テレーズからの良い贈物を受けることになる。

　このように、le délivrer を l'anéantir に変更した理由は、上で引用した代名動詞との比較として配置することで、読者の注意を喚起したのであろうと思われる。代名動詞は「（神の前で）おのれを空しくする」という意味で、また他動詞は「（神などの前に）へりくだらせる」という意味で書いている。二つの動詞に共通するのは、「（神の前で）おのれを空しくする」ことが大切であるということを我われに見せることである。ピエールを「（神などの前に）へりくだらせる誘惑や、そして、彼の（霊魂）を救済したいという欲求にかわるがわる屈しながら」テレーズは、毒殺犯としての汚名を耐え忍び、彼の「霊魂の救済」のために「自分を捨てて十字架をになう」のである。このような生き方をテレーズにさせるモーリヤックの意図は、聖テレジアや十字架の聖ヨハネの教義に従う以外に人間の生きる道はないということ

184

第2章　『テレーズ・デスケルー』

を我われに示すためである。

このように、「（神などの前に）へりくだらせる誘惑や、そして、彼の（霊魂）を救済したいという欲求にかわるがわる屈しながら」と訳される、このどちらもがカトリックの教義の中では重要な意味をもつ。そこには、ピエールの魂を救いたいと希求するテレーズの切なる望みがある。

次に重要なのは、この中にある「この親愛なる熊男」という表現である。「この親愛なる熊男」という表現は、他の箇所では、その相手の名前がピエールではなくて、イポリットという愛称に置き換わって使われている。その部分は二箇所ある。

　　〈あの休暇のときのピエール、あまり洗練されていないイポリットは、
　　若い娘たちのことは気にかけていないのでした。荒地で手荒くあつか
　　う野兎たちのことを気にかけていたのでした。ラシーヌのイポリット
　　でさえありません。なぜって、どんなアリシーも、まだ彼の心をうご
　　かすことができなかったのですから。ギリシア風の青年であり、猟の
　　女神ディアーナにささげられた、童貞の若者でありました。[73]〉
　　〈私の悲しいイポリットはアドニスたるべく無駄な努力をしていたの
　　でした。[74]〉

ここでイポリットと並べてアドニスと書かれている部分は、アドニスのようにイポリットも美少年であると言いたかっただけである。以上の二つの引用に共通するイポリットとは何か。この部分に、「登場人物の深層の真実」とジャック・プティが呼んでいる深層構造の部分が隠されている。

『神への本能、あるいは良心』でテレーズがイポリットと愛称で呼びかける相手は、テレーズの夫であるピエール（『テレーズ・デスケルー』では夫の名はベルナールになっているが）を指す。一方、我われがフランス古典主義悲劇で馴染んでいるイポリットは、先述したようにラシーヌの『フェードル』の登場人物である。モーリヤックは、イポリットという愛称をピエール（ベルナール）に与えることで、我われが混乱するのを楽しんでいる。

なぜなら、ラシーヌの『フェードル』ではイポリットという登場人物は、主人公フェードルの義理の息子という設定である。しかるに、『神への本能、あるいは良心』でテレーズがイポリットと愛称で呼びかける相手は、テレーズの夫のピエールである。なぜ夫を義理の息子の名前であるイポリ

185

第2部　モーリヤックの小説の二重構造 —— 深層構造における祈り

ットという名でテレーズは呼ぶのか。

　ラシーヌの『フェードル』では、義理の息子イポリットへの横恋慕が悲劇の主題であり、イポリットに邪恋をしかけるフェードルは、そのために宗教上の罪を受け、罰せられる対象となったのである。しかし、この『神への本能、あるいは良心』でのテレーズは、ラシーヌの『フェードル』でイポリットに横恋慕する義理の母親フェードルではなく、イポリットの愛称で呼ばれるピエールの妻なのである。

　テレーズの夫のピエールは、フェードルの夫であるテゼの役とフェードルの義理の息子であるイポリットの役という一人二役を『神への本能、あるいは良心』では、になっているのである。テゼとイポリットという父子の役割を一人の役者が演じる不自然さがここにはある。

　このモーリヤックによって仕組まれた不自然さを解消するには、我われの側が意識を変える必要がある。『神への本能、あるいは良心』で登場するイポリットは、ラシーヌの悲劇『フェードル』とは何の関係もない、単にギリシア神話の若者の名前でしかない、と考えればこの不自然さは解消される。ギリシア神話（悲劇）のイポリットは、このような人物である。

　《ヒッポリュトス》エウリーピデースの前428年上演の作。

　　女人を絶ち、処女の女神アルテミスと神秘の共感の恍惚裡に生きる清浄な若い公子ヒッポリュトスは、恋と愛欲の女神アプロディーテーの怒りをかう。劈頭に女神が現われてこの侮辱に対する報復の企てを述べる。劇はその通りに進行する。アルテミスへの捧物に花冠をもたらすヒッポリュトスに従者の一人が愛の神をないがしろにせぬよういましめるが、公子はその言葉に一顧だにあたえない。[75]〉

　このギリシア神話で述べられているヒッポリュトスの性質をもつ人物が『神への本能、あるいは良心』でイポリットという愛称で呼ばれる人物なのである。「恋と愛欲の女神アプロディーテー」に見向きもせず、「女人を絶ち、処女の女神アルテミスと神秘の共感の恍惚裡に生きる清浄な若い公子」がイポリットなのである。

　「女人を絶ち、処女の女神アルテミスと神秘の共感の恍惚裡に生きる清浄な若い公子」、イポリットこそが、『神への本能、あるいは良心』の中でテレーズにイポリットという愛称で呼ばれたピエールなのである。

186

第 2 章　『テレーズ・デスケルー』

　では、夫のピエールは、自己同一性（アイデンティティ）を確立している
のであろうか。その反対である。『神への本能、あるいは良心』の中では、
夫であるピエールは、その特質が二極化するのである。「純粋性」にだけに
向かって生きるギリシア神話のイポリットのような理想とする夫がその第
一の極にいる。もう一つの極は、夜には獣に堕ちる現実の夫ピエールであ
る。このように二極分離したピエールという存在がテレーズの目の前にい
るのである。
　「純粋性をもつギリシア神話のイポリット」として生きる側のピエール
だけが存在して欲しいとテレーズは願望する。獣性部分を夜に発揮するピ
エールには消滅して欲しいとテレーズは望むのである。
　では、「純粋性をもつイポリット」のままのピエールを維持して欲しいと
希求するテレーズにはどのような選択肢があるのか。二極化している夫の
ピエールの魂の中で、「純粋性」の部分だけを維持し続けるために、「獣の
部分」のピエールを、毒殺によって無くすることが最もよい方法である。
イポリットとしての夫の魂の「純粋性」を救うために獣性部分の夫を毒殺
するという奇妙なメカニズムがここに生まれる。この「魂の純粋性を救う
ための毒殺」というテレーズの思考構造について、ジャック・プティは上
で引用した部分の直後で、以下のようにその論理を説明している。

　　〈Thérèse cède « à la tentation de l'anéantir et au désir de le sauver ». Étrange
　　obsession de la pureté qui donnait au meurtre une valeur purificatrice. En
　　tuant Pierre, la jeune femme ne se défendait pas seulement, elle le libérait du
　　« mal ».〉[76]

　　〈テレーズは彼を「（神の前で）へりくだらせたい、そしてまた、彼の
　　（霊魂を）救済したいという誘惑」に負けるのである。純粋性に対する
　　異常な偏執状態で、この純粋性が殺人に対して浄化としての価値を付
　　与したのである。ピエールを亡き者にすることで、若妻は単に自分の
　　身を守っただけでなく、彼女は悪（罪）から彼を解放したのである。〉
　この引用と同じ趣旨であるが、ジャック・プティは表現を変えて、以下
のようにテレーズによる夫を毒殺しようとする意図を説明している。

　　〈 Thérèse est dans le roman, une femme déçue qui se venge — sur Anne et
　　sur Bernard — plutôt que ce monstre de pureté qui voulait tuer son mari pour

第2部　モーリヤックの小説の二重構造 ── 深層構造における祈り

le « sauver ».[77]

〈テレーズは、小説の中でアヌやベルナールに復讐している、失望した
若妻であるというよりか、むしろ、この無垢を求める怪物は彼の（霊
魂を）「救済する」ために自分の夫を亡き者にすることを望むのであ
る。〉

　このようにジャック・プティは、『神への本能、あるいは良心』の中では、
「（霊魂を）『救済する』ために自分の夫を亡き者にする」ということが主題
の一つを成していることを何度も強調している。これがジャック・プティ
がいうところの「登場人物の深層の真実」であり、またテレーズの「秘密」
である。

　しかし、『神への本能、あるいは良心』は、『テレーズ・デスケルー』の
前に書かれた習作にしかすぎない。『テレーズ・デスケルー』では、このよ
うな「（霊魂を）『救済する』ために自分の夫を亡き者にする」という『神へ
の本能、あるいは良心』での図式は消失しているのではないかと一般には
思われる。藤井史郎の上で見た「解説」もそのような意味で書かれている。

〈夫の欲望に嫌悪を感じるあまり夫を殺そうという気持にまでさせら
れるこの純潔を願う妻は、夫を亡きものにすることによって、夫を悪
から解放し《救える》とまで考える。一方『テレーズ』においては、
性的嫌悪は夫毒殺の動機を正当化するほど強烈なものではない。[78]〉

　上記の引用の説明を見ると、『神への本能、あるいは良心』の主題は「夫
を亡きものにすることによって、夫を悪から解放し《救える》とまで考え
る」ことにあることになる。そして『テレーズ・デスケルー』の主題は、
「性的嫌悪は夫毒殺の動機を正当化するほど強烈なものではない」という
ことになる。そうなると、草稿と本編の『テレーズ・デスケルー』の間で
は、主題が持続しているという可能性はないように見える。しかし、両作
品の間に主題の継続性はないと考えると、意味が通じない部分が『テレー
ズ・デスケルー』には出てくる。それは、草稿である『神への本能、ある
いは良心』においてだけでなく『テレーズ・デスケルー』においても、テ
レーズは夫のベルナールのことをイポリットの名で呼ぶという事実であ
る。なぜ『テレーズ・デスケルー』でもベルナールはイポリットという愛
称で呼ばれるのか。

188

〈若者として、彼は決してそんなに醜いほうではなかった。このでき
そこないのイポリットは、──若い娘よりは、ランドに追いつめる兎(うさぎ)
のほうに、よけい気をとられている若者は……〉[79]

〈Adolescent, il n'etait point si laid, cet Hyppolyte mal léché — moins curieux
des jeunes filles que du lièvre qu'il forçait dans la lande...〉[80]

上記のこの引用とほとんど同じ文が『神への本能、あるいは良心』にも
存在している。そこでは、イポリットに関する表現は以下のようになって
いる。

〈Le Pierre de ces vacances-là, Hyppolyte mal léché ne s'inquiétait pas des
jeunes filles, mais des lièvres qu'il forçait dans la lande.〉[81]

〈あの休暇のときのピエール、あまり洗練されていないイポリットは、
若い娘たちのことは気にかけていないのでした。荒地で手荒くあつか
う野兎たちのことを気にかけていたのでした。〉[82]

ほとんど同じ表現でモーリヤックは、夫であるベルナールを呼ぶ時のテ
レーズの呼びかけの名としてイポリットという愛称を使用しているのであ
る。この表現を見る限り、『テレーズ・デスケルー』は『神への本能、ある
いは良心』の続編であり、また両者の間には密接な繋がりがあるというこ
とを示すために、モーリヤックは意図的に似せた表現を書いたとしか考え
られない。そのモーリヤックの意図とは何なのか。その答えは、一つしか
ない。それは、『神への本能、あるいは良心』でのテレーズの、「無垢を求
める怪物は彼の（霊魂を）救済するために自分の夫を亡き者にすることを
望むのである」という主題が、『テレーズ・デスケルー』でも継続している
ということを示すためである。このようなモーリヤックの意図を象徴する
表現が『テレーズ・デスケルー』の「緒言」に存在する。この「緒言」の
存在は見落とされがちであるが、『テレーズ・デスケルー』という小説を理
解する上では大切な表現である。

〈テレーズよ、苦悩がお前を神に引き渡すことを、私はどんなにか願っ
たことだろう。長いあいだ、私は、お前が聖女ロクストの名で呼ばれ
るにふさわしくなるように望んだのだった。しかし、もしそうなった
とすれば、多数の人々が、瀆聖沙汰(とくせいざた)であると叫びたてたことであろう。
とはいえ、その人々も、なやめるわれらの魂の堕罪と罪のあがないと

第2部　モーリヤックの小説の二重構造 —— 深層構造における祈り

を信じている人々なのである。[83]〉

〈J'aurais voulu que la douleur, Thérèse, te livre à Dieu ; et j'ai longtemps désiré que tu fusses digne du nom de sainte Locuste. Mais plusieurs qui pourtant croient à la chute et au rachat de nos âmes tourmentées, eussent crié au sacrilège.[84]〉

この中で出てくる「長いあいだ、私は、お前が聖女ロクストの名で呼ばれるにふさわしくなるように望んだのだった。 j'ai longtemps désiré que tu fusses digne du nom de sainte Locuste」が重要な部分である。ロクストの名は、『モーリヤック著作集』第2巻の『テレーズ・デスケルー』（遠藤周作訳）訳註でこのように書かれている。

〈古代ローマの女性。皇帝ネロ及びその母小アグリッピナに仕え、毒殺係としてクラウディウス帝及びその子ブリタニクスを殺害した。後、ガルバ帝治下に死刑となる。[85]〉

モーリヤックは、ロクストの名をラシーヌの悲劇『ブリタニキュス』を介して知ったのだと思われるが、それについての経緯はどこにも書かれていない。ラシーヌの『ブリタニキュス』ではロクストは、第4幕第4場に登場する名前である。その中でロクストについては、以下のように語られる。

〈ナルシス　陛下。ご殺害のこと当然と存じまして、手はずはすべてととのえてございます。毒も用意いたしました。あの有名なロークスタが私のため、とくに念を入れてくれました。目の前で奴隷を一人、殺して見せてもくれました。あれの手から受け取ったこの新しい毒の、人の命を絶つその素早さは、剣とてかないません。

ネロン　ナルシス、もういい。厄介をかけた。だが、それ以上はもう無用と思ってくれ。[86]〉

モーリヤックは、上で見てきたように、『神への本能、あるいは良心』や『テレーズ・デスケルー』ではイポリットという愛称をテレーズに何度も呼ばせている。しかし、モーリヤックはベルナールのことをブリタニキュスという愛称でテレーズに呼ばせることはない。テレーズとブリタニキュスの間には何の繋がりもないのである。では、『テレーズ・デスケルー』の中で、ブリタニキュスは何の役割を果たしているのか。何も役割を果たして

190

第2章 『テレーズ・デスケルー』

いない、というのが答えである。夫を毒殺する女であるテレーズと同じ毒殺役という役割をする女をギリシア悲劇やギリシア神話の中にモーリヤックは求めていた。その時、昔よく読んだラシーヌの戯曲『ブリタニキュス』の中に、ブリタニキュスを毒殺する係の女がいたのにモーリヤックは気づいたと思われる。それが毒薬係のロクストであった。本来は、イポリットという名をテレーズが何度も呼んでいるので、ラシーヌの『フェードル』のフェードルがふさわしい役回りであるが、彼女は、劇の中では、自分が持参した毒薬を飲んで自死するので、イポリット（ベルナール）に毒物を飲ませる役としてはふさわしくないのである。フェードルの自殺の情景はラシーヌの『フェードル』ではこのように描かれる。

　　〈わたしは魔法使いメデーイアがアテナイへ持ってきました毒薬をとり、燃える血管のなかへ注ぎました。もはや心臓までとどいたその毒は、絶え入ろうとするこの胸についぞ知らぬ冷たさを投げています。[87]〉

　劇の中で毒薬を使って自死するフェードルには、イポリットを毒殺することはできないのである。また、イポリットは毒薬で死ぬのではなく、海神ネプトゥーヌスが遣わした怪物のために落命するのである。そのような事情であるので、モーリヤックは、ラシーヌの『フェードル』を使わず、『ブリタニキュス』の毒薬係であるロクストを使ったのであろう。

　ロクストは、以上で見てきたように、ラシーヌの悲劇『ブリタニキュス』の中でも重要な役をになう人物ではない。また、毒薬を使って人を殺害することを専門にする卑しい身分の女である。それなのに、モーリヤックは、「緒言」でロクストを「聖女ロクスト」と呼ぶのである。「お前が聖女ロクストの名で呼ばれる」ことに対して、人びとはそれが「瀆聖沙汰であると叫びたてる」ことの不自然さがこの「緒言」にはある。では、そのような不自然さに抗してまで、モーリヤックはなぜ「聖女ロクスト」という表現を使うのであろうか。それは、テレーズの「無垢を求める怪物は彼の（霊魂を）救済するために自分の夫を亡き者にすることを望むのである」という主題と深く関わっている。ベルナールの「純粋性」を守り、彼の「（霊魂を）救済するために彼を亡き者にする」という行為は、この「聖女ロクスト」という呼び名の不自然さと呼応している。無垢を求める

191

第2部　モーリヤックの小説の二重構造 ── 深層構造における祈り

怪物であるテレーズは、ベルナールの（霊魂を）救済するために、あえて毒殺犯の汚名を着ることに耐えるのである。テレーズにとっては、ベルナールの「（霊魂を）救済するため」ということの価値の方が、毒殺をしようとした妻として断罪されるより遥かに大きな価値をもつのである。ここにおいて毒殺というマイナスの価値しかもたないものが、他者の「霊魂の救済」というキリスト教の世界で最も大切なプラスの価値へと変化するのである。十字架の聖ヨハネの教義を借りて説明すると、ベルナールの「霊魂の救済」のためにテレーズが毒殺しようとすることは、「自分を捨てて十字架をになう」ことと同じ結果となるのである。

　世間の常識では毒殺未遂というその行為は、毒殺犯の起こした刑法上の罪にしか見えない。なぜなら、世間は理性という「人間中心的」視点でしかものを見ないからである。しかし毒殺は「神中心的」な視点からすると、ベルナールの「霊魂の救済」の役割をする。毒殺は、一般の常識に反して、それをベルナールのために実行することによって、テレーズにとっては「自分を捨てて十字架をになう」ことに他ならぬ行為となるのである。

　そのような視点で見ると、カルメル修道会の聖テレジアが修道女にその実践を勧めてきた活動と、毒殺というテレーズのそれとの間にどれほどの差異が見られるであろうか。むしろ、ベルナールの「霊魂の救済」のために「自分を捨てて十字架をになう」ことを実践したテレーズの行動は賞賛されるべきものであるようにモーリヤックには見えるのである。それで、モーリヤックは、テレーズを「お前が聖女ロクストの名で呼ばれるにふさわしくなるように望んだのだった」と書くのである。しかし、このようなモーリヤックの主張は、世間の人びとには理解できない。人間は理性という「人間中心的」な視点でしかものを見ないからである。彼らは、自身の「人間中心的」な理性の判断に従ってそれを「瀆聖沙汰であると叫びたてる」が、「神中心的」な理念に生きるモーリヤックにとっては、テレーズの行いは、「聖女ロクスト」と呼ぶに値するのである。

　ジャック・プティが「ロクスト」について、彼が編纂した『モーリヤック全集』の注釈で、sainte Locuste の意味をこのように説明している。

　〈Nom de l'empoisonneuse qui prépara pour Néron le poison déstiné à Britannicus ; dans le premier manuscrit, Mauriac donne ce « sous-titre » à son

192

第2章 『テレーズ・デスケルー』

roman, ce qui traduit l'intention évidente à cet instant de « sauver » Thérèse.[88]〉

〈毒盛女の名前で、彼女はネロのためにブリタニキュス用に調合した毒薬を準備した。最初の自筆原稿では、モーリヤックは彼の小説の「副題」としてこの「聖女ロクスト」をあてていた。このことは、その時にはモーリヤックはテレーズの「（霊魂を）救済する」という明確な意図をもっていたということを表している。〉

　モーリヤックは、早い時期から、テレーズの魂は救済されるべきものだと信じていたということをこの引用は表している。しかし、テレーズの魂が本当に救われ、「聖女ロクスト」となるのはいつなのかは、モーリヤックは示していない。

　以上で、テレーズは聖女ロクストになり、ベルナールの霊魂を救済するために「自分を捨てて十字架をになう」ようにという神の教えを実践したのであると書いてきた。しかし、「自分を捨てて十字架をになう」ことは、本来は、善き行いについて使われる教えであるはずなのに、『テレーズ・デスケルー』では、毒殺未遂という犯罪が「自分を捨てて十字架をになう」行為となる。つまり、モーリヤックの理論によると、テレーズのように罪を犯すことが「自分を捨てて十字架をになう」行為に当たり、聖女として評価される。善き行いとキリスト教の罪の評価が逆転する。善き行いと罪のこの逆転現象について理解するためには、キリスト教の根本である聖書に戻らざるをえない。

　キリスト教では、正しい行いをする存在として神が人間を創造したのかが最大の疑問である。正しい行いをするためだけに人間を創造することも可能であった神が、なぜ人間に罪を犯させるようにしむけたのかという問題である。つまり、原罪はなぜ存在するのかという疑問である。モーリヤックはこれらの疑問に答えるためにテレーズの毒殺未遂という犯罪を『テレーズ・デスケルー』で描いたと思われる。

　これら罪の問題はもう一度考え直さなければならない。人類の罪の意味については、この章の前半でも言及したが、モーリヤックは以下のように

193

第2部　モーリヤックの小説の二重構造 —— 深層構造における祈り

述べている。

　〈しかし、罪に陥ることは、キリスト教から脱出することにはならない。
　その結果はおそらくさらに恐るべき絆で、キリスト教に結びつけられ
　ることになるだろう。肉欲に敗けること、疑いを大きくすること、あ
　らゆる思想について疑いを強めること、偶像を礼拝すること、それは
　キリスト教徒にとってキリスト教世界から脱出することにはならない
　のだ。というのは、ペギーが書いたように、「罪人はキリスト教世界に
　属している。罪人はこの上なく優れた祈りをすることが出来る……。
　罪人はキリスト教世界の機構にとって必要な部分であり、必要な一片
　である。罪人はキリスト教世界の核心に位置している……。罪人と聖
　人は、同じくらい必要な二つの部分であり、同じくらいキリスト教世
　界の機構に必要な二片である、ということが出来る。罪人と聖人は、
　それぞれが共に同じくらい必要不可欠な二片であり、互いに補い合う
　二片なのである。両者はキリスト教世界という機構、この唯一無二の
　機構にとって相互補完的な二片であり、両者は代置し合うことができ
　ないと共に代置し合える面をも持っているのだ……」〉[89]

　我われは、「罪人と聖人は、それぞれが共に同じくらい必要不可欠な二片
である」という表現を読むと、違和感を覚える。しかし、ここでモーリヤ
ックが書いているように、キリスト教にとっては、罪人は必要不可欠な存
在なのである。人間の罪を地上から撲滅することをキリスト教は目指して
いるのではない。罪の意識のない世界は、キリスト教の世界ではない。キ
リストはなぜ磔刑になり、十字架上で死ぬのか。それは、人類の罪を贖う
ためである。罪の意識を失った現代人は、キリスト教も失うのである。そ
のことを、シャルル・ペギーを引用しつつモーリヤックは我われの意識の
中に書きこむのである。失われた罪の意識を人びとが取り戻すことが、フ
ランス人のキリスト教信仰の回復に役立つとモーリヤックは述べているの
である。モーリヤックが引用したシャルル・ペギーもこう言っている。

　〈現代のあるものは断固たる不信者となって、地獄を受け入れないた
　めにカトリック信仰を捨てた。現代、苦しみの永遠性にもとづく信仰
　が、大部分のまじめなカトリック信者にとって最も重大な棄教の原因
　となっていることは全く確かなことである。多くのまじめなカトリッ

194

第 2 章 『テレーズ・デスケルー』

ク信者は、地獄を抹消したいという欲求、抑えがたい欲求を経験した。かれらはまず、かれらの魂の中で抹消することから始めた。（中略）非常に多くの青年たち、まじめな青年たちがカトリック信仰を放棄したのは、第一に、特に、何よりも、かれらが地獄の存在と継続とを容認しなかったからである。[90]〉

「苦しみの永遠性にもとづく信仰が、大部分のまじめなカトリック信者にとって最も重大な棄教の原因」とペギーは指摘している。まるでこのペギーの指摘に呼応しているがごとく、罪を犯すことによって地獄の苦しみを背負う主人公テレーズをモーリヤックは作りだしているのである。ベルナールの霊魂を救済するために「自分を捨てて十字架をにない」それによって生じた罪（毒殺未遂の罪）の汚名を甘んじて受けるテレーズは、ペギーが上の引用で述べているような棄教を防ぐための方法を小説の中で実践した崇高な人物であるといえる。

註

1） 『フランス文学史』饗庭孝男他編、白水社、1979 年、271 頁。

2） モーリヤック『小説論』、『小説家と作中人物』川口篤訳、ダヴィッド社、昭和 51 年、36-37 頁。

3） 同上、29 頁。

4） 同上、29 頁。

5） 同上、31 頁。

6） 同上、32 頁。

7） 新庄嘉章「解説」、『法王庁の抜穴』、『ジッド』第 1 巻、新潮社、1970 年、757 頁。

8） 同上、758 頁。

9） アンドレ・ジッド『法王庁の抜穴』生島遼一訳、『ジッド』第 1 巻、同上、681 頁。

10） Andé Gide, *Les Caves du Vatican*, *Romans*, Gallimard, bibliothèque de la pléiade, 1958, p.816.

11） 『仏和大辞典』伊吹武彦他編、白水社、1981 年、768 頁。

12） アンドレ・ジッド『法王庁の抜穴』生島遼一訳、前掲、692 頁。

13） 同上、696 頁。

14） モーリヤック『テレーズ・デスケイルゥ』杉捷夫訳、新潮社、昭和 52 年、

195

第2部　モーリヤックの小説の二重構造 —— 深層構造における祈り

160 頁。

15)　同上、159-161 頁。

16)　同上、161-162 頁。

17)　同上、163 頁。

18)　同上、163 頁。

19)　同上、166 頁。

20)　アンドレ・ジッド『法王庁の抜穴』生島遼一訳、前掲、692 頁。

21)　モーリヤック『小説家と作中人物』川口篤訳、前掲、63 頁。

22)　アンドレ・ジッド『法王庁の抜穴』生島遼一訳、前掲、692 頁。

23)　モーリヤック『テレーズ・デスケイルゥ』杉捷夫訳、前掲、20-21 頁。

24)　モーリヤック『神とマンモン』岩瀬孝訳、『モーリヤック著作集』第 4 巻、春秋社、1984 年、331 頁。

25)　ドストエフスキー『箴言と省察』小沼文彦編訳、教文館、1985 年、126 頁。

26)　同上、117 頁。

27)　モーリヤック『神とマンモン』岩瀬孝訳、前掲、361-362 頁。

28)　同上、362 頁。

29)　『フランス文学史』饗庭孝男他編、前掲、271 頁。

30)　モーリヤック『テレーズ・デスケイルゥ』杉捷夫訳、前掲、20 頁。

31)　Mauriac, *Thérèse Desqueyroux, Œuvres romanesques et théâtrales complètes*, tomeII, Gallimard, bibliothèque de la pléiade, 1979, p.26.

32)　『仏和大辞典』伊吹武彦他編、前掲、642 頁。

33)　Andé Gide, *Les Caves du Vatican*, *op. cit.*, p.829.

34)　アンドレ・ジッド『法王庁の抜穴』生島遼一訳、前掲、681 頁。

35)　『仏和大辞典』伊吹武彦他編、前掲、1795 頁。

36)　Jean Lacouture, *François Mauriac* 1, Seuil, 1980, p.306.

37)　渡辺守章「解説」、ラシーヌ『フェードル　アンドロマック』、岩波書店、1993 年、386 頁。

38)　『フランス文学史』饗庭孝男他編、前掲、271 頁。

39)　モーリヤック『小説論』、『小説家と作中人物』川口篤訳、前掲、11 頁。

40)　同上、36-37 頁。

41)　ランソン、テュフロ『フランス文學史』I、有永弘人他訳、中央公論社、昭和 51 年、268 頁。

42)　Jacques Petit, *"Notice"*, Mauriac, *Conscience, instinct divin, Œuvres romanesques et théâtrales complètes*, tomeII, Gallimard, bibliothèque de la pléiade, 1979, p.911.

第 2 章 『テレーズ・デスケルー』

43) モーリヤック『テレーズ・デスケイルゥ』杉捷夫訳、前掲、6 頁。

44) モーリヤック『神への本能、あるいは良心』高橋たか子訳、『モーリヤック著作集』第 2 巻、1983 年、春秋社、13 頁。

45) 『現代フランス語辞典』第 2 版、1999 年、白水社、62 頁。

46) 高橋たか子「解説」、『テレーズ・デスケルー』、『モーリヤック著作集』第 2 巻、1983 年、春秋社、381-382 頁。

47) 十字架の聖ヨハネ『暗夜』山口女子カルメル会改訳、ドン・ボスコ社、2015 年、98 頁。

48) 同上、156 頁。

49) 同上、254 頁。

50) モーリヤック『テレーズ・デスケイルゥ』杉捷夫訳、前掲、40 頁。

51) Mauriac, *Thérèse Desqueyroux, op. cit.*, p.37.

52) モーリヤック『テレーズ・デスケイルゥ』杉捷夫訳、前掲、101-102 頁。

53) 同上、111 頁。

54) Mauriac, *Thérèse Desqueyroux, op. cit.*, p.75.

55) モーリヤック『テレーズ・デスケイルゥ』杉捷夫訳、前掲、129 頁。

56) Mauriac, *Thérèse Desqueyroux, op. cit.*, p.84-85.

57) 『現代フランス語辞典』第 2 版、中條屋進他編、白水社、1999 年、613 頁。

58) モーリヤック『神への本能、あるいは良心』高橋たか子訳、前掲、13 頁。

59) チプリアノ・ボンタッキョ「序文」、十字架の聖ヨハネ『暗夜』山口女子カルメル会改訳、ドン・ボスコ社、2015 年、4-5 頁。「自分を捨てて十字架をになう」は新約聖書の言葉である。『マタイによる福音書』ではこのように表現されている。
〈それからイエスは弟子たちに言われた。「だれでもわたしについてきたいと思うなら、自分を捨て、自分の十字架を負うて、わたしに従ってきなさい。」〉（『マタイによる福音書』第 16 章 24 節）

60) テレジア『霊魂の城』田村武子訳、中央出版社、昭和 34 年、287 頁。

61) 同上、255-256 頁。

62) Jacques Petit, "*Notice*", Mauriac, *Thérèse Desqueyroux, op.cit.*, p.918.

63) モーリヤック『神への本能、あるいは良心』高橋たか子訳、前掲、7 頁。

64) 藤井史郎「解題」、『神への本能、あるいは良心』、同上、354-355 頁。

65) Jacques Petit, "*Notice*", Mauriac, *Conscience, instinct divin, op. cit.*, p.912.

66) モーリヤック『神への本能、あるいは良心』高橋たか子訳、前掲、13-14 頁。

67) 同上、13 頁。

68) Mauriac, *Conscience, instinct divin, Œuvres romanesques et théâtrales*

197

第2部　モーリヤックの小説の二重構造 ── 深層構造における祈り

complètes, tomeII, Gallimard, bibliothèque de la pléiade, 1979, p.13.

69）　Mauriac, *Conscience, instinct divin, ibid.*, p.13.

70）　モーリヤック『神への本能、あるいは良心』高橋たか子訳、前掲、14 頁。

71）　Jacques Petit, "*Notes et variantes*", Mauriac, *Conscience, instinct divin, op. cit.*, p.917.

72）　『仏和大辞典』伊吹武彦他編、前掲、102 頁。

73）　モーリヤック『神への本能、あるいは良心』高橋たか子訳、前掲、10 頁。

74）　同上、13 頁。

75）　高津春繁『ギリシア・ローマ神話辞典』、岩波書店、1977 年、204 頁。

76）　Jacques Petit, "*Notice*", Mauriac, *Conscience, instinct divin, op. cit.*, p.912.

77）　Jacques Petit, "*Notice*", Mauriac, *Conscience, instinct divin, ibid.*, pp.912-913.

78）　藤井史郎「解題」、『神への本能、あるいは良心』、前掲、355 頁。

79）　モーリヤック『テレーズ・デスケイルゥ』杉捷夫訳、前掲、30 頁。

80）　Mauriac, *Thérèse Desqueyroux, op. cit.*, p.32.

81）　Mauriac, *Conscience, instinct divin, op. cit.*, p.10.

82）　モーリヤック『神への本能、あるいは良心』高橋たか子訳、前掲、10 頁。

83）　モーリヤック『テレーズ・デスケイルゥ』杉捷夫訳、前掲、6 頁。

84）　Mauriac, "*Avis aux Lecteurs*," *Thérèse Desqueyroux, op. cit.*, p.17.

85）　モーリヤック『テレーズ・デスケルー』遠藤周作訳、『モーリヤック著作集』第 2 巻、春秋社、1983 年、17 頁。

86）　ラシーヌ『ブリタニキュス』安堂信也訳、『ラシーヌ戯曲全集』第 1 巻、人文書院、1976 年、328 頁。

87）　ラシーヌ『フェードル』伊吹武彦訳、『ラシーヌ戯曲全集』第 2 巻、人文書院、1976 年、257 頁。

88）　Jacques Petit, "*Notes et variantes*", Mauriac, *Thérèse Desqueyroux, op. cit.*, p. 931.

89）　モーリヤック『神とマンモン』岩瀬孝訳、前掲、361-362 頁。

90）　シャルル・ペギー『悲惨と歎願』長戸路信行他訳、中央出版社、昭和 54 年、80-81 頁。

第3章　『夜の終り』

　『夜の終り』はテレーズ・デスケルーを主人公にしているという点で、『神への本能、あるいは良心』や『テレーズ・デスケルー』の続編であるように見える。だがこれが前二作の「続編」であるということをモーリヤック自身は『夜の終り』の「序」で否定している。しかし三つの小説は互いに関連をもっている。そのことをまず本章の前半で述べる。

　次に、『夜の終り』は、サルトルが『フランソワ・モーリヤック氏と自由』において批判している。サルトルの批判の根拠はどこにあるのかについて論を進め、自由についてのサルトルの考え方との比較を通して、モーリヤックの考える自由とは何なのかを明らかにする。

　最後に、サルトルの『フランソワ・モーリヤック氏と自由』での批判に対して、モーリヤックは反論をしていないが、それはどのような理由によるのか。これら3点を通して、モーリヤックの『夜の終り』とはどのような小説なのかを考えていきたい。

　『夜の終り』（1935年）は、テレーズ・デスケルーという名前の主人公という点で、『テレーズ・デスケルー』（1927年）の続編であるように見える。それに対して、モーリヤックは、以下のように書いている。

　　〈私がこの『夜の終り』において描きたかったのは、『テレーズ・デスケルー』の続編ではない。ある女性の罪深い青春はすでに描いたが、この女性の晩年における肖像が描きたかったのである。私はここでその最後の恋愛を語ろうとするのだが、最初の作品におけるテレーズを知っておかなければ彼女に関心が湧かない、ということにはまったくならない。〉[1]

　しかし、『夜の終り』と『テレーズ・デスケルー』の間の連続性は到る所に見られるのも事実である。たとえば『テレーズ・デスケルー』には、テレーズの性格を決定づけるいくつかの要素がある。それは、喫煙癖や財産

199

第2部　モーリヤックの小説の二重構造──深層構造における祈り

や教養である。これらの要素は、テレーズの性格の中に高慢さを生み出す
重要な素材であった。『夜の終り』だけを単独で読むと、『テレーズ・デス
ケルー』の中のテレーズの高慢さを象徴する要素がすでに消えかかってい
るため、テレーズの性質を見誤る危険性がある。

『テレーズ・デスケルー』でのテレーズの高慢さを印象づける彼女の喫煙
癖は、『夜の終り』では禁煙へと変化し、彼女の思い上がりを支える莫大な
資産は、『夜の終り』では破産寸前であり、彼女の人を見下す性質の根拠に
なっている教養は、『夜の終り』では見る影もない状況になる。これらのテ
レーズの性格を決める重要な要素は『テレーズ・デスケルー』でそれなり
の場所を占めてきたので、『夜の終り』ではそれが消滅しつつあることを理
解することは、この小説の本質を理解する上で助けとなる。

『テレーズ・デスケルー』での彼女の高慢さを支えていた喫煙癖について
『夜の終り』では、このように表現されている。

　　〈医者から別にくり返し言われるまでもなく、心臓のために彼女は煙
　　　草をやめていた。家の中には一本の煙草もなかったはずだ。[2]〉

『テレーズ・デスケルー』の中にあった、喫煙をやめることを『夜の終り』
でモーリヤックは書くのである。これは、テレーズの喫煙癖という事実と
の連続性があって初めて成り立つものである。

　次に、テレーズの婚家デスケルー家と実家ラロック家はどちらも大資産
家であったが、すでにその多くは失われ、やがて来るべき困窮生活を予測
させる記述しかない。

　　〈少額の借金がいくつかできはじめている。ランド地方では、すべて
　　　が悪いほうへと行っている。土地などの管理費がかさみ、ついに初め
　　　て利益がほとんどゼロになるらしい。[3]〉

デスケルー家やラロック家のような旧来の地主は松脂市場の暴落により
没落し、今後は困窮が予想されるだけである。一方、新興階級の人たちが
第1次世界大戦後に新たな産業を起こすことで膨大な富を生み出し、その
資産を増やし、その富を独占し、権力階級を形成し始める。経済事情のこ
のような変化をモーリヤックは次のように表現している。

　　〈フィロという一家のことは彼女もよく覚えていた。100年ほど前か
　　　ら、デスケルー家と同じ小作地に住みついていた。フィロじいさんが

200

第3章 『夜の終り』

　　雌羊の番をしながら編物を編んでいるのを、テレーズは子供の頃見か
　　けたものだった。息子と孫は不動産業者となり、大戦中に莫大な富を
　　築いた。[4]〉

　実家のラロック家の資産を背景にしたテレーズの高慢な態度は、厳しい
経済的現実によって打ち砕かれ、今は見る影もない。それは、テレーズの
教養についても同様である。『夜の終り』のテレーズは、『テレーズ・デス
ケルー』の中で描かれた、かつての人を見下すような態度の源泉であった
高い教養の持ち主とは程遠いことを、モーリヤックはテレーズが読んでい
る本の好みを用いて表現している。

　　〈本でも読もう。午後に探偵小説でも一冊手に入れておけばよかった。
　　探偵小説以外はどんな本も耐えられなくなっていた。[5]〉

　そして、『テレーズ・デスケルー』の別荘の本棚の蔵書の書名が『夜の終
り』でも出てくる。しかし、その目的は、テレーズの高い教養を提示すた
めではない。本棚と書籍は、過去の、夫を毒殺しようとして未遂に終わっ
た犯罪の証拠の隠し場所なのである。

　　〈テレーズは思い出す、あの時、数巻の『執政政府と帝政時代史』の後
　　ろに、薬物を入れたあの小さな包みを隠したのだ……。毒物を隠して
　　くれたこの古い律儀な家具は、自分の犯罪の共犯者で、犯罪の証人
　　……。[6]〉

　以上のように、『テレーズ・デスケルー』でテレーズ自身の高慢な態度を
支えていたいくつかの要素は、『夜の終り』では、もはや過去のものとなっ
てしまっている。これらの要素のそれぞれの表現は、『テレーズ・デスケル
ー』と『夜の終り』の間に、時代の変化をもたらした経済的な仕組みの変
化を表現するための大切な要素を構成している。そして当然、これらのも
のは、『夜の終り』が『テレーズ・デスケルー』の続編であることにおいて
のみ意味をもつ小説表現である。その点で、『夜の終り』は『テレーズ・デ
スケルー』の続編であると考えることが自然である。

　『夜の終り』が『テレーズ・デスケルー』の続編であるとすると、大きな
問題が出てくる。それは、モーリヤックが『テレーズ・デスケルー』の「緒
言」で書いている「聖女ロクスト」についての表現との整合性の問題であ
る。『テレーズ・デスケルー』の「緒言」の中で彼が書いているように、テ

201

第2部　モーリヤックの小説の二重構造 ── 深層構造における祈り

レーズは「聖女ロクスト」の名に値する主人公であったのかどうか、という問題である。モーリヤックは、「聖女ロクスト」についてこのように書いていた。

　　〈テレーズよ、苦悩がお前を神にひき渡すことを、私はどんなにか願ったことだろう。長いあいだ、私は、お前が聖女ロクストの名で呼ばれるにふさわしくなるように望んだのだった。しかし、もしそうなったとすれば、多数の人々が、瀆聖沙汰であると叫びたてたことであろう。とはいえ、その人々も、なやめるわれらの魂の堕罪と罪のあがないとを信じている人々なのであるが。[7]〉

　テレーズは『テレーズ・デスケルー』で「聖女ロクストの名で呼ばれるにふさわしい」存在になったのか。テレーズが聖女ロクストになることをモーリヤックは『テレーズ・デスケルー』の「緒言」で希求していた。そのためにテレーズは大きな責務を負う。それはイポリットとその純粋性に関わるもので、前章の終りで詳細に述べたが、以下のような責務である。

　　〈Thérèse cède « à la tentation de l'anéantir et au désir de le sauver ». Étrange obsession de la pureté qui donnait au meurtre une valeur purificatrice. En tuant Pierre, la jeune femme ne se défendait pas seulement, elle le libérait du « mal ».[8]〉

　　〈テレーズは彼を「（神の前で）へりくだらせたい、そしてまた、彼の（霊魂を）救済したいという誘惑」に負けるのである。純粋性に対する異常な偏執状態で、この純粋性が殺人に対して浄化としての価値を付与したのである。ピエールを亡きものにすることで、若妻は単に自分の身を守っただけでなく、彼女は「悪（罪）」から彼を解放したのである。〉

　テレーズはベルナール（『神への本能、あるいは良心』ではピエール）を「神の前でへりくだらせ」ることや、彼の「霊魂を救済」したいという願望を、小説の中で実現できたのであろうか。多分、実現できなかったと思われる。それは、次のテレーズの表現を見れば理解できる。

　　〈テレーズは虚無について確信をえていない。ほんとに誰もいないということについて、テレーズは絶対の確信を持ってはいない。このような恐怖を感じる自分を、テレーズは憎む。他人をそこへ投げこむこ

202

第3章 『夜の終り』

とを躊躇しなかったテレーズは、自分が虚無の前に立たされると、突然、あと足で立ちあがる。自分の卑怯さが、心から彼女に唇をかませる！ あの存在が存在するものならば。（一瞬、彼女は、あのうだるような暑さの聖体祭の日の光景を思いうかべた。金らんの長袍の下に押しつぶされていたあの孤独な男と、男が両手にささげていたあの品物、もぐもぐ動いていた唇、それからあの苦しげなようすが、はっきり目にうかんだ）「それ」が存在するものであるからには、すでに手おくれになる前に、罪の手をはらいのけてくれるべきではないのか、——めしいた、あわれな魂が、生のさかいを超えることが、神の意志であるならば、せめて、愛をもって、この精神的な不具者を、神の手になったこの者を、迎えてくださることができないだろうか。〉

「あの存在が存在するものならば」つまり、神が存在するという確信があれば、テレーズは虚無について確信をもてるということを意味している。しかも、虚無が彼女のすぐそばまで来ているということをこの文は示している。ここでいわれている虚無は、前章で詳しく見てきたように、「（神の前で）おのれを空しくする」の類語としての虚無を表し、神の前に彼女がひざまずきさえすれば実現する虚無である。

　このように、「あの存在が存在するものならば」という表現でモーリヤックは、テレーズが神に向かう直前にまで達していることは示している。しかし、それはベルナールにまでは及んでいないように見える。折角、彼女が毒殺犯という汚名を着てまでベルナールのために「自分を捨てて十字架をになう」犠牲を払ったのに、肝心のベルナールには彼女が払った犠牲の意図は伝わっていないのである。『テレーズ・デスケルー』では、テレーズは、小説の終りまでベルナールのことを「（神の前で）へりくだらせたい」と思っているのに、彼は、理性の枠組みの内である「道幅」から外に出ることはないのである。そのことについて、テレーズは以下のように表現している。

　〈ベルナールは、彼の馬車と同じように、「道幅に合わせて作られた」人間である。彼はわだちを必要とする。今晩でも、サン-クレールの家の食堂で、それを見つけたなら、彼も、平静を、平和を、味わうであろう。〉

第2部　モーリヤックの小説の二重構造 ── 深層構造における祈り

　ベルナールを「神の前でへりくだらせたい」と思うテレーズの願いに反して、彼は「道幅に合わせて」生き続けるのである。このようなテレーズの思いを実現する方法として、モーリヤックは続編を書くことを決意したのではない。続編である『夜の終り』で、『テレーズ・デスケルー』の「緒言」での彼の願望である「聖女ロクスト」のような聖女となるテレーズ像をモーリヤックは完成させたかったのであろう。

　テレーズが聖女となって救う相手であったベルナールは、『テレーズ・デスケルー』では救われないまま未完で終わる。それに対して、『夜の終り』では、聖女となってテレーズが救う相手は新たに生まれる。それは、ベルナールとテレーズの間の娘マリが好きになった相手ジョルジュ・フィロである。ジョルジュ・フィロの霊魂を救うためにテレーズは「自分を捨てて十字架をになう」ことで、『テレーズ・デスケルー』では叶わなかった自らの「聖女ロクスト」としての役割を完成させるのである。

　『夜の終り』のテレーズの行動の原点は同じテレーズを主人公にする『神への本能、あるいは良心』の中にある。『神への本能、あるいは良心』では、自らの罪を司祭に告解しているテレーズの科白の中に「神の前でおのれを空しくする」の言葉の意味が語られている。

　　〈神父さま、お若い頃から、御自分の苦しみも喜びも物事の外見に依存させるがままにしないことがおできになったあなた。神ではないものすべてがそこでは消滅する、十字架の聖ヨハネの語るあの暗夜が、御自分のなかで深まりゆくのを感じてらっしゃるあなた。〉[11]

　ここでの、翻訳者高橋たか子の訳語「消滅する」は、「（神の前で）おのれを空しくする」の方が理解しやすい。

　この引用に見られるように、「神の前でおのれを空しくする」と「十字架の聖ヨハネの語るあの暗夜」は一対の概念として存在する。ここにテレーズが『夜の終り』になすべきことが書かれている。それは、まず「神の前でおのれを空しくする」こと、次に「十字架の聖ヨハネの語るあの暗夜」に従い、他者のために「自分を捨てて十字架をになう」ことである。

　テレーズのような罪を背負う女性は、自己犠牲が求められると『神への本能、あるいは良心』でモーリヤックは書く。それは、カルメル会の聖テレジアが教義で述べているように、他の人のために「自分を捨てて十字架

第 3 章 『夜の終り』

をになう」ことによって実現する。これが『神への本能、あるいは良心』
から『夜の終り』までのテレーズを主役とする小説で一貫してモーリヤッ
クが追求してきた主題である。カルメル修道会の教義に倣う「自分を捨て
て十字架をになう」という考え方は、具体的には、『神への本能、あるいは
良心』(1927 年) から『夜の終り』(1935 年) の中間の時点で書かれた『キリ
スト教徒の苦悩と幸福』(1931 年) の中で、明確に示されている。

　　〈その高みとは、このうえない苦業によって、十字架の聖ヨハネが自己
　　の存在から愛ならざるいっさいのものを排除した、かの空虚、かの闇、
　　かの無にほかならない。もっとも月並な信者でさえ、たちどころに、
　　おのれに予定されている重荷、おのれの身にふさわしい十字架を知っ
　　てしまう。[12]〉

　この十字架の聖ヨハネの教義をモーリヤックが敷衍した「おのれに予定
されている重荷、おのれの身にふさわしい十字架」をになうという教えは、
キリスト教世界では普遍的な思想である。そこでは男女の性別は問われな
い。モーリヤックは、さらにそこから、女性が専ら求められる役割へと論
を進めて、『キリスト教徒の苦悩と幸福』の「キリスト教徒の幸福」の最後
の部分で、「おのれの身にふさわしい十字架」をになうという時に、女性が
になうべき役割とは何かについて以下のように総括している。

　　〈われわれは小説を書く。女性を識ることがわれわれの仕事だ (「おお、
　　あなたがたはなんとよく女性をご存知なことだろう!」)。清貧の聖クラ
　　ラ会修道女たち、カルメル会修道女たち、聖母訪問会の修道女たち、
　　あるいはまた、癩者たちのそばを離れないマリア修道会第三会の修道
　　女たち、われわれは彼女たちが、われわれの美しい恋人たちと同じ種
　　族に属することを知っている。しかしながら、一つの奇跡は持続して
　　はならない。持続する奇跡は重要ではない。毎日の小さな聖体が、幾
　　千もの数知れぬエヴァの娘たち (彼女たちのことだけにかぎっても) を、
　　貞潔と完全なる放棄の生活に献身させるのだ。そして彼女たちは、そ
　　のたおやかな肉体と心情を屈従させ、ぼろ屑のようになった人間たち
　　に奉仕する婢女となるのだ。かさねていうが、かの終わることのない
　　奇跡はなにものをも証明しない。ここで問題なのは、迂路を通って、
　　《キリスト教徒の苦悩》に立ち戻ることにほかならない。[13]〉

第2部　モーリヤックの小説の二重構造 ── 深層構造における祈り

　『テレーズ・デスケルー』や『夜の終り』のテレーズのように、罪ある女
性を主人公として小説で描くことの特殊性をモーリヤックは強調する。罪
ある女性であるとテレーズは自覚しており、その行動は他の女性と区別さ
れるべきであるとモーリヤックは考える。テレーズが手本とすべき女性
は、上の引用で取り上げられているような、カルメル会の修道女や聖母訪
問会の修道女やマリア修道会第三会の修道女たちである。「おのれの身に
ふさわしい十字架」をになうためには、「ぼろ屑のようになった人間たちに
奉仕する婢女」のように行動すべきであることを、モーリヤックは述べて
いる。これが、カルメル会や聖母訪問会やマリア修道会第三会の修道女た
ちに倣って「自分を捨てて十字架をになう」ということの意味で、『夜の終
り』のテレーズは、その理念に添って行動する。

　『夜の終り』の主題は、「おのれの身にふさわしい十字架」をになうため
に全力を尽くすテレーズを描くことである。それゆえに、テレーズとジョ
ルジュ・フィロとの恋愛は、モーリヤック自身がこの小説の「序」で書い
ていることに反して、この小説の主題ではない。再掲すると「序」にはこ
のように書かれている。

　　　〈私はここでその最後の恋愛を語ろうとするのだが、最初の作品にお
　　　けるテレーズを知っておかなければ彼女に関心が湧かない、というこ
　　　とにはまったくならない。[14]〉

　この小説の主題は、「おのれの身にふさわしい十字架」をになうことにあ
り、そのために、テレーズとジョルジュ・フィロとの恋愛は人工的な作り
物に見えることは否めない。しかし、ジョルジュ・フィロとの恋愛は、テ
レーズが「自分を捨てて十字架をになう」ための道具として必要なのも確
かである。彼女を慕う男性のために、カルメル会や聖母訪問会やマリア修
道会第三会の修道女たちが「ぼろ屑のようになった人間たちに奉仕する婢
女」の如く存在するように、テレーズは存在するのである。そのような「ぼ
ろ屑のようになった人間たちに奉仕する婢女」として、テレーズは人生の
最後をジョルジュ・フィロに捧げるのである。このことは、『夜の終り』の
「序」の後半部分で表現されている。

　　　〈しかしテレーズは、夜の闇から抜け出すためには生を終えてしまう
　　　以外にはない種類の人たち（何と同族者たちは多いのだろう）の一人な

第3章 『夜の終り』

のだ。そのような人たちに求められることはただ一つ、夜の闇に忍従
してはいけないということだけなのだ。[15]〉

　夜が終るまでの間に、愛する人のために（ジョルジュ・フィロがその対象
として選ばれるのだが）テレーズは、「夜の闇に忍従」することなく「ぼろ屑
のようになった人間たちに奉仕する婢女」として生きるということを、こ
こでモーリヤックは書いているのである。この引用の部分は、モーリヤッ
クによって繰り返し使われる。「キリスト教徒の幸福」では、罪と「夜」の
関係について、テレーズのように罪を自覚する人間には「夜」は以下のよ
うに見える。

　〈罪は単調である。夜明けを知らぬ闇、終わることのない夜である。
　青春が終わると、ちょっとの間だけ彼らは立ち止まる。そして、身を
　ふるわせながら屠殺場の臭いをかいでみる。[16]〉

　モーリヤックの「キリスト教徒の幸福」でのこの「罪」と「夜明けを知
らぬ闇」の表現は、カルメル修道会の教義との類似がより明確に現れる部
分である。高橋たか子はキリスト教の中で言われる「夜」とは何かについ
て、カルメル修道会の聖テレジアと関わらせて解説している。

　〈けれどもテレーズは、自分の魂の夜が単なる夜だとしか考えない。
　魂の夜はたしかに夜なのだが、光の射している夜だというふうには考
　えない。だからテレーズは、神秘主義者たちの言う魂の夜に重ねて（つ
　まり、理性の目から見れば神は夜のなかにまします）、罪による夜という、
　いわば二重の夜を生きている。（遠藤周作氏の独創的な説によれば、この
　テレーズの、夜汽車の一駅ごとに深入りしていく魂の夜の歩みに、テレジ
　アの『霊魂の城』における一つの部屋からさらに深い次の部屋へと次々と分け
　入っていく潜入が、重ねられているということだが、現在の私は上に言った
　程度を言うだけにとどめておきたい。なお、テレーズはラテン語のテレジ
　アにあたる）。

　　キリスト教と無縁の人々にはわかりにくいことかもしれないが、こ
　うした魂の「夜」を描くのがキリスト教文学の一つの立場である。
　「夜」にこそ神がかかわっているのだから。[17]〉

　ここで高橋がいう「『夜』にこそ神がかかわっているのだから」とは何か。
これまで我われは、テレーズは「夜の闇に忍従」することなく、「ぼろ屑の

207

第2部 モーリヤックの小説の二重構造 ── 深層構造における祈り

ようになった人間たちに奉仕する婢女」としてジョルジュ・フィロに彼女の人生の終りを捧げるという『夜の終り』の主題について見てきた。高橋がいう「『夜』にこそ神がかかわっているのだから」と「夜の闇に忍従」することなく生きるテレーズの「夜」は、同じ「夜」を表しているのだろうか。

『夜の終り』のテレーズは、上の引用で遠藤周作の見解として高橋が書いている「魂の夜の歩みに、テレジアの『霊魂の城』における一つの部屋からさらに深い次の部屋へ」と同じように、奥に進むのであろうと思われる。では、「一つの部屋からさらに深い次の部屋へ」とは、どのような歩みを指すのであろうか。愛するジョルジュ・フィロのために「ほろ屑のようになった人間たちに奉仕する婢女」になるとは、どのような行為をテレーズがすることなのか。それを知るためには、第1部第2章でも取り上げたが、聖テレジアの『霊魂の城』を引用するのが有効である。

〈十字架上の主を仰ぎなさい。そうすれば万事がやさしくなるであろう。聖主がこの大事業とこのおそろしい苦しみとをもって私たちにその愛をお示しになったのに、私たちはただ言葉で聖旨にかないえようか。あなたがたは真に霊的であるとはいかなることであるか知っておられるか。それは神の奴隷となることで、神の印である十字架を負うことである。のみならず、神が自ら世を救うために売られなさったとどうように神が私たちを売ることができるように、あますところなく私たちの自由を神に捧げることである。[18]〉

聖テレジアは、それは「神の印である十字架を負うことである」と明確に述べている。しかし、「神の印である十字架を負う」という教義は、「人間中心的」な理性に従った生き方の中で生きる現代の我われには理解し難い教えである。「神の印である十字架を負う」は、我われの理性的な思考に馴染む教えではないからであろう。

しかし、「神の印である十字架を負う」という表現を明確に説明してくれる解説書も存在する。それは、シモーヌ・ヴェイユ『重力と恩寵』である。ヴェイユは、その第18章の「十字架」で、十字架の意味を我われにより理解しやすいように解説してくれる。しかし、その説明は、想像を絶した内容で、「神の印である十字架を負う」の意味の激越さが示されている。

第3章 『夜の終り』

〈キリストは磔刑における臨終の瞬間に神に見棄てられる。いかなる愛の深淵が両者を分かつことか。

　義人であるためには、裸で死んでいなければならない。(中略)

　キリストの十字架の神秘は矛盾のうちにこそ存する。同意された捧げものであると同時に、意に反してこうむる懲らしめでもあるのだから。捧げものの側面のみ認めるのなら、自身のためにこれを欲することもできよう。だが、意に反してこうむる刑罰を欲することはできない。

　十字架を捧げものの視点からのみ構想する人びとは、十字架に含まれる救いをもたらす神秘と苦々しさとを拭いさる。殉教を願うなどまだまだ生ぬるい。

　十字架は殉教を無限にこえる。〉[19]

　絶えず殉教の中に生きることが、ヴェイユの言うように、「神の印である十字架を負うこと」であり、あるいは「自分を捨てて十字架をになう」ことなのだと考えられる。

　次に、聖テレジアは『霊魂の城』で、「神の印である十字架を負う」あるいは「自分を捨てて十字架をになう」覚悟を決めた後で、カルメル会の修道女が現実になすべきことについて書いている。これも第1部第2章で述べたが、再度引用する。

〈大罪の状態にある人たちのために祈ることよりも美しい施しものがあろうか。それはつぎのような場合にあなたがたがするであろうものよりもずっと美しい。すなわち強い鎖で後手に縛られ杭につながれてまさに餓死しようとする哀れなキリスト者に会ったと仮定してほしい。彼には食物がないのではない。彼の側には非常においしいものがある。しかし彼はそれを取って口に入れることができない。その上彼はそうすることがたまらなく厭である。いま彼は死が迫っていることを感じる。それは自然の死のみではなく、永遠の死なのである。そのようないま、彼の口に食物を入れてやらず、ただ彼を眺めているだけだったら残酷ではないか。だが、もしあなたがたの祈によって彼の鎖が解かれたならばどうか。考えていただきたい。ああ、神の愛によってあなたがたに懇願する。この悲しむべき状態にある霊魂のことを、

第2部　モーリヤックの小説の二重構造——深層構造における祈り

どうか祈の折に思いだしてほしい。〉[20]

　『夜の終り』を読むということは、モーリヤックにとっては、カルメル修道会の教義を知っていることを前提にしているように見える。テレーズがジョルジュ・フィロに出会った理由も、以上までの知識があれば、明快に理解することが可能である。テレーズがジョルジュに出会ったのは、単に恋愛のためではなく、ジョルジュが友を死に追いやった自分の罪をテレーズに告白し、その罪から彼を救うためである。そのジョルジュ・フィロの告白を聞いたテレーズが彼のためにわが身を犠牲にして、「神の印である十字架を負う」ことが『夜の終り』を書くことにおいてモーリヤックが目指したものある。

　テレーズが「神の印である十字架を負う」ことを示す情景は、若い男性によるかなり年上の女性への、一見すると陳腐なようにも見える愛の告白の科白で始まる。

　　〈「わかってもらいたいんです……。知ってもらいたいんです。僕はあなたなしではもう生きていけません」〉[21]

　しかし、ジョルジュの声の調子から、それが自分への単なる愛の告白でないことにテレーズは、すぐに気づく。

　　〈しかし実際はわかっていたのだ。長い間様々なことに出会ってきたので間違えるはずもなかった。言葉の調子から、それがもうどうしようもない絶望の口調で言われたことにすぐ気づいていた。言われた言葉をそのまま理解すべきだということは明らかだった。〉[22]

　テレーズとジョルジュの間の会話は、その後も続く。しかし、どのように見ても、それが恋する男女間の会話には見えない。なぜなら、ジョルジュ・フィロの絶望の深さが果てしないからである。テレーズはそれを見抜く。テレーズが見抜いたフィロの絶望という事実をモーリヤックはこのように表現している。

　　〈おそらく彼は聞いてもいなかっただろう。自分の絶望がさらにつのるようなことしか記憶に留めなかったのだ。テレーズが言うことは彼の絶望が深まるようなことだけだった。〉[23]

　そして、ここから二人の会話は、核心部分に入っていく。その時に、ジョルジュの告白を引き出すことになるのが、以下のような言葉である。

210

第3章 『夜の終り』

〈「わたしはあなたを毒しているわ」
（中略）しかしごくかすかな震えで、自分の言ったことが相手の急所に
あたったことにテレーズは気づいた。そうだ、こういうふうにすれば、
出口が見出せるのだ。道を切り開かなければならない、彼だけでも救
われるためには。[24]〉

　この後、ジョルジュは若い頃に犯した罪の告白を始める。彼が犯した罪
は、彼の中学の同級生を、結果的に死に追いやったことと、そのことにつ
いての自責の念だった。

〈「僕が中学の第三学級にいて、14歳のときでした」と小声で始めた。
「クラスに、かなり遠い町から来ていた少年が一人いました。寄宿生
でしたが、まったく外出もせず、まわりに溶け込もうともしませんで
した。（中略）僕はとっても感じやすかったのですが、そのため、優し
い心を持っている、と評判でした。でも心の底は冷たかったのです。
別に彼を遠ざけるようなことは何もせず、僕の学校生活の中でこの少
年が大きな部分を占めるようになっていきました。でもそれは友情か
らではなく、無関心からでした。[25]〉

　卒業に伴う、ジョルジュとその少年との別れの時がやってくる。その別
れの時にとったジョルジュの反応が相手の少年を深く傷つける。

〈「その日に別れの挨拶をしなくてはならないので、彼は式の終りに母
親を連れてきて、僕の母親にお礼を言わせたいと言いにきました。あ
のとき僕を引きずっていった感情は何だったのだろう。そんな対面な
どまったくしてほしくありませんでした。もうすんだ話で、むし返す
こともないのだ、と思ったのだろうか。足を速めて母を引っ張るよう
にして行ってしまった自分の姿が今でも目に浮びます。（中略）『ジョ
ルジュ、ジョルジュ』と息を切らして呼ぶ声がうしろから聞こえてい
ました。[26]〉

　少年の呼ぶ声を無視して、ジョルジュはその場を離れ、それっきり彼は
少年には会っていない。その少年のその後は、テレーズによって表現され
る。

〈「その人はどうなりましたか。（青年は顔を伏せたので）亡くなったの
ね」

211

第2部　モーリヤックの小説の二重構造 —— 深層構造における祈り

　「ええ」と彼はせきこむように答えた。「モロッコで。志願して、兵隊
になっていたんです……。もちろん、あのこととはまったくなんの関
係もありません、言うまでもありませんが。」[27]〉

　以上の会話で明らかになったことは、ジョルジュが友に対して犯した罪
を悔いる自責の念である。自分が犯してしまった罪の大きさに慄き苦しん
でいるジョルジュがそこにいる。罪と自責の念に苦しむジョルジュを癒せ
るのはテレーズだけである。テレーズは、カルメル会修道女のように「自
分を捨てて十字架をにない」、「ぼろ屑のようになった」ジョルジュとジョ
ルジュの罪に寄り添い、そして彼のために祈るのである。

　自分の罪の告白をした後でジョルジュは、テレーズに気にかかる表現を
する。その時は聞き流していたテレーズは、後になってその発言を思い出
して、不安な気持ちになる。以下がテレーズの記憶に残っているジョルジ
ュの別れ際の言葉である。

　〈それどころか、何の葛藤も見せずに、マリを裏切らない、と約束した。
　それも信じられないような素直さで。戸口のところでも彼はもう一度
　約束の言葉をくり返した。どんな言い方だったかしら。テレーズは思
　い出そうとしたが、すぐには浮んでこなかった。でもすぐに記憶に蘇
　ってくることはわかっていた。あの言葉を耳にしたとき、はっと胸を
　衝かれたからだった。「そう、そうだわ、こう言ったわ（思っていたよ
　り簡単で、大げさな表現ではなかった）僕が生きているかぎり……」[28]〉

　テレーズにとって気にかかるジョルジュ・フィロの言葉は、この「僕が
生きているかぎり」という表現である。そこにジョルジュの自殺への暗示
を読み取ったテレーズは、自分がその思いにもっと早く気づけなかった後
悔の念を表す。その時、ジョルジュの友人のモンドゥが、ジョルジュが行
方不明になっていることをテレーズに告げる。それを知ったテレーズは、
その原因が自分と出会ったことに起因するのでは、と悩みを深める。

　〈まるで祈れば、すでに起こったことにでも、わずかであれ修正が加え
　られると信じてでもいたかのように。もう待つ以外にはないのだ。も
　し最悪の事態がすでに起こってしまっているとしたら……。それなら
　ばその考えに慣れ、その考えを飼い馴らさなくてはならない。——「わ
　たしを知らなかったら、あの青年は死なずにすんだのに」という思い

第3章 『夜の終り』

とともに生きていくのはひどくつらいことだろう。耐えられない考え
だ。でもいずれ慣れるだろう。いつもそうしてきたように。〉[29]

ジョルジュは一晩中街を彷徨い歩き、疲れきって戻ってくる。このジョ
ルジュの自殺騒ぎが落着した後で、テレーズはパリからサン-クレール（ボ
ルドー）の我が家に帰還する。『テレーズ・デスケルー』から『夜の終り』
までの時間的な経過について、どれほどの時が流れたかについて、モーリ
ヤックはベルナールの風貌を借りて説明する。

〈時の力はどんな愛であれ、跡かたもなく消していく。それにくらべ
れば憎しみは緩慢にすり減らされていく。しかし結局は時は憎しみに
も打ち勝つのだ。サン-クレールの駅のホームでテレーズは目の前の
禿げた男に挨拶を返すのを忘れてしまっている。それは彼女の夫ベル
ナールだったが、パリの通りで会ってもおそらくテレーズには彼が誰
だかわからなかっただろう。ベルナールは以前ほどでっぷりとは太っ
ていなかった。〉[30]

サン-クレールでテレーズの娘のマリはジョルジュ・フィロと再会する。
ここではマリは、ジョルジュをテレーズ家に導く役割を果たす。テレーズ
はジョルジュと再会し、テレーズが今わの際にあるということを二人で確
認する情景で小説は終わる。

〈「何もしないの。時計が時間を告げる音をきいているの。人生が終る
のを待っているわ……」
「夜が終るのを、という意味ですね」
　急にテレーズはジョルジュの両手を握りしめた。やさしさと絶望と
に満ちたその燃えるような目差しを、ジョルジュはほんの数秒、まじ
ろぎもせずに受けとめることができた。
「そうよ、ジョルジュ、人生の終り、夜の終りをね」〉[31]

以上が『夜の終り』の表面的な筋の部分である。それに対して、深層の
部分は、多くの構成要素を隠したまま、我々の目から見えない場所に残
っている。『神への本能、あるいは良心』から『テレーズ・デスケルー』を
経て『夜の終り』へと至るテレーズを主役とした小説には、理解しなけれ

213

第２部　モーリヤックの小説の二重構造 —— 深層構造における祈り

ばならない深層部分がいくつか存在している。「聖女ロクスト」という表
現を『テレーズ・デスケルー』でモーリヤックはしているが、それは『テ
レーズ・デスケルー』だけの表現なのか、それとも『夜の終り』までその
表現の効力は続くのかという疑問である。この疑問を解決しない限り、テ
レーズを主役とした小説の本質は見えてこない。そして、この「聖女ロク
スト」という表現は、モーリヤックがなぜ小説を書くのかという核心に合
致している。

　この核心とは、『テレーズ・デスケルー』の始まりで出て来る「あのがむ
しゃらな力」という表現と関わっている。『テレーズ・デスケルー』では力
はこのように表現されている。」

　　〈「あのがむしゃらな力が、何をめざして働いていたのか、一度も自分
　　にはわからなかった。」〉[32]

　一方、『夜の終り』でも「力」は出てくる。それは『夜の終り』の「序」
で登場する「力」で、このように表現される。

　　〈つまりそれはこのうえもなく重い宿命というものを背負い込んだ人
　　間にも頒ち与えられているあの力 —— 自分たちを圧しひしぐ掟に向か
　　って否というあの力なのだ。〉[33]

　同じ「序」の中の最後の部分で、この「力」はまた別な表現で表される。

　　〈人に会うたびごとに、この哀れな女は同じしぐさをくり返し、人を害
　　したり堕落させたりする自分の宿命的な力に対し抗い続ける。しかし
　　テレーズは、夜の闇から抜け出すためには生を終えてしまう以外には
　　ない種類の人たち（何と同族者たちは多いのだろう）の一人なのだ。〉[34]

　この「力」は、罪を宿命的に負わされたテレーズのような人間に特有の
「力」に見える。そのため、テレーズがもつ「力」は、他人が外側から見る
だけでその内部に秘められた「力」が読み取れる種類の「力」である。

　　〈テレーズのことが気に入った人たちでも、ほとんどの場合たちまち
　　彼女の内部に物事を破壊してしまう力が秘められているのに気づくの
　　だった。〉[35]

　以上のように、テレーズの「力」は、その罪に伴うマイナス面が強調さ
れるものであった。しかし、その「力」の表現は、次の引用部分から性格
が一転し、プラスの「力」へと変化するのである。それを助けるのは、ジ

214

ョルジュ・フィロのテレーズへの愛である。

　〈彼女は熱をこめてくり返した。自分に取りついてしまったこの破壊
　の力、知らぬ間に発揮されていくこの持って生れた力、自分の内部か
　ら湧いてくるこの恐ろしい力、これを制することができるのはジョル
　ジュだけなのだ。ジョルジュは涙に溢れる彼女の目を見、低く押し殺
　した声を聞いていた。そして口の中で呟いた。「ええ、わかります
　……。約束します……」。〉

　このような変化を感じたテレーズにとっては、「力」は、何かわからない
恐ろしい「がむしゃらな力」から、ジョルジュ・フィロの愛が作り出した
人間の側からの理解可能な「力」に変化するのである。

　〈そして諦めて身を委ねていた、おそらく盲目ではないだろうあの力
　に。信を置いているわけではないが、その名前のないあの意志に。（さ
　きほども最悪のことを考えながらも、運命を払いのけるのは自分だとはや
　はり思ってはいなかった。ただ彼女はまるでその力が自分にあると信じこ
　んでいるように振舞ってきたのだった）……。そしてその瞬間、テレー
　ズの内部から物狂おしいばかりの懇願が、心を打ちひしごうとしてい
　る虚無のほうへと高まっていった。〉

　「あのがむしゃらな力」から人間が理解できる範囲になった「力」は、恐
怖の対象にはならない。「何かわからない力」ではあるが、その「力」は制
御可能なのである。そこに愛があれば、あの「力」は恐怖の対象ではない
のである。ジョルジュ・フィロは、愛があれば「力」を恐れなくていいと
いう事実をテレーズに教えてくれる「道具」なのである。テレーズはマリ
にもこう言う。

　〈「あなたには分ってもらえないだろうね、わたしが知っていること、
　このわたしだけが知っていることを言っても信じてはくれないだろう
　ね。あなたはいわば道具なのよ。あなたは、何かわからない力に盲従
　しているのよ」。〉

　このように『テレーズ・デスケルー』では恐怖の対象でしかなかった「あ
のがむしゃらな力」は、『夜の終り』という小説の半ばから変化し、ジョル
ジュ・フィロの愛によって人間を助ける側の「力」へと変化するのである。

　小説の前半部分に存在する「力」は、いずれもよく似た表現で書かれて

第２部　モーリヤックの小説の二重構造 ── 深層構造における祈り

いる。それは、テレーズに宿命的に取り付く、破壊的な要素を秘める力である。これらの「力」は、『テレーズ・デスケルー』の中の「あのがむしゃらな力」を継承する力である。そしてその力に対して、人は、テレーズがそうしたように、「道具」として、「盲従する」しかない。しかし、小説後半の「力」は、それぞれ固有な力の表現に変化している。ジョルジュ・フィロの愛が加わった後では、「力」の主体は人間の側に移る。人間が能動的に力の主人となることが可能になるのである。「自分の内部から湧いてくるこの恐ろしい力、これを制することができるのはジョルジュだけなのだ」という表現が「力」の表現の変化を象徴している。

　では、ジョルジュはなぜ「この恐ろしい力、これを制することができる」ような「力」をもつに至ったのであろうか。それは一つの理由しか考えられない。『神への本能、あるいは良心』と『テレーズ・デスケルー』においてテレーズが願った思いが実現したからである。上のどちらの小説でも、テレーズはベルナール（あるいはピエール）に対して、「このできそこないのイポリットは」と呼びかけている。そして、イポリットの「純粋性」を守るという目的で、「彼を（神などの前に）へりくだらせる誘惑や、そして、彼の（霊魂）を救済したいという欲求にかわるがわる屈しながら」テレーズは、毒殺犯としての汚名に耐え忍び、彼の「霊魂の救済」のために「自分を捨てて十字架をになう」のである。『テレーズ・デスケルー』では、「このできそこないのイポリットは」とテレーズが呼ぶその対象は彼女の夫ベルナールであった。しかし、ベルナールはテレーズの望みに対してどこまでも無関心で、「道幅にあわせた」生き方しか選択しなかった。

　『夜の終り』では、「このできそこないのイポリットは」の対象は、ジョルジュ・フィロに移っている。ジョルジュは、テレーズの望みである「彼を（神などの前に）へりくだらせる誘惑や、そして、彼の（霊魂）を救済したいという欲求にかわるがわる屈しながら」を『夜の終り』という小説の中で果たすイポリットなのである。テレーズの祈りの通りに、「神の前でへりくだり」またテレーズによって「霊魂を救済」されたジョルジュは、テレーズへの愛ゆえに「あのがむしゃらな力」を「制するための力」をもつのである。

　テレーズとジョルジュの間には、「愛」が存在する。それは、恋人間の恋

216

第3章 『夜の終り』

愛感情ではなく、彼の「霊魂の救済」のためにテレーズが「自分を捨てて
十字架をになう」結果として生じた愛である。テレーズはジョルジュへの
自分の「愛」について、娘のマリにこのように説明している。

　〈「おばかさんね」テレーズは言った。「いろんな話を聞いてあげて、わ
　かったような顔をする年輩の女の人にはいつも一種の魅力があるもの
　よ。崇拝されるし、愛されもするし、死ぬ時には悲しまれたりもする
　わ。若い人たちには、話し相手が全然いないのよ。20歳の頃、自分の
　話を聞いてもらえて、しかも理解してもらえるなんて滅多にないこと
　だわ……。でも、マリ、これはまるっきり違うことなのよ……恋愛と
　は何の関係もないわ。こんな言葉を口にしてみるだけでも恥ずかしい
　わ。私が口にするなんて滑稽だわ」〉[39]

　上の引用は「神の前でへりくだり」、テレーズによって「霊魂を救済」さ
れたジョルジュ・フィロは、神を愛するようにテレーズを愛する力をもっ
ている、ということを表す。これはテレーズが「自分を捨てて十字架をに
なった」ことで、その自己犠牲の結果として生まれた愛であり、テレーズ
は、最後の情景では、「あのがむしゃらな力」も、また彼女の「宿命」をも、
恐れることはない。

　以上のように、テレーズはジョルジュ・フィロのために「自分を捨てて
十字架をになう」ことで彼を「神の前でへりくだらせ」、その結果、彼の「霊
魂を救済」した。これは、『テレーズ・デスケルー』の「緒言」に書かれた
「聖女ロクスト」の役割をこの『夜の終り』でテレーズが果たしたというこ
とを意味している。『テレーズ・デスケルー』では果たせなかったが、まさ
に「聖女ロクストの名で呼ばれるにふさわしい」存在にテレーズはなった
のである。『テレーズ・デスケルー』の続編である『夜の終り』をモーリヤ
ックが書いた意味は、このようにテレーズを「聖女ロクスト」とすること
にあったといえる。『テレーズ・デスケルー』の「緒言」でのモーリヤック
の永年の願望が叶えられたのである。

　「聖女ロクスト」になるという目的を果たしたテレーズに残されるもの
は、死だけである。テレーズの死を前にした情景は、このように表現され
る。

　〈テレーズは枕に頭を落とす。ただもうあの〈誰か〉にあの言葉が言え

217

第2部　モーリヤックの小説の二重構造 —— 深層構造における祈り

る時を待てばいいのだ。「あなたの造り給うもの、あなたのご意志に
従い、自分自身を相手にいつ果てるともなく闘い、ここに力尽きはて
ました」。テレーズは少し首を回し、壁にかかっている石膏の十字架
像を見つめていた。懸命に努力して、彼女は左足を右足の上に重ね、
両腕をゆっくりと左右に開いていった。そして両の手を開くのだっ
た。[40]〉

　この「誰か」と表現されるものは、ただ一人しか考えられない。十字架
上のイエスである。テレーズにとって、「夜」はこの時に完結するのである。

　これまでのすべてのことが自分の中で明快に分かってきていることを、
テレーズは、霧の譬えを使って表現する。

　　〈でも他のすべてのことは？　あの果てしない悪夢は？　霧が消えはじ
　　め、テレーズにはあるがままの世界が見えてきた。[41]〉

　この後で、テレーズの今わの際の情景が描かれる。しかし、それは、肉
体の死でしかない。重要なのは、テレーズの魂の死はどのようなものであ
ったのかということである。テレーズは、コレットの『シェリ』のレアの
ように死んでいったのか。つまり、モーリヤックの『小説論』で書かれて
いる、「この異端の女、この肉の女も、否応なくわれわれを神に導く」とし
てテレーズは死んだのか。それとも、「聖女ロクスト」としてカルメル会修
道女のように、「自分を捨てて十字架をになう」ことで死んでいったのか。
テレーズの魂の死は、このどちらの死であったのかが、我われの関心の主
たるものである。

　この疑問に対して、モーリヤックは『夜の終り』の終末部分のジョルジ
ュとの会話で、「夜の終り」と二度繰り返しているので、カルメル会修道女
のような死であったのかもしれない。

　　〈「何もしないの。時計が時間を告げる音をきいているの。人生が終る
　　のを待っているわ……」
　　「夜が終るのを、という意味ですね」（中略）
　　「そうよ、ジョルジュ、人生の終り、夜の終りをね」[42]〉

　コレットの『シェリ』のレアのような死であることと、「聖女ロクスト」
としてカルメル会修道女のように「自分を捨てて十字架をになって」死ぬ
ことは、どのような差異があるのか。コレットのレアのような死は、第1

218

部第3章で書いたように、「この異端の女、この肉の女も、否応なくわれわれを神に導く」のである。また、シモーヌ・ヴェイユが言うように、「神の臨在を体験していないふたりの人間のうち、神を否認する人間のほうがおそらく神に近いところにいる」のである。無神論を理由に、その主人公は神から遠いとか他者を神に導かないとは言えないのである。

　また、「聖女ロクスト」としてカルメル会修道女のように「自分を捨てて十字架をになって」死ぬことは、その死が他者を神に導いた結果の死であることを指し、コレットのレアのような無信仰な人間としての死と等価のように見えるが、両者の違いは明確である。コレットのレアのような死は、無神論のまま、そして罪を悔いぬままの死である。一方、「聖女ロクスト」としてカルメル会修道女のように死ぬことは、「回心」して死ぬことを指す。このように両者のその死の内容には明らかな違いがある。モーリヤックはどちらの死をテレーズの魂の上での死として選んだのだろうか。モーリヤックは、上の引用で『夜の終り』を書き終えているので、その死の魂の上での内容については何も書いていない。しかし、それを描こうとした痕跡は残っている。テレーズの罪については、『夜の終り』の結末部分で、ジョルジュとマリの会話という形でモーリヤックはジョルジュに以下のように語らせている。

　　〈「そう、僕は君のお母さんの無実を信じると誓ったし、あの犯罪を犯したなんて信じられない、というふりをしていた。でもそれは僕の聞きたかった答えを引き出すためだったんだ。そしてあの人は、僕にその答えをはっきりとつきつけてくれた。あの人は言ったんだ、あの犯罪は、あの人が毎日犯し、われわれ皆が犯しているたくさんの犯罪の一つにすぎないってね……。そう、マリ、君もだよ。世間の目からすれば、問題になるのは一般の法に触れることとか、具体的な形をとった違反だけだけどね……。」〉

　テレーズの罪の意味をジョルジュ・フィロは熟考し、それが「人間中心的」な理由で行われた罪ではないということを理解するのである。ジョルジュにとっては、テレーズの犯した罪は、その起源を人間の原罪に求める種類の罪なのである。そのような罪は、すべてのキリスト教徒がひとしく負うべき罪であり、テレーズ固有の罪ではないとジョルジュはここで解釈

第２部　モーリヤックの小説の二重構造 —— 深層構造における祈り

しているのである。

　このようにテレーズの罪について、モーリヤックはジョルジュに語らせるが、それ以上のことは分からない。その事情については、『夜の終り』の「序」に以下の表現が見られる。

　　〈なぜテレーズが許され神の平和を味わう前で、この物語を中断するのか？ 実のところ心を慰める部分は執筆されたが、破棄されたのだ。私には、テレーズの告解を聴くような司祭が「目に浮んで」こなかったからだ。[46]〉

　モーリヤックは、その判断は読者に委ねる、という意図でこの「序」を書いたと思われる。そこには、小説のあり方が書かれているような気がする。あることすべて、予想されるすべてを書くのが小説ではない。沈黙部分、特にキリスト教の教義の中心部分である「神の平和」がテレーズにおいてはどうなったのか、そこにモーリヤックは、小説の存在意義を求めたのである。モーリヤックが『小説論』を書いた意図もそこにあったのだと思う。現代に生きる人間の魂に信仰を再び取り戻させるためには、すべてを理性で考える「人間中心的」な世界から、まず、一歩出ることをモーリヤックは勧める。その目的のためにモーリヤックは、小説を書くのである。それは、まさに祈りといえるものなのである。

　モーリヤックは『テレーズ・デスケルー』の「緒言」にある「聖女ロクスト」の聖性をテレーズの魂の中で完成させることが動機となって、続編である『夜の終り』を書いたと思われる。しかし、『夜の終り』を書いたためにモーリヤックは大きな代償を払うことになる。『夜の終り』がサルトルの目に止まり、登場人物の「自由」を主題とするサルトルの『フランソワ・モーリヤック氏と自由』を発表する機会を与えることになる。

　ここからは、サルトルが『フランソワ・モーリヤック氏と自由』の中で『夜の終り』のどのような部分を批判の対象としたのかについて明らかにする。サルトルが『フランソワ・モーリヤック氏と自由』の中で『夜の終り』の小説手法について批判している主なものは、次の２点である。まず、小説は神の視点から書かれるべきかという点と、もう一つは、ドストエフ

第3章 『夜の終り』

スキーの小説手法をフランス人小説家はどのような形で導入するのが正し
いのかという点である。この2点とも実は、モーリヤックが『小説論』(1928
年)中で主題として取り上げたものである。その意味で、サルトルが『フ
ランソワ・モーリヤック氏と自由』で批判する対象は『夜の終り』である
よりむしろ、モーリヤックの『小説論』とその中で彼が展開する小説理論
にあるように見える。そこでここからは、『フランソワ・モーリヤック氏と
自由』でサルトルは、モーリヤックの『小説論』のどの部分を批判してい
るのかを明らかにしたい。

　モーリヤックの『小説論』でドストエフスキーに言及している部分を(第
2部第2章で詳しく述べたが)もう一度ここで取り上げる。

　モーリヤックは『小説論』で従来のフランス小説の手法について批判し
ている。フランスの小説家はジャンセニスムの神のようであるということ
がモーリヤックの批判の趣旨である。

　　〈しかし、他方、神も同様に自由でなければならない。その被造物に対
　　して無限に自由に働きかけなければならない。そして小説家は、その
　　作品に対して、芸術家の絶対の自由を享受しなければならない。比喩
　　をさらに進めて興がろうというのならば、芸術創作の面に移されたこ
　　の聖寵論議において、自己の立てた計画をなんら変更を加えず厳格な
　　論理をもって追い、自己の作品中の人物を不屈な厳格さで自らが彼ら
　　のために選んだ道に導くフランスの小説家は、ジャンセニウスの神に
　　似ている。〉[47]

　モーリヤック自身もフランス人小説家として、フランス小説の欠陥をよ
く理解している。そしてモーリヤックは、小説とは従来のフランス小説が
共通してもつ欠陥を離れた作品であるべきだと思っている。また自分の作
品は、その欠陥を免れていると自負していたと思われる。それに対してサ
ルトルは、モーリヤックの『夜の終り』は「神の視点」を小説の中に入れ
ることで、フランス小説が共通してもつ欠陥を免れていないと指摘するの
である。

　　〈いずれにしても、絶対的な真実もしくは神の観点を小説にいれるこ
　　とは、技術的に二重の誤りを犯すことになる。まず第一に、それは演
　　技をしない純観照的な独唱者を必要とする。これはヴァレリーの設け

221

第2部　モーリヤックの小説の二重構造 —— 深層構造における祈り

た美学の法則に合わない。ヴァレリーの法則によれば、芸術作品の要
素は、どれをとってみても、つねにその他の諸要素と多様な関係を保
たなくてはならないのである。第二に、絶対的なものは非時間的であ
る。もし諸君が、物語を絶対的なものに近づけるなら、持続時間のテ
ープはぷっつり切れてしまう。小説は見ている間に消えてなくなり、
残るものはただ、永遠の姿の下の *sub specie œternitatis*〔スピノザ『エテ
ィカ』の言〕色あせた真実ばかりとなるであろう。〉[48]

「神の観点を小説にいれること」は、フランス小説の欠陥であり、またモ
ーリヤックの小説の欠陥であるとサルトルは繰り返し批判する。

〈もっとも、わが国の作家の多くもそうなのである。モーリヤック氏
は自己中心の態度をとった。氏は神の全知と全能を選んだのだ。だ
が、小説は一個の人間によって多くの人間のために書かれるものであ
る。外観につき当たればそこに止まらないでこれを突き透す神の眼か
ら見れば、小説もないし、芸術もない。〉[49]

フランス小説の伝統を守り「氏は神の全知と全能を選んだ」という一方
的なサルトルの決めつけは、モーリヤックにとっては耐え難い批判であっ
たと思われる。モーリヤックもまた、ジャンセニスムの神のような「神の
全知と全能の視点」を小説の中に入れることに反対しているのである。人
間の自由もまた小説の中で守られなければならないとモーリヤックも意識
している。それは、以下の『小説論』の表現から明らかである。

〈いささか瀆聖の懼れがなくはないが、あえて言うならば、小説家がそ
の人物との関係において当面する困難は、基督教のあらゆる教派の神
学者たちが、神と人間との関係において解決しようと試みた困難に、
大いに似ている。いずれの場合にも、問題は被造物（作中人物）の自由
と造物主（小説家）の自由とを融和することである。我われの小説の
主人公は自由でなければならない（神学者が人間は自由であると言う意
味において）。小説家は勝手に彼らの宿命に介入してはならない　（マ
ルブランシュが、神の意志は個人の意志を通して世界に介入することはな
いと言っているのと同様に）。〉[50]

サルトルに言われるまでもなく、小説とは「被造物（作中人物）の自由と
造物主（小説家）の自由とを融和することである」とモーリヤックは明確に

222

第3章 『夜の終り』

書いているのである。小説の中における実際の自由について、サルトルは
このように『夜の終り』のテレーズの自由を分析している。

　〈自由が〈自然〉を受けいれれば、宿命の支配がはじまる。自由がこれ
　を拒み、坂道を登るなら、テレーズ・デスケルーは自由になる。否と
　叫ぶ自由——いや、すくなくとも、諾といわない自由（「ただこういう
　人間〔人生から出ることによってしか、夜を抜け出すことのできない人間〕
　は夜に甘んじないようにということだけが求められている」〔序文４ペー
　ジ〕。）　デカルト流の、無限の、形の定まらない、名前のない、運命の
　ない、「つねにやり直される」自由、認可する力しかもたないが、その
　認可を拒むこともできるから至高の自由。すくなくとも、われわれが
　この序文で予測する自由は以上のようなものである。はたしてこの小
　説のなかにこの自由が認められるだろうか。[51]〉

　サルトルはテレーズの自由について、「自由が『自然』を受けいれれば、
宿命の支配がはじまる。自由がこれを拒み、坂道を登るなら、テレーズ・
デスケルーは自由になる」と定義している。しかし、モーリヤックはテレ
ーズに「運命」を強制しており、それが原因でテレーズには自由がないと
見ている。そして、テレーズに課せられた「運命」は、『夜の終り』では、
原罪と呼ばれるものに置き換わり、テレーズの自由を奪っていると『仙女
物語』に譬えて批判する。

　〈ここで私は序文の次のような言葉を思い出す。「人を毒し腐敗させる
　ために彼女に与えられた力」〔４ページ〕。これが性格を包みこれを凌
　駕する〈運命〉であり、〈自然〉の懐においても、モーリヤック氏のと
　きに低俗きわまる心理的作品においても、〈超自然〉の力を代表する〈運
　命〉なのである。これはテレーズの意志とは別個の一種の掟であり、
　行為がテレーズから逃がれだすとたちまちテレーズの行為を支配し、
　どの行為でも——この上もない善意の行為でさえ——すべて不幸な結
　果を招くようにしてしまう。仙女が課した例の罰を思わせるではない
　か。「あなたが口を開くたびに蟇が飛びだすことになりますよ」〔ペロ
　ーの童話『仙女物語』に出てくる意地悪な娘の受けた罰〕。もし諸君が信
　仰をもたないなら、こういう魔法など全然理解できないであろう。し
　かし、信仰のある人間にはこの魔法がよくわかる。これがつまるとこ

223

第2部　モーリヤックの小説の二重構造 —— 深層構造における祈り

ろ、もう一つの魔法である原罪の表現でなくて何であろう。[52]〉

　モーリヤックがいかにテレーズに「〈超自然〉の力を代表する〈運命〉」
を課しているかをサルトルは強調する。そして、テレーズに課された「運
命」は、キリスト教の信仰においては、「原罪」と呼ばれるものに他ならな
いこと、その「原罪」からテレーズが逃れられないことが自由を奪われた
状態であることを指すとサルトルは強調する。つまり、サルトルにとって
「自由」とは、「原罪」から自由であることで、それを実現するためには、
テレーズはキリスト教を離れる以外に方法はないように見える。しかし、
そのような「自由」はモーリヤックにとっては自由ではない。彼にとって
「自由」とは、先ほども上で引用したように、「作中人物の自由と小説家の
自由とを融和することである」。小説とは、神の自由と人間の自由の調和
をどのように調整するかであり、人間の絶対的自由を描くことはモーリヤ
ックが小説で目指したものではない。

　『フランソワ・モーリヤック氏と自由』の中でサルトルは、モーリヤック
の『小説論』のもう一つの弱点を指摘する。それは、ドストエフスキーの
扱いについてのモーリヤックの考え方についてである。サルトルは、『フ
ランソワ・モーリヤック氏と自由』の冒頭部分で、モーリヤックの人物の
描き方を、ドストエフスキーのそれと比較して、批判している。

　　〈作中の人物を生かそうと思ったら、これらの人物を自由にしてやる
　　ことだ。定義するのではない。まして説明することでないのは無論で
　　ある（小説ではきわめてすぐれた心理解剖は死臭を放つものである）。予
　　見できない情念と行為を提出するべきなのである。ロゴジン〔『白痴』
　　の主人公のひとり〕がこれから何をしでかすかは、ロゴジン自身も私も
　　知らない。私の知っているのは、彼は罪のあるその情婦にまた会うだ
　　ろうということだけで、彼が自制するだろうか、それとも激怒のあま
　　り殺人を犯すことになるだろうかということは見透せない。彼は自由
　　なのである。私は彼のなかにはいりこむ。するとたちまち彼は私の期
　　待とともに期待するようになり、私のなかの彼自身を恐れる。彼は生
　　命を得たのである。[53]〉

　このようにサルトルは、モーリヤックが彼の登場人物を「自由にさせる
ことなく、定義し、説明している」とドストエフスキーの人物描写と比較

224

第3章 『夜の終り』

して批判する。また、『フランソワ・モーリヤック氏と自由』の別の箇所で
もモーリヤックの人物をドストエフスキーのそれと比較してこのように書
いている。

〈だが、モーリヤック氏は私に期待の気持を起こさせるかどうかなど
ということにはおかまいなく、ただ私を氏と同じ高さの物知りにする
ことだけを目ざし、実にたくさんのことを容赦なく私に教えてくれる
のである。好奇心が生まれたなと思うと、早くもそれは限度以上に満
足させられてしまう。ドストエフスキーなら、テレーズの周囲に密度
の濃い内奥のうかがえない人物を配したであろうし、その意識はペー
ジごとにわかりかけるが、結局は捉えられなかったろう。ところが、
モーリヤック氏は一気に人物たちの心の奥底に私をすわらせる。秘密
をもつものはひとりもいない。氏はすべての人物に等量の光を与え
る。[54]〉

「人物たちの心の奥底に私をすわらせる」こと、そして「秘密をもつもの
はひとりもいない」ように「すべての人物に等量の光を与える」ことがモ
ーリヤックの人物描写の特徴であることを、ドストエフスキーの登場人物
と比較して明確にして見せる。しかし、これらのサルトルが指摘するモー
リヤックの欠点は、すでにモーリヤック自身によって彼の『小説論』の中
で明らかにされているもので、新たな事実ではない。サルトルが指摘する
この欠点は、モーリヤックに特有な欠点ではなく、フランスの小説家の多
くがもつ欠点でもあることを『小説論』の中でモーリヤックは、ドストエ
フスキーの登場人物と比較することで明らかにしている。

〈しかし、19世紀の中葉、一人の小説家が現われた。その驚くべき天
才は、反対に、人間というこのもつれを解きほぐすまいと努め、その
描く人物の心理に臆断的な秩序も論理も導入することを控え、人物の
智的道徳的価値にあらかじめなんらの判断も加えることなく人物を創
造した。それはドストエフスキーである。事実、ドストエフスキーの
人物を批判することは、不可能ではなくとも、きわめて困難である。
それほど彼らの中では、崇高なものと不浄なもの、低劣な衝動と高尚
な憧憬とが、ほぐしがたく縺れ合っている。それは理性的存在ではな
い。[55]〉

第2部　モーリヤックの小説の二重構造 —— 深層構造における祈り

　これらのフランス小説が根本的にもつ欠陥についてモーリヤックは思い
を巡らせ、理想の小説とはどのようなものであるかを模索したのが、彼の
『小説論』である。その中でモーリヤックは答えの一つを見つけている。
それは、フランスの小説が使う「人間の型」を捨て、ドストエフスキーの
小説論の中に存在する「非論理」を借りることで小説を作るという新たな
試みである。

　　〈ドストエフスキーの主人公たちが、多くのフランスの読者を途方に
　　くれさせるのは、彼らがロシア人だからではなく、彼らが我われと同
　　じような人間、つまり、生きた混沌、我われがどう考えてよいか分ら
　　ぬほど矛盾した個人だからであり、ドストエフスキーが、我われの理
　　性から見れば非論理そのものであるかの生命の論理以外のいかなる論
　　理もいかなる秩序も彼らに強制しないからである。〉[56]

『小説論』で書いているように、モーリヤックは小説理論としてドストエ
フスキーの「非論理」を、取り入れることを目指す。フランス小説の手法
である「人間の型」を作り、それにしたがって人物を描くのではなく、ド
ストエフスキーの「非論理」に基づく「生きた混沌」としての人物を描く
ことをモーリヤックは目指した。(そのような理想を実現するためにはどの
ようにすればよいのか。その方法については、第2部第2章でも述べてきた。)

　ドストエフスキーの小説の模倣をすることをモーリヤックは目指してい
ない。なぜなら、モーリヤックにはどうしてもドストエフスキーに譲るこ
とができないものがあったからである。それは、キリスト教に対するドス
トエフスキーの考え方にある。ロシア正教の信者であるドストエフスキー
は、その著作の中でローマ・カトリックを揶揄し、教皇無謬説を否定して
いるのである。このドストエフスキーのカトリック観は、敬虔なカトリッ
ク教徒であるモーリヤックにはどうしても許せないものであった。

　そこでモーリヤックは、ドストエフスキーの小説理論を自分の小説に取
り入れるための原則を作ったと思われる。それは、ドストエフスキーの
「非論理」や「非理性」は取り入れるが、しかし、「非論理」や「非理性」
を小説に取り入れるのは、あくまでも彼が信じるカトリックの枠内に限る、
という条件を付けた。その結果、モーリヤックは彼のカトリックという許
容範囲内に生き生きとして「非論理」や「非理性」が存在していることを

226

発見する。それが、カルメル修道会の神秘主義教義である。「神の前でお
のれを空しくすること」と「自分を捨てて十字架をになう」がカルメル修
道会の教義であり、これをモーリヤックは小説の深層部分に埋め込むこと
でフランスの小説中に「非論理」や「非理性」を実現した。

　カトリックという枠内で、カルメル修道会の神秘主義に従って小説を書
くことによってモーリヤックは「神中心的」な小説という理想を実現する。
しかし、この「神中心的」な小説は、深層部分を読まない限り我われには
見えてこない。その点で、モーリヤックの「神中心的」な小説は隠されて
いる。その意味で「神中心的」な神秘主義的な小説であるといえる。それ
に対してサルトルは『フランソワ・モーリヤック氏と自由』の中で、モー
リヤックの小説は「神中心的」な小説であると批判するのである。上のよ
うな意図でモーリヤックは彼の小説を書いてきたので、サルトルの批判は、
モーリヤックにとって、かえって褒め言葉に聞こえたかもしれない。その
ためかどうかは分からないが、モーリヤックは表だって反論していない。
その経緯について藤井史郎は『夜の終り』の「解題」で書いている。

　　〈モーリヤックが神の視点に立って小説を書いているというサルトル
　　のこの批判に対しては、ネリー・コルモーが『フランソワ・モーリヤ
　　ックの芸術』のなかで一章を設け、反批判を加えている。モーリヤッ
　　ク的な作中人物への作家の介入は、一人モーリヤックに特有なことで
　　はなく、バルザック、スタンダール、さらにはフローベールにも共通
　　に見出せるもの以上、サルトルの主張する立場に立つとすると、
　　フランス文学史上の傑作のすべてを否定しなければならなくなる。[57]〉

　モーリヤックがサルトルの批判に反論しないもう一つの理由としては、
次のものが考えられる。1929 年にモーリヤックは『神とマンモン』を出版
している。『神とマンモン』は、アンドレ・ジッドに宛てて書かれた著書で
あることをモーリヤックは序文「見つけ出された鍵」で書いている。

　　〈私は、そのときアンドレ・ジードに向けた返事、手紙ではなく『神と
　　マンモン』という一冊の本の形をとった当時の返事の再版のゲラ刷り
　　を校正しているところだ。この題そのものが、前もってほぼこの作品
　　を要約している。[58]〉

　しかし、『神とマンモン』はジッドのためだけに書かれたものではない。

第2部　モーリヤックの小説の二重構造 —— 深層構造における祈り

　モーリヤックはジッド以外にも無信仰の人たちを対象にして『神とマンモン』を書いている。

　　〈私はまず、いまでも私の心を燃やしてくれるこの書物の各ページの
　　中味について次の問いかけを自分に向けずにはいられない。それは、
　　私の筆からこの諸ページがほとばしり出たのはジードの揶揄だけが十
　　分な動機なのだろうかという疑問である。この本に盛られた題材はお
　　そらく広く展開するのに適切で、また人を教化するのにも向いていた
　　のだろう。ここでは、恩寵が作家の中でも最も自由思想家である人物
　　を利用して非常に信仰の厚い（見かけだけではあるが）一人の作家に自
　　分の混乱と悲惨を表明させることを余儀なくさせ、そしてその作家が
　　気を取り直して立ち直るように仕向けたのが見られるはずである。〉[59]

　モーリヤックはジッドだけでなくあらゆる無信仰の人たちを対象にして
『神とマンモン』を書いたのである。ここで対象となった無信仰な人たち
の中に、サルトルが含まれると考えるのが自然である。あえて新たに反論
しなくても、反論書はすでに出版済みであるとモーリヤックが考えたとし
ても何の不思議もない。

　『神とマンモン』の中でモーリヤックは、ジッドやサルトルのような無信
仰の人たちには見えない世界を我々に示してくれている。それは、『火
の河』、『愛の砂漠』、『神への本能、あるいは良心』、『テレーズ・デスケル
ー』までの小説に共通する深層部分に存在する世界で、そこにある主題は
常に同じものである。それは「十字架」である。「十字架」は上の四つの小
説の主題でもあり、また『神とマンモン』の主題でもある。モーリヤック
にとっては、「十字架」はこのようなものである。

　　〈この信仰の腐敗することのない要素はどう定義すればいいだろう
　　か？　それは、一つの明白な事実である。その明白な事実とは、「十字
　　架」に他ならない。目を開くだけで、私たちの傍らにその十字架があ
　　るのを見るには十分である。私たちを待っている「私たちの」十字架
　　を見るには十分である。重ねられた二つの木片が、各個人の運命とい
　　うものがあるのと同じ数だけさまざまの形をとってあらわれることが
　　できるなどとは誰に想像できたろう。しかしながら、それが事実なの
　　である。お前の十字架は、お前の寸法に応じて作られているのだ。進

228

第3章 『夜の終り』

んでか、強いられてか、憎しみと反抗の内にか、服従と愛の内にか、いずれはお前は十字架の上に横たわらなければならない日が来るのだ。[60]〉

「十字架」は、モーリヤックにとっては、単なる「重ねられた二つの木片」ではない。すべての人間は「お前の十字架は、お前の寸法に応じて作られているのだ」ということを自覚しないといけないとモーリヤックは言っている。十字架の聖ヨハネが説いているように、各自がその十字架を背負い、キリストに従う以外に生きる道はない、とモーリヤックは述べる。モーリヤックはさらに続けて、自分の体験を基に「十字架」から離れられない人間を描いて見せる。

〈十字架から私を引き離すことは、私の意志の力ではできない。十字架につけられたイエスを侮辱する人々は、「もしお前が神の子なら、お前の十字架から降りて来い」と言った。もし、イエスが望むならば、彼は十字架を降りることもできたのだ。しかし、彼に創られた物である私たちは、この死刑台（十字架）の上に生まれた。それは私たちの肉体と共に成長し、私たちの手足とともに延びて行く。私たちは、何があろうと十字架から引き離されることはない。若いころには私たちはほとんどそれを感じていなかった。が、肉体は成長し、重たくなってくる。そして肉身は重苦しくなって、十字架の釘から抜け落ちようとする。私たちが生まれながらに十字架にかけられているのだということに気づくには、何と時間がかかることだろう！[61]〉

では、「十字架」を降りる自由は人間にあるのか、という問いにモーリヤックは答えている。「十字架」から自由になることは可能のように見えるが、それは見かけにしか過ぎない。どこまでもその人の「十字架」がその人を追いかけてくるのである。

〈信仰を失うとは何を意味するのか？ 私は以上に述べたことだと思う。そう思わないわけにはいかない。そして、キリスト教徒として生まれながらキリスト教から離れ背離の後も平和に暮らしている人々には、この十字架という事実が彼らには決して現われなかったことを意味している。

人は、自分の十字架の囚われ人として生まれるのだ。何ものも私た

229

第2部　モーリヤックの小説の二重構造──深層構造における祈り

ちを十字架から引き離すことはできない。しかし、私のような部類の
キリスト教徒に固有なのは、その十字架を降りることができると確信
していることである。事実、彼らは十字架を降りられる。まさに、そ
の点においては、彼らは自由なのである。彼らは十字架を拒絶するこ
とができる。十字架から遠ざかり、彼らと十字架を結ぶ神秘的な網の
糸の感覚を棄てることができる。この神秘的な網の糸は、彼らが転回
するまで、あの怖るべき十字架の印がもう天に現われることがなくな
る限界まで、いくらでも伸びてくれる。彼らはどんどん歩みつづけ、
何かの障害にはばまれ、心に痛手を受け、つまずき倒れてしまうまで
歩む。その時、たとえ彼らがどれほど遠くで踏み迷っていても、再び
神秘の網の目は驚くべき力で彼らを引き戻す。そして、彼らは再び、
慈愛によってこの十字架のそばに急ぎ帰る。[62]〉

　モーリヤックが信じる自由とは、「十字架」の中における自由なのである。
「彼らは十字架を降りられる。まさに、その点においては、彼らは自由なの
である」と書いているが、最後にはその人の十字架に戻される。モーリヤ
ックにとって、自由とは十字架をになうまで猶予された時間を指すだけで、
人間の尺度で考えるような絶対的な自由は存在しない。

　それに対してサルトルのような無信仰の人たちは、「十字架」に支配され
た世界を小説で描くことによって、その小説の主人公は人間としての自由
を奪われていると批判するのである。小説家は何を自分の小説で書くべき
か、という問いに対してモーリヤックは以下のように言っている。

　〈お前たちは囚われているのだと言われるだろうか？　そのとおりだ。
しかし、この囚人は俗世の哀れみをそそるのは拒む。彼は俗世の哀れ
みに値しない。なぜなら、このような運命は一見恐ろしいものに見え
ようが、それは超自然的次元でしか存在し得ないからである。私が描
く人物にとって葛藤が現実性を帯びるのは、宇宙と私たちの運命が一
つの方向に向い一つの目的をめざす時のみである。何より重大なの
は、その人物の救霊なのである。救霊を否定し事物の外見しか信じな
い人々が、こういう芸術家に文句を言う理由があろうか？　信者たち
はこういう芸術家を鍾愛するが、同時に彼のことを不安がる。それに
は深い理由があるのだ。自由思想家たちも、そういう芸術家の立場を

230

うらやむほうが賢明であろう。まして、彼らが書くことを職業としている場合は、完全な自由がどれほど危険かを認識しているはずである。〉[63]

「何より重大なのは、その人物の救霊なのである」とモーリヤックははっきりと書く。その目的のためにモーリヤックのようなカトリック作家が存在するのである。『火の河』、『愛の砂漠』、『神への本能、あるいは良心』、『テレーズ・デスケルー』は、これらの主人公の救霊のために書かれた小説であり、その救霊のために用いられた手段は「神の前でおのれをむなしくする」と「自分を捨てて十字架をになう」というカルメル修道会の教義なのである。表面的な現象に囚われすぎて、カトリック作家の意図を見失うサルトルのような無信仰の小説家を指して、「救霊を否定し事物の外見しか信じない人々が、こういう芸術家に文句を言う理由があろうか」とモーリヤックは述べているのである。このようなモーリヤックの反論に対して、サルトルは以下のように再度反論することは明らかである。

〈自由思想家はおそらく、キリスト教徒にこう反論するだろう。なるほど、君は様々な価値を保有している。物を書く人間としては、価値の感覚などというものは評価のしようがない。だから、文学以外のところで、君の優位を示してくれ。「地上のみ」。これはたしかに陰鬱な考えだ。でも、あやしげなキリスト教徒に、「天国のみ」を語ったところで何の価値がある？　君は、はかない現世を断念しようとする志向も権能も失った優柔不断な人間にすぎまいが？〉[64]

「地上のみ」と「天国のみ」の対決。「人間中心的」小説と「神中心的」小説の対決。どこまでいっても議論の終りは見えてこない。これがモーリヤックの出した結論である。「神中心的」な小説を書く理由をモーリヤックは明確に説明できる。それは、「十字架」はなぜキリスト教徒にとって必要なのかと同じ理由だからである。「十字架」がキリスト教徒に必要な理由は、人間は罪（原罪）をもち、イエス・キリストがその罪を贖うために「十字架」上で死んだからである。人間の罪と十字架の意味を説明するために、モーリヤックはシャルル・ペギーの論を借りつつ、次のように持論を展開する。（第2部第2章でも言及したが、ここでその部分をもう一度引用する）。

第2部　モーリヤックの小説の二重構造 —— 深層構造における祈り

〈しかし、罪に陥ることは、キリスト教から脱出することにはならない。その結果はおそらくさらに恐るべき絆で、キリスト教に結びつけられることになるだろう。肉欲に敗けること、疑いを大きくすること、あらゆる思想について疑いを強めること、偶像を礼拝すること、それはキリスト教徒にとってキリスト教世界から脱出することにはならないのだ。というのは、ペギーが書いたように、「罪人はキリスト教世界に属している。罪人はこの上なく優れた祈りをすることが出来る……。罪人はキリスト教世界の機構にとって必要な部分であり、必要な一片である。罪人はキリスト教世界の核心に位置している……。罪人と聖人は、同じくらい必要な二つの部分であり、同じくらいキリスト教世界の機構に必要な二片である、ということが出来る。罪人と聖人は、それぞれが共に同じくらい必要不可欠な二片であり、互いに補い合う二片なのである。両者はキリスト教世界という機構、この唯一無二の機構にとって相互補完的な二片であり、両者は代置し合うことができないと共に代置し合える面をも持っているのだ……」[65]〉

　キリスト教にとっては、罪人は必要不可欠な存在なのである。人間の罪を地上から一掃することがキリスト教の目的ではない。キリストはなぜ磔刑になり、十字架上で死ぬのか。それは、人類の罪を贖うためである。罪の意識がなければ、イエス・キリストと十字架は要らない。ゆえに、「神中心的」視点で書かれた小説には「十字架」は欠かせないのである。

　テレーズは、他者のために「自分を捨てて十字架をになう」こと以外に彼女自身が救われる道はないということを認識している。テレーズのこの確信を描くためにモーリヤックは『夜の終り』を書いた。繰り返しになるが、死を前にしたテレーズが「十字架」を仰ぎ見る詩的な情景を引用して本章『夜の終り』の締め括りとする。

〈テレーズは枕に頭を落とす。ただもうあの〈誰か〉にあの言葉が言える時を待てばいいのだ。「あなたの造り給うもの、あなたのご意志に従い、自分自身を相手にいつ果てるともなく闘い、ここに力尽きはてました」。テレーズは少し首を回し、壁にかかっている石膏の十字架像を見つめていた。懸命に努力して、彼女は左足を右足の上に重ね、両腕をゆっくりと左右に開いていった。そして両の手を開くのだった。[66]〉

232

第 3 章　『夜の終り』

註

1）　モーリヤック「序」、『夜の終り』牛場暁夫訳、『モーリヤック著作集』第
　　2 巻、春秋社、1983 年、159 頁。

2）　モーリヤック『夜の終り』牛場暁夫訳、同上、166 頁。

3）　同上、163 頁。

4）　同上、175-176 頁。

5）　同上、163 頁。

6）　同上、163 頁。

7）　モーリヤック『テレーズ・デスケイルゥ』杉捷夫訳、新潮社、昭和 52 年、
　　6 頁。

8）　Jacques Petit, “*Notice*”, Mauriac, *Conscience, instinct divin*, *Œuvres
　　romanesques et théâtrales complètes*, tomeII, Gallimard, bibliothèque de la
　　pléiade, 1979, p.912.

9）　モーリヤック『テレーズ・デスケイルゥ』杉捷夫訳、前掲、129 頁。

10）　同上、166 頁。

11）　モーリヤック『神への本能、あるいは良心』高橋たか子訳、『モーリヤッ
　　ク著作集』第 2 巻、春秋社、1983 年、13 頁。

12）　モーリヤック『キリスト教徒の苦悩と幸福』山崎庸一郎訳、『モーリヤッ
　　ク著作集』第 3 巻、春秋社、1982 年、332 頁。

13）　同上、373-374 頁。

14）　モーリヤック「序」、『夜の終り』牛場暁夫訳、前掲、159 頁。

15）　同上、159 頁。

16）　モーリヤック『キリスト教徒の苦悩と幸福』山崎庸一郎訳、前掲、365
　　頁。

17）　高橋たか子「解説」、『モーリヤック著作集』第 2 巻、前掲、381-382 頁。

18）　テレジア『霊魂の城』田村武子訳、中央出版社、昭和 34 年、287 頁。

19）　シモーヌ・ヴェイユ『重力と恩寵』冨原眞弓訳、岩波書店、2018 年、
　　158-159 頁。

20）　テレジア『霊魂の城』田村武子訳、前掲、255-256 頁。

21）　モーリヤック『夜の終り』牛場暁夫訳、前掲、233 頁。

22）　同上、233 頁。

23）　同上、236 頁。

24）　同上、237-238 頁。

25）　同上、240 頁。

26）　同上、241 頁。

27）　同上、242 頁。

第2部　モーリヤックの小説の二重構造 ── 深層構造における祈り

28）　同上、249 頁。

29）　同上、255 頁。

30）　同上、281 頁。

31）　同上、302 頁。

32）　モーリヤック『テレーズ・デスケイルゥ』杉捷夫訳、前掲、21 頁。

33）　モーリヤック「序」、『夜の終り』牛場暁夫訳、前掲、159 頁。

34）　同上、159 頁。

35）　モーリヤック『夜の終り』牛場暁夫訳、同上、167 頁。

36）　同上、244 頁。

37）　同上、255 頁。

38）　同上、273 頁。

39）　同上、292 頁。

40）　同上、291 頁。

41）　同上、292 頁。

42）　同上、302 頁。

43）　モーリヤック『小説論』、『小説家と作中人物』川口篤訳、ダヴィッド社、昭和 51 年、18 頁。

44）　シモーヌ・ヴェイユ『重力と恩寵』冨原眞弓訳、前掲、199 頁。

45）　モーリヤック『夜の終り』牛場暁夫訳、前掲、288 頁。

46）　モーリヤック「序」、『夜の終り』牛場暁夫訳、同上、160 頁。

47）　モーリヤック『小説論』、『小説家と作中人物』川口篤訳、前掲、36-37 頁。

48）　サルトル『シチュアシオンⅠ』佐藤朔訳、『サルトル全集』第 11 巻、人文書院、昭和 50 年、40 頁。

49）　同上、49 頁。

50）　モーリヤック『小説論』、『小説家と作中人物』川口篤訳、前掲、36 頁。

51）　サルトル『シチュアシオンⅠ』佐藤朔訳、前掲、33 頁。

52）　同上、34 頁。

53）　同上、31 頁。

54）　同上、44 頁。

55）　モーリヤック『小説論』、『小説家と作中人物』川口篤訳、前掲、29 頁。

56）　同上、31 頁。

57）　藤井史郎「解題」、『夜の終り』、『モーリヤック著作集』第 2 巻、春秋社、1983 年、366 頁。

58）　モーリヤック『神とマンモン』岩瀬孝訳、『モーリヤック著作集』第 4 巻、春秋社、1983 年、329 頁。

59）　同上、330-331 頁。

第 3 章　『夜の終り』

60）　同上、354 頁。
61）　同上、355 頁。
62）　同上、356 頁。
63）　同上、363 頁。
64）　同上、364 頁。
65）　同上、361-362 頁。
66）　モーリヤック『夜の終り』牛場暁夫訳、前掲、291 頁。

235

あとがき

　フランス中西部の中世都市で、不思議な体験をした。日曜日の午後だったと思う。町の中心部から少し外れた、目立たない小さな教会に入った。私以外に、人影はなかった。奥に進むと、祭壇の下に、地下祭室（クリプト）へと続く階段があった。何気なく降りていくと、地下空間が広がり、その中心には石棺が置かれていた。誰もいないせいか、その一角には、気が満ちているのを感じた。その時、突然、「神は存在する」と確信した。

　由来が知りたくなって、町の図書館で調べてみると、その教会は、聖女を祭るために建てられたものだということが分かった。それから数年後、フランス中部の別な中世都市で、歴史研究の専門家の日本人の先生と出会った。先生は、ご家族で来られていたので、親しくして頂いた。

　さらに、それからほぼ20年後のある日、日本人の先生は新たに出版したご自身の本を送って下さった。その本の題名を見て、驚いた。フランス中西部の都市の教会で、私が神の存在を信じた、あの聖女に関する著作だった。橋本龍幸先生著『聖ラデグンディスとポスト・ローマ世界』（南窓社）、がそれである。「主の十字架」の聖遺物贈与に関しての心を打つ著作である。

　不思議な体験の第二のものは、本書を書き始めてしばらく後に起こった。ヴィオラ・ダ・ガンバ、クラヴサン、フラウト・トラベルソ、バロック・ヴァイオリン、ソプラノで編成された、古楽器アンサンブルによるバロック音楽のコンサートでのことであった。ベルギー人の専門家を中心にしたアンサンブルで、それがバロック音楽であるせいか、観客は50人に満たなかった。私は、最前列、ヴィオラ・ダ・ガンバの面前で聞いた。

　古楽器であるヴィオラ・ダ・ガンバは、現代楽器と異なり、弦は金属製ではなく、羊の腸で作られている。音量は、当然小さい。最初のバッハが始まって、私は感動のあまり、思わず涙が溢れるのを止めることができなかった。バッハは「神への祈り」のために作曲したと、よく言われる。こ

あとがき

れまで現代楽器による演奏しか聞いたことがなかったので、その「祈り」を体験したことがなかった。「祈り」というものは、素朴で音量の小さな楽器（肉体）からしか生まれない。バッハの「祈り」を体験したこの日を、私は一生忘れない。

　その時、気付いたことがある。バッハが「神への祈り」のために作曲したように、モーリヤックもまた、「神への祈り」を文字にして小説に書いた。それゆえに、『モーリヤックの祈り』を本書の題名とすることに決めた。またこの「祈り」は、自身が罪人であるという認識へと読者を必然的にいざなう。モーリヤック小説に特有なこの仕組みを理解するための一助として、「有無をいわせず私たちを神に導く」を副題とした。

　突然のお願いにもかかわらず、カルメル修道会関係の資料を快くご提供下さった山口カルメル修道会院長高園泰子氏ならびに前島敬恵氏には感謝申し上げる。

　そして、出版に至るまで株式会社南窓社にはお世話になった。特に松本訓子氏には考えられないほどのご助言、ご助力を頂いた。心から感謝申し上げる。

　最後に、ここまで私を導いてくださった、故杉冨士雄先生、故田辺保先生および故山下光昭先生に心からの感謝の意を表する。

著　者

梶谷二郎（かじたに じろう）

1951 年生まれ
ノートルダム清心女子大学名誉教授。

モーリヤックの祈り —— 有無をいわせず私たちを神に導く

2019 年 10 月 30 日　発行

著　者　梶 谷 二 郎

発行者　岸 村 正 路

発行所　南 窓 社

　　　東京都千代田区西神田 2-4-6
　　　電話 03(3261)7617　Fax 03(3261)7623
　　　E-mail nanso@nn.iij4u.or.jp
　　　振替 00110-0-96362

©2019．KAJITANI Jiro, Printed in Japan
ISBN978-4-8165-0450-1